BRISA REBELDE

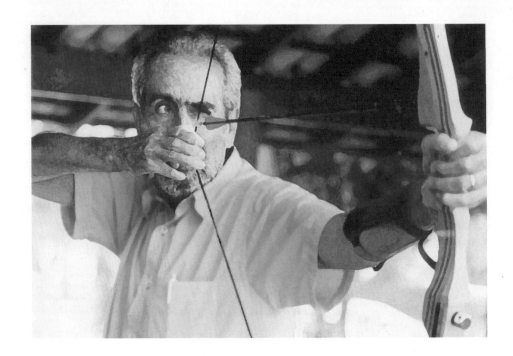

O Arqueiro

GERALDO JORDÃO PEREIRA (1938-2008) começou sua carreira aos 17 anos, quando foi trabalhar com seu pai, o célebre editor José Olympio, publicando obras marcantes como *O menino do dedo verde*, de Maurice Druon, e *Minha vida*, de Charles Chaplin.

Em 1976, fundou a Editora Salamandra com o propósito de formar uma nova geração de leitores e acabou criando um dos catálogos infantis mais premiados do Brasil. Em 1992, fugindo de sua linha editorial, lançou *Muitas vidas, muitos mestres*, de Brian Weiss, livro que deu origem à Editora Sextante.

Fã de histórias de suspense, Geraldo descobriu *O Código Da Vinci* antes mesmo de ele ser lançado nos Estados Unidos. A aposta em ficção, que não era o foco da Sextante, foi certeira: o título se transformou em um dos maiores fenômenos editoriais de todos os tempos.

Mas não foi só aos livros que se dedicou. Com seu desejo de ajudar o próximo, Geraldo desenvolveu diversos projetos sociais que se tornaram sua grande paixão.

Com a missão de publicar histórias empolgantes, tornar os livros cada vez mais acessíveis e despertar o amor pela leitura, a Editora Arqueiro é uma homenagem a esta figura extraordinária, capaz de enxergar mais além, mirar nas coisas verdadeiramente importantes e não perder o idealismo e a esperança diante dos desafios e contratempos da vida.

BEVERLY JENKINS

Traduzido por Dandara Morena

BRISA REBELDE

Mulheres Pioneiras • 3

Título original: *To Catch a Raven*

Copyright © 2022 por Beverly Jenkins
Copyright da tradução © 2024 por Editora Arqueiro Ltda.

Publicado mediante acordo com a Avon, um selo da HarperCollins Publishers.

Todos os direitos reservados. Nenhuma parte deste livro pode ser utilizada ou reproduzida sob quaisquer meios existentes sem autorização por escrito dos editores.

coordenação editorial: Taís Monteiro
produção editorial: Ana Sarah Maciel
preparo de originais: Caroline Bigaiski
revisão: Ana Grillo e Tereza da Rocha
diagramação: Guilherme Lima e Natali Nabekura
capa: Renata Vidal
imagem de capa: Lauren Rautenbach | Arcangel
impressão e acabamento: Associação Religiosa Imprensa da Fé

CIP-BRASIL. CATALOGAÇÃO NA PUBLICAÇÃO
SINDICATO NACIONAL DOS EDITORES DE LIVROS, RJ

J51b

    Jenkins, Beverly
        Brisa rebelde / Beverly Jenkins ; tradução Dandara Morena. - 1. ed. - São Paulo : Arqueiro, 2024.
        240 p. ; 23 cm.   (Mulheres pioneiras ; 3)

        Tradução de: To catch a raven
        Sequência de: Tempestade selvagem
        ISBN 978-65-5565-641-1

        1. Romance americano. I. Morena, Dandara. II. Título. III. Série.

24-88207
CDD: 813
CDU: 82-31(73)

Meri Gleice Rodrigues de Souza - Bibliotecária - CRB-7/6439

Todos os direitos reservados, no Brasil, por
Editora Arqueiro Ltda.
Rua Artur de Azevedo, 1.767 – Conj. 177 – Pinheiros
05404-014 – São Paulo – SP
Tel.: (11) 2894-4987
E-mail: atendimento@editoraarqueiro.com.br
www.editoraarqueiro.com.br

PRÓLOGO

São Francisco, maio de 1878

O joalheiro de São Francisco Oswald Gant olhou ao redor da loja para confirmar que tudo estava pronto para a chegada iminente da princesa e sua comitiva. Ele nunca havia se encontrado com alguém da realeza, e a expectativa o deixava eufórico e um tanto nervoso. Dois membros da guarda militar da princesa tinham aparecido naquela manhã para fazer os arranjos para as compras. Eles lhe informaram que, para garantir a segurança da princesa, não seria permitida a entrada de ninguém na loja durante a transação.

Com isso em mente, uma hora antes Oswald educadamente guiara os últimos clientes até a saída. Desde então, certificara-se de que nenhuma marca de dedo estivesse maculando os vidros reluzentes das vitrines e varrera o chão para se livrar de qualquer sujeira que os clientes do dia poderiam ter trazido. Também havia abaixado as cortinas da janela para inibir o olhar de curiosos passando pela calçada e colocado a placa onde se lia FECHADO na porta da frente. Não queria que ninguém entrasse e arruinasse tudo. Pegou o lenço, limpou o suor brilhando nas entradas do cabelo e respirou fundo. Não ficou mais calmo depois de ajustar a gravata e os punhos do terno, mas estava pronto.

O sino da porta tocou, e os dois guardas que ele tinha conhecido naquela manhã entraram primeiro, magníficos em seus uniformes militares azuis. Eles o cumprimentaram com um aceno e tomaram posição à porta antes de anunciar:

– Sua Alteza Real, princesa Nya de Kasia.

Ela entrou numa névoa suave de perfume com o rosto encoberto por um véu fino. A cor do véu e a do vestido e da capa suntuosos que trajava rivalizavam com o brilho das safiras mais caras de que ele dispunha. Os olhos delineados que o avaliavam por trás do véu eram escuros e misteriosos, e a pele abaixo das sobrancelhas arqueadas reluzia no mesmo tom do vestido. A pele da princesa era marrom, e isso o desconcertou. Os acompanhantes – um homem loiro de olhos azuis, o outro de cabelos e olhos pretos – eram brancos. Ela era uma mulher preta? No fim das contas, ele ficou tão maravilhado com sua presença e com o grande lucro que pretendia ter com o superfaturamento que decidiu que a cor da pele não tinha importância.

A princesa falou com o homem loiro em um idioma que Oswald não compreendeu.

– A princesa não fala o inglês desta parte do mundo – explicou o homem, –, mas lhe agradece por recebê-la.

– Diga que estou honrado. – Radiante, ele conduziu a comitiva até a pequena mesa com cadeiras que tinha posto ao lado do expositor. – Sente-se, por gentileza, Vossa Alteza. Vou buscar as peças que me pediram que separasse.

O guarda traduziu o pedido e, num farfalhar de seda azul-safira, a princesa atravessou o cômodo. Os acompanhantes se posicionaram ao lado dela, e Oswald se apressou até o armário. Voltou com uma sacola de veludo preta. Enquanto a princesa permanecia sentada em silêncio, com sua bolsa adornada de pedras preciosas no colo, ele espalhou o conteúdo da sacola cuidadosamente numa bandeja à frente dela: três rubis, dois diamantes, duas esmeraldas e uma pérola branca perfeita.

A princesa aprovou com um aceno de cabeça e, enquanto o homem de olhos pretos contava o dinheiro, colocou as pedras de volta na sacola e dentro da própria bolsa.

Oswald olhou as moedas, confuso.

– Que tipo de dinheiro é esse?

– Francês.

– São Francisco não fica na França. Estamos nos Estados Unidos. Só aceito dinheiro local.

– Francos são valorizados no mundo todo, Sr. Gant – retrucou o homem calmamente.

– Dinheiro local ou nada feito.

O guarda suspirou e se virou para a princesa, que estava com uma expressão interrogativa. Quando ele explicou a situação, ela explodiu em uma ira verbal. Como Oswald, vermelho e de lábios cerrados, não cedeu e se manteve em silêncio, ela retirou a sacola com as joias da bolsa e, levantando-se, jogou-a para ele. Depois, apressou-se até a porta. Oswald avaliou o peso da sacola nas mãos para se certificar de que não estava vazia e, antes que pudesse perguntar se voltariam, a princesa sumiu da loja. Os acompanhantes rapidamente garantiram que voltariam na manhã seguinte com dinheiro local e, em seguida, correram para alcançar a princesa furiosa.

Mais tarde, depois de se recompor, Oswald estava pronto para encerrar o expediente e ir para casa, mas, antes, abriu a sacola de veludo com a intenção de colocar as pedras de volta no armário. Seus olhos se arregalaram e sua respiração parou quando despejou o conteúdo e viu oito seixos de tamanho e forma idênticos aos das pedras que deveriam estar ali dentro. Com o coração acelerado, ele quase desmaiou. Quando se recuperou, correu para a delegacia mais próxima.

Porém, àquela altura, o guarda loiro, Renay Deveraux, que naquele momento usava um terno marrom tradicional, estava em um trem a caminho da cidade de Nova York com os diamantes. Seu primo Emile, com roupa similar, carregando uma esmeralda e a pérola em segurança dentro da mala, estava a bordo de um barco a vapor rumo à Cidade do México. A exausta Raven Moreau, depois de trocar a vestimenta de princesa por roupas mais simples, não se importou com o fato de pegar um trem segregado pelas leis Jim Crow para voltar à sua terra natal, Nova Orleans. O golpe tinha sido bem-sucedido. Ela ganhara sua parte do saque e estava contente por saber que Oswald Gant, membro de um grupo de empresários californianos conhecido por sequestrar meninas da China e as vender para bordéis em toda a costa, estava, naquele momento, mais pobre do que quando acordara.

CAPÍTULO 1

Boston, junho de 1878

Braxton Steele desceu do bonde na parada mais próxima à casa do pai, Harrison, em Boston, e percorreu o restante do caminho a pé. Eles jantavam juntos uma vez por semana e sempre gostaram da companhia um do outro. Harrison Steele era um pintor e ilustrador bastante conhecido. Somando o trabalho que fazia para alguns jornais locais e os retratos pagos pela elite de Boston, tanto a preta quanto a branca, ele faturava o suficiente para ter uma vida bem confortável. Já Brax não herdara o talento artístico do pai. Ganhava a vida como alfaiate e gerenciava o patrimônio que os avós tinham lhe deixado.

Era uma noite agradável de primavera e, quando Brax chegou, Harrison estava sentado do lado de fora, no topo dos degraus de entrada da pequena casa.

– Oi, filho.

– Como vai o senhor, pai?

– Bem para um homem velho. Vamos, entre.

O pai também era um cozinheiro aceitável, e eles se sentaram para jantar um frango assado com legumes. Porém, o Harrison extrovertido de sempre parecia retraído, e isso fez Brax hesitar.

– Está com algum problema?

O pai deu de ombros.

– Talvez sim, talvez não – respondeu baixinho.

– E isso quer dizer o quê?

– Que quando se tem um passado, às vezes ele volta para nos assombrar de maneiras que não tínhamos cogitado.

– Que resposta precisa.

Isso lhe rendeu um sorriso triste. Brax aguardou mais pistas do significado de tudo aquilo.

– Antes de eu me casar com sua mãe, me apaixonei por uma mulher chamada Hazel Moreau. Naquela época, eu era falsificador de obras de arte, e a família dela era um dos melhores grupos golpistas que operavam no Sul.

Brax parou o garfo a caminho da boca.

– Falsificador de obras de arte?

– Sim. E eu era muito bom.

Brax abaixou o garfo e limpou a boca com o guardanapo.

– Por que estou com a impressão de que vou precisar de uma bebida para essa conversa?

Os olhos do pai brilharam.

– Você sabe onde fica o uísque. Me sirva uma dose também, por favor.

Brax voltou para a mesa com dois copos e um decantador.

– Caso eu precise de mais apoio – explicou, apontando para o decantador.

O pai assentiu e, depois de tomar um gole, perguntou:

– Onde eu estava mesmo?

– Hazel Moreau e a falsificação de obras de arte.

– Isso. – Ele ficou em silêncio por um momento olhando o nada como se lembranças do passado tivessem retornado. – Ela era a mulher mais bonita que eu já tinha visto. Ardente, inteligente, ambiciosa. Os tios e os irmãos dela eram atores, vigaristas, falsificadores, e ela, as irmãs e as primas cresceram nessa vida.

– Como a conheceu?

– Numa casa de apostas em Nova Orleans. Eu estava trabalhando para a família como falsificador. Ela era garçonete e atriz.

A história tinha atiçado a curiosidade de Brax.

– Por que eu nunca soube disso?

– Porque deixei tudo para trás depois que me casei com sua mãe, ou quase tudo, pelo menos.

– Quase tudo?

– Fiz uns bicos aqui e ali por algum tempo, mas parei completamente depois que você nasceu.

Brax pensou no próprio passado.

– Então todos os anos que passei armando confusão e aprontando todas foi porque isso está no meu sangue?

O pai limitou-se a sorrir.

Brax respondeu com outro sorriso.

– Vou entender isso como um sim. Continue com a história. O que aconteceu com Hazel?

– Nós nos apaixonamos, mas ela estava tentando seduzir um *creole* rico

9

do Mississippi porque ele podia assegurar o futuro dela de uma forma que eu não podia. Ela estava se passando por uma mulher de uma família também rica e provavelmente teria se casado com ele se eu não tivesse me levantado durante a cerimônia e revelado sua verdadeira identidade.

– O quê?!

– Eu me recusava a deixá-la se casar com outro. O caos se instaurou depois disso, é óbvio. Discussões. Gritaria. A mãe dele desmaiou. O noivo e a família exigiram a verdade. Ela negou tudo no começo, mas, quando a confusão aumentou e os convidados começaram a brigar, enfim confessou sua identidade verdadeira e saiu correndo da igreja. Eu fui atrás dela. Do lado de fora, Hazel me disse que eu tinha arruinado sua vida e a vida dos filhos que ela poderia ter. Ameaçou me matar se me visse de novo, e foi isso. Os irmãos e os tios dela também não ficaram nada felizes comigo. Prometeram a mesma coisa se alguma vez eu aparecesse de novo em Nova Orleans. Então me mudei para Boston e nunca voltei.

– Nossa, que história.

– Tudo verdade. – Ele olhou o nada por alguns minutos. – Uma moça da agência Pinkerton veio me procurar na semana passada.

– Da Pinkerton? O que ela queria?

– Saber se eu conhecia alguma pessoa preta capaz de armar um golpe grande e bem planejado.

– Por que ela viria até o senhor?

– Ela disse que pegou meu nome com um dos meus colegas de antigamente, mas não revelou qual.

– E o que o senhor respondeu?

– Que não conhecia ninguém com essa habilidade. Ela se recusou a acreditar. Ameaçou me mandar para a prisão sob acusações falsas se eu não lhe desse um nome. Então falei o único em que pude pensar: Hazel Moreau.

– E?

– Ela veio me procurar de novo hoje de manhã. Parece que Hazel ainda está nessa vida e tem uma filha chamada Raven. Parece também que alguém roubou uma das cópias originais da Declaração de Independência.

– Foi Hazel?

– Não, mas os Pinkertons suspeitam de uma pessoa. Querem que você e essa tal Raven finjam ser casados para achá-la.

Brax encarou o pai como se ele não estivesse falando coisa com coisa.

– Não vou me envolver nisso.

– Você não tem escolha.

– Tenho, sim, e me recuso.

– Então nós dois vamos para a prisão.

– Eu não fiz nada.

– Eles não se importam. Vão inventar algo, e em quem você acha que o juiz vai acreditar? Em dois homens pretos ou numa agente da Pinkerton?

Brax observou o rosto triste do pai e abaixou a cabeça.

– Droga.

– Pois é. Sirva outro copo para você e me passe o decantador. Temos muito o que planejar.

– Por exemplo?

– A viagem de trem com a agente da Pinkerton daqui a dois dias para nos encontrarmos com as Moreaux em Nova Orleans.

Incrédulo, Brax lhe passou o decantador.

∽

Raven pendurou os lençóis lavados nos varais amarrados nas nogueiras dos fundos da casa da patroa e limpou o suor da testa. Quando não estava fingindo ser princesa ou algum outro personagem, ganhava a vida como empregada doméstica e odiava tudo relacionado ao dia de lavar roupa: sentir a barrela arder nas mãos, carregar cestas de roupas molhadas pelo quintal, pregá-las no varal para secarem. Essas tarefas começavam ao amanhecer; no momento, no meio da tarde, ela estava morrendo de cansaço.

Sua patroa, uma mulher *creole* mais velha chamada Antoinette Pollard, apareceu na sacada do segundo andar e falou:

– Não fique enrolando aí, Raven. O senhor logo vai chegar em casa e vai querer jantar. Você precisa começar a fazer a comida para ele não ter que esperar.

Satisfeita com a distância entre elas, longe o suficiente para que a mulher não visse o desprezo em seus olhos, Raven respondeu:

– Sim, senhora.

A Sra. Pollard voltou para dentro. Raven suspirou e pegou a cesta vazia. Embora golpes elaborados como o de São Francisco sustentassem bem sua família enorme, eles só podiam ser feitos de vez em quando, a fim de evitar o escrutínio das autoridades. Nos intervalos, ela, os primos Renay e Emile e os outros trabalhavam com qualquer coisa que conseguissem em Nova Orleans para colocar comida na mesa e pagar as contas.

– Oi, Raven.

Ao ver Dorcas ao seu lado, Raven sorriu pela primeira vez naquele dia. Dorcas, uma órfã de 8 anos incorporada à família no seu segundo dia de vida, costumava aparecer do nada, mas sua presença na casa dos Pollards deixou Raven intrigada.

– Por que não está na escola, Dorrie?

– A madre superiora me mandou para casa. Disse que não posso ir mais.

– Por que não?

– Eu disse à irmã Mary Mathew que o bebê que ela está esperando é menino e ela desmaiou.

Raven escondeu o sorriso. Se fosse uma freira e uma menina de 8 anos revelasse sua gravidez sem dúvida proibida, também desmaiaria. Dorrie possuía o que os mais velhos chamavam de vidência. Ela via coisas e também sabia delas de modos misteriosos e inexplicáveis.

– Mamãe Hazel sabe disso?

– Sabe. Ela vai conversar com a madre, mas me mandou aqui para buscar a senhorita.

– Há algo errado? Mamãe está doente?

– Não. Ela está com visitas.

Raven olhou para a casa dos Pollards.

– Preciso fazer o jantar para os Pollards, senão vou ficar sem trabalho.

– Ela disse "Venha agora. Você tem um novo trabalho".

Isso atiçou a curiosidade de Raven. Ela realmente não gostava de trabalhar para os Pollards. Eles eram grosseiros, avarentos e impossíveis de agradar. Ter que aguentar a patroa reclamando de tudo, desde o modo como a roupa era pendurada até o modo como a casa era varrida, a fazia querer pedir as contas quase todo dia. Ir embora sem aviso naquele momento significaria não ter recomendações para um trabalho futuro, mas se a mãe precisava dela, Raven se preocuparia com recomendações depois. A família sempre vinha em primeiro lugar.

Bem na hora, a Sra. Pollard reapareceu.

– Raven, sabe que visitas não são permitidas aqui!

– Eu sei, mas minha mãe está precisando de mim em casa. Não vou voltar.

– O quê?!

Raven largou a cesta na grama e agarrou a mãozinha marrom de Dorrie. O ar ficou carregado com os gritos da Sra. Pollard a chamando, mas Raven continuou andando a curta distância até a casa da mãe.

⌒

A habilidade de analisar rapidamente uma situação era algo que Raven aprendera bem cedo. Então, quando entrou na sala de visitas, observou os três estranhos. Dois homens pretos com a barba rente estavam em pé perto da lareira. Embora os cabelos grisalhos revelassem que um deles era mais velho, os dois eram suficientemente parecidos para ela concluir que eram parentes. O rosto de ambos estava impassível e com o maxilar contraído, como se eles estivessem com raiva de algo ou alguém. A terceira pessoa, sentada em uma das poltronas, era uma mulher branca rechonchuda de meia-idade com cabelos castanho-cinzentos e olhos duros que analisaram a chegada de Raven com uma frieza distante. A mãe de Raven, Hazel, estava sentada sozinha no sofá e, apesar de seu rosto não entregar nada, o brilho silencioso e furioso nos olhos verdes, somado ao rosto duro dos homens, alertou Raven de que procedesse com cuidado.

– Obrigada por ter vindo tão rápido, Raven – disse sua mãe. – Dorrie, pode subir e fazer companhia à tia Havana?

– Sim, senhora. – Mas, antes de sair, ela parou diante da mulher e falou:
– A senhora só vai ficar enjoada no navio por alguns dias, depois vai se sentir melhor.

A mulher ficou rígida e se virou para Hazel, querendo uma explicação.

– Ela confundiu a senhora com uma mulher da escola. Não é nada. Vá, Dorrie.

Raven sabia que a explicação era mentira e, enquanto Dorrie saía do aposento, imaginou o que a previsão significava. Porém, antes que pudesse especular mais, Hazel a apresentou aos estranhos.

– Raven, esses dois senhores são os Steeles. Harrison e seu filho, Braxton.

As faíscas nos olhos da mãe se direcionavam no momento ao mais velho, adicionando uma camada extra ao mistério.

– Prazer em conhecê-los – disse Raven.

– Igualmente – replicou o mais velho.

O filho dele, alto e vestido com um terno bem-cortado, era bonito como um dos primos elegantes de Raven. O bigode que delineava os lábios se unia agradavelmente à barba rente e acentuava sua boa aparência. Parecia não ser muito mais velho do que ela. Seus olhos pretos e avaliadores eram hostis e frios. Ele fez um aceno rígido.

– E esta é a Srta. Ruth Welch, detetive da agência Pinkerton.

Raven não demonstrou reação à surpresa bombástica.

– Prazer em conhecê-la também, Srta. Welch.

– Igualmente.

– A Srta. Welch quer nossa ajuda em uma situação que não ousamos recusar, senão iremos para a prisão – disse Hazel.

Raven se enrijeceu.

Welch olhou, furiosa, para Hazel.

– Ficou zangada? – perguntou Hazel. – Era para ser segredo? Não foi com isso que nos ameaçou? Não adianta tapar o sol com a peneira. Concorda, Harrison?

– Com certeza, amor.

Amor? Raven observou os dois. Outra surpresa.

– Não sou seu amor – rebateu Hazel.

– Foi um dia, e eu fui o seu.

Hazel soltou um rosnado como aviso.

– Harrison.

Raven achou o diálogo fascinante. Não se lembrava de a mãe alguma vez ter mencionado um homem chamado Steele. Ela olhou de relance para o sujeito mais novo, como se ele de algum jeito tivesse uma pista para o passado misterioso dos dois, mas avistou apenas os mesmos olhos escuros hostis.

Welch retomou o assunto de antes.

– Está na hora de começar, não acham?

Enraivecida, Hazel se ajeitou e cruzou os braços.

Harrison olhou para a detetive com desprezo.

Raven entrou na sala e se posicionou do outro lado da lareira. Sua saia e sua blusa ainda estavam úmidas por causa da lavagem de roupas nos Pollards e ela precisava trocá-las por peças secas, mas queria entender tudo aquilo primeiro. Nunca alguém da Pinkerton tinha ido à sua casa.

– Vocês, Moreaux, são uma família muito interessante – começou Welch.

– Trapaceiros. Falsificadores. Apostadores. Golpistas. Impostores. É só escolher e terá um Moreau que se encaixe na descrição. Há anos minha agência recebe relatórios sobre alguns dos roubos mais bem planejados e elaborados que já vimos. Os criminosos em questão nunca deixam nenhuma evidência, mas há um padrão em todos os casos: o envolvimento de pessoas pretas. Muitos agentes nossos não davam importância a esse dado porque se recusavam a acreditar que pessoas dessa cor pudessem ser tão inteligentes assim. Afirmavam que era impossível não haver uma pessoa branca à frente do grupo. Mas, durante a guerra, trabalhei com a Srta. Tubman e ela era a mulher mais inteligente, esperta e engenhosa que já conheci, então eu quis investigar os crimes por esse ângulo. Mas devo admitir que se o Sr. Steele não tivesse me dado seu nome, a agência ainda estaria andando em círculos.

Hazel se virou para Harrison.

– Você traiu minha família de novo? – vociferou ela.

– Tive que dar um nome, Hazel. Ela ameaçou nossa liberdade. Eu esperava que você não estivesse mais no ramo ou não morasse em Nova Orleans.

Ela pareceu insensível ao tom arrependido dele. Os olhos furiosos do filho estavam direcionados a Welch.

Raven se perguntou qual tipo de cooperação a detetive estava procurando. Ameaçar a liberdade das pessoas era um jeito nada agradável de começar uma parceria.

Welch retirou um maço de papéis da mala preta de couro.

– Depois de conversar com o Sr. Steele, falei com a polícia daqui de Nova Orleans e de alguns outros lugares e descobri que dez anos atrás a Srta. Moreau foi mandada para a prisão em Detroit por posse de dinheiro falsificado.

Como Raven não reagiu, ela continuou:

– Então, com isso em mente e depois de revisitar casos antigos, concluí que a fonte dos crimes só podia ser a família Moreau. – Ela abaixou o olhar para suas anotações. – Houve um incidente na Filadélfia com um homem preto disfarçado de padre que desapareceu com um caríssimo broche incrustado de pedras preciosas. Também temos o relato de uma jovem cantora preta que alegava ser uma rainha na África e prometeu noites de prazer a homens de Nova York, Miami e Denver, só para desaparecer com o dinheiro deles. – Ela direcionou os olhos frios para Raven. – Presumo que tenha sido a senhorita, e que também tenha fingido ser a princesa que recentemente deu um golpe num joalheiro de São Francisco.

Raven enfrentou sem nenhuma dificuldade o olhar acusador e deixou a detetive pensar o que quisesse. Na verdade, o padre tinha sido seu primo Renay, e a cantora, sua prima Lacie. Como todos os Moreaux, Raven sabia que era melhor não confessar nenhuma ilegalidade, sendo verdadeira ou falsa.

– Por que a senhorita precisa da ajuda forçada de pessoas que considera tão inferiores?

– Para recuperar uma cópia roubada da Declaração de Independência.

– Roubada por quem?

– Um senador em Charleston, na Carolina do Sul.

Welch enfiou a mão na mala de novo e retirou um pergaminho enrolado. Raven notou como o pergaminho era frágil quando Welch o colocou na mesinha ao lado e o desenrolou com cuidado.

– Esta é a cópia da Declaração da Independência que a maioria dos norte-americanos conhece.

Raven se aproximou para examinar o documento. Os Steeles se moveram para olhar mais de perto também.

– Observem como nesta versão as assinaturas no fim estão organizadas por estados. Na que foi roubada, os estados não estão listados, e as assinaturas foram feitas de forma aleatória, o que torna as duas cópias raras e valiosas.

Por ser de uma família de trapaceiros, Raven considerou a possibilidade de falsificar uma cópia depois de encontrá-la e guardar a versão verdadeira para vender posteriormente. Será que Welch conseguiria diferenciá-las? Raven discutiria o assunto com a mãe mais tarde.

– E como pretendem recuperá-la?

– Mandando a senhorita para a casa do senador – disse Welch.

– Sozinha?

– Não. O jovem Sr. Steele vai junto. Ele fingirá ser seu marido.

O queixo de Raven caiu, e seus olhos espantados se viraram para Braxton. Os dele estavam furiosos, mas carregavam um toque de diversão também.

– A senhorita vai ser a governanta. Ele será o camareiro e motorista.

– O senhor já fez algo parecido com isso? – questionou Raven.

– É óbvio que não.

Meu Deus.

– Então por que o escolher em vez de um homem da minha família? – perguntou ela a Welch.

– Porque preciso de alguém que vá manter a senhorita na linha, e outro Moreau não faria isso. Sem alguém de olho na senhorita, quem sabe no que vai dar.

Raven não gostou nada daquilo.

– O pai dele já traiu minha família duas vezes. Como vou trabalhar com alguém em quem não confio?

– Falou a mulher que ganha a vida dando golpes nas pessoas – retrucou Braxton num tom carregado de sarcasmo.

Raven ergueu o queixo de modo desafiador. Eles se enfrentaram pelo olhar.

– Por que a senhorita não tenta recuperar a cópia de outro modo? – perguntou Hazel.

– Não achamos um jeito de entrar na casa. O documento está de posse de Aubrey Stipe, um senador democrata da Carolina do Sul, como falei há pouco. Ele e a esposa, Helen, foram apoiadores leais da Confederação, e suas crenças não mudaram. Pelos relatórios que recebi, a Sra. Stipe só permite empregados pretos em casa, porque assim pode fingir que ainda possui pessoas escravizadas. É por isso que estamos enviando vocês dois.

Raven estava achando aquele plano cada vez mais desagradável.

– Como sabem que ele ainda está com a cópia? – perguntou Braxton Steele.

– Sinceramente, não temos certeza. A dona original herdou a cópia do avô. Parece que a declaração foi impressa e distribuída para o público naquela época. No ano passado, a neta viu o retrato de Stipe em um jornal e o reconheceu como um dos homens na unidade rebelde que saqueou a casa dela em Richmond e roubou o pergaminho e outros itens durante a guerra. Ela viajou até o escritório dele em Colúmbia para pedir que o devolvesse. Ele riu na cara dela. Disse que era um espólio de guerra e que negaria até mesmo ter tido aquela conversa. Depois da visita, ela escreveu ao Sr. Pinkerton e propôs doar o documento ao país caso ele fosse recuperado. Um de nossos agentes se encontrou com Stipe, mas ele negou saber qualquer coisa do roubo.

– E mesmo assim a senhorita não ameaçou a liberdade dele – apontou Raven.

Welch ficou indignada.

– Ele é uma autoridade eleita.

– E não está sujeito a chantagens banais como nós, pobres pretos.

Welch endureceu o olhar. Raven não demonstrou remorso.

– Posso colocá-la de volta na prisão, Srta. Moreau.

– Vá em frente. Boa sorte ao procurar outra pessoa para o trabalho.

Após a terrível experiência que tivera numa prisão de Detroit, Raven jurara nunca mais ser presa. Mas a hipocrisia de Welch precisava ser apontada, com ou sem prisão.

– Talvez eu estivesse sendo mais cooperativa se a senhorita tivesse simplesmente pedido ajuda em vez de ameaçar nossa liberdade só porque acredita que tem autoridade para isso.

Será que Welch sabia da violência que assolava a Carolina do Sul naqueles dias, ou ao menos se importava com isso? Os assassinatos pela cor da pele tinham se tornado algo tão estabelecido que um dos últimos atos oficiais do presidente Grant fora enviar tropas federais para combater o terrorismo.

Welch contraiu os lábios, e o jeito como encarou Raven demonstrava que nem havia considerado pedir ajuda; tinha decidido simplesmente exercer seu poder. Se Raven já não confiava nela antes, confiava muito menos depois disso.

– Podemos voltar ao assunto em questão? – pediu Welch.

Raven indicou com um gesto que ela continuasse.

– A senhorita e o Sr. Steele serão os Millers. Lovey e Evan.

Raven olhou para Steele. Ele não esboçou reação. Ela manteve o temperamento turbulento escondido sob a máscara.

– A governanta e o motorista atuais são casados. Alguns dias atrás, o marido recebeu uma carta, supostamente da família no Texas, mas enviada pelo meu escritório, dizendo que sua mãe estava à beira da morte. Ele e a esposa estão se preparando para partir, se já não foram. Há uma agente da Pinkerton em Charleston que está lá há seis meses trabalhando em outra investigação e se insinuou no círculo de amigos de Helen Stipe. Ela vai indicar vocês como substitutos e alegar que a senhorita trabalhava para mim, a irmã dela na Virginia. Ela dirá à Sra. Stipe que vocês pretendem se mudar para Charleston e precisam de emprego. Serão muito bem recomendados.

Raven achou aquela explicação bastante simples, mas se perguntou o que a outra detetive estava investigando.

– Por que a Sra. Stipe não contrata alguém local para substituir os dois?

– Ela é bem conhecida por pagar mal. Dizem que o outro casal só continuou trabalhando na casa porque tinham sido escravizados por ela antes da guerra.

– Até que ponto vamos interagir com essa outra agente? – perguntou o Steele mais jovem.

– Praticamente não vão. A missão dela lá está chegando ao fim e ela supostamente sairá de Charleston para visitar a família no País de Gales. Como irmã dela, em algum momento vou me juntar a ela lá, mas acompanharei vocês até Charleston para garantir que cheguem em segurança e amarrar as pontas soltas da venda da casa dela.

Raven não gostou de saber que ela viajaria com eles, simplesmente porque não gostava nem um pouco daquela mulher.

– Qual é o tamanho dessa casa? Fica em Charleston ou fora da cidade?

– Fica em Charleston mesmo. Tem dois andares, e os aposentos dos empregados ficam atrás da residência.

Raven guardou aquela informação.

– Os Stipes têm filhos?

– Não têm.

– Nós nos casamos por amor ou arranjo? – perguntou Braxton Steele.

– E que importância tem isso? – indagou Raven, considerando a pergunta esquisita.

– É que essa circunstância pode determinar como interagimos um com o outro.

– Por amor – respondeu Welch.

A expressão presunçosa dela fez Raven querer jogá-la em um pântano cheio de jacarés. *Por amor, uma ova!*

– Posso ser qualquer pessoa que o papel exija que eu seja, Sr. Steele.

Ela presumiu que as mulheres se atiravam aos pés dele, por sua beleza barbuda. Esperava que ele não achasse que a Sra. Lovey Miller fosse fazer o mesmo quando estivessem sozinhos.

– Tenho certeza de que a senhorita vai se sair bem – disse ele.

– Com certeza vai – acrescentou Welch. – Ela acabou de se gabar das habilidades da família. Não foi?

Raven lançou um olhar fulminante para Welch, que rebateu com uma expressão satisfeita.

– Quando partimos para Charleston e como vamos viajar?

– De trem, assim que meus oficiais enviarem os bilhetes por telegrama, o que pode acontecer hoje à noite mesmo. Então use o tempo que tem até lá para conhecer o Sr. Steele.

Aparentemente confiante de que tinha dado a última palavra, Welch enrolou o pergaminho, guardou-o e se levantou.

– Há um prazo para esta operação? – perguntou Raven.

– Espero resultados assim que possível, já que você é tão talentosa, Srta. Moreau. Não se esqueça de que sua liberdade, assim como a de todos nesta sala, depende do seu sucesso.

Bem ali, naquele momento, Raven decidiu que faria Welch pagar de algum jeito por sua arrogância autoritária. Não sabia como nem quando – mas ela pagaria.

– Foi um prazer conhecer todos vocês – disse Welch, sem se importar com o fato de todos saberem que era mentira. – Eu sei onde fica a saída.

Raven a acompanhou e observou da porta quando Welch subiu na carruagem e partiu.

Quando ela voltou à sala de visitas, Hazel questionou:

– Ela já foi?

– Já.

– Harrison, você ainda desenha?

– Sim.

– Quanto tempo levaria para fazer alguns retratos dela?

– Se você me ajudar com seu olhar perspicaz nos pormenores, talvez uma hora.

– Me bajular não vai levá-lo a lugar nenhum. Ainda estou furiosa, não se esqueça.

– Não esqueci. Mas estou ansioso para acalmar esse temperamento. Por que quer o retrato dela?

– Para que meu povo possa mostrar o rosto dela pela cidade. Quero saber tudo sobre essa mulher. Onde está hospedada, com quem conversa, onde e o que come. Tudo. Ela vir aqui e nos ameaçar assim…

– Estou com o meu kit. Só preciso de um lugar para trabalhar.

Hazel se levantou.

– Está bem, venha comigo. Raven e Braxton, usem esse tempo para se conhecerem melhor. Seus papéis são o segredo para isso dar certo. Vou mandar recado para os membros da família que acho que podem ser úteis e pedir que nos encontrem aqui mais tarde. Quando esse esquema acabar, Welch vai se arrepender do dia em que ficou sabendo que os Moreaux existiam.

Hazel e Harrison saíram, deixando Raven sozinha com o homem que em breve chamaria de marido.

CAPÍTULO 2

Braxton percebeu a hostilidade nos olhos de Raven Moreau. Ela era linda e impetuosa, e se não fosse uma ladra ele seria atraído por ela como uma mariposa é atraída pela luz. Ela não recuar nem demonstrar medo diante das ameaças de Welch era impressionante. A raiva que ele sentia do trabalho covarde da agência Pinkerton se igualava à da moça, mas suas famílias precisavam que trabalhassem juntos para resolver aquela confusão. Ser civilizado era um bom começo.

– Então, Lovey, como vamos nos conhecer?

– Primeiro, prefiro não ser chamada por esse nome até chegarmos a Charleston e o jogo começar. Segundo, lavei roupa o dia todo. Estou molhada e preciso me trocar. Podemos conversar sobre nosso suposto casamento quando eu voltar.

Sem esperar a resposta, ela saiu da sala.

Ele a observou partir. E lá se foi a civilidade. Aquele jogo, como ela disse, parecia destinado a desafiar não só a liberdade pessoal de Brax, mas também, graças à acidez de Raven, o temperamento dele. Ele se sentou no sofá e refletiu sobre as revelações que Welch havia feito sobre sua futura esposa de fachada. Será que ela seduzira mesmo homens com promessas de seu charme só para fugir com o dinheiro deles? Que tipo de família criava as filhas para desempenhar tal papel? Ele seria temporariamente ligado àquela família de golpistas e não sabia ao certo como seria capaz de ignorar a atração deles pelo crime. Seu pai ter feito parte um dia do mundo dos golpes era outra coisa que ele ainda estava tentando aceitar. Seus pensamentos foram interrompidos pela entrada da menininha magra de pele marrom que ele tinha visto mais cedo com Raven. Ela se aproximou dele e o encarou por um momento silencioso antes de dizer:

– Meu nome é Dorcas. Todo mundo me chama de Dorrie.

Uma fita azul prendia seus cachos curtos e macios, combinando com o vestido da mesma cor que parecia ser um uniforme escolar.

– Olá, Dorrie. Prazer em conhecê-la. Meu nome é Braxton.

– Prazer em conhecê-lo também, Sr. Braxton. Quando fizer meu vestido para o casamento, por favor, não se esqueça de colocar rosas vermelhas na cintura.

– Casamento?

– Para o casamento do senhor com Raven.

Será que ela sabia do plano de Welch?

– Não vai haver casamento.

– Sim, vai. Já contei à mãe Hazel e às minhas tias também, então não se esqueça.

Ela deu um sorriso largo e saiu da sala.

Pego desprevenido, ele se perguntou mais uma vez se a menina sabia do plano. Será que os Moreaux fariam uma criancinha ter um papel no esquema? Ele pôs de lado a confusão e os questionamentos quando Raven retornou, vestindo uma saia preta simples e uma blusa de manga curta cinza. O colarinho e a costura das mangas da blusa estavam puídos pelo uso, assim como a bainha da saia. Ela com certeza não se vestia como uma golpista abastada, o que suscitou ainda mais perguntas.

– A menininha Dorrie vai ser envolvida na nossa viagem a Charleston?

– Como assim?

– Ela acabou de me pedir que coloque rosas na cintura do vestido que vou fazer para ela usar no casamento.

– Que casamento?

– É exatamente isso que quero saber. Ela disse que eu e a senhorita vamos nos casar.

Raven ficou paralisada, depois lentamente passou as mãos pelo rosto e sussurrou:

– Minha Nossa Senhora.

– Algum problema?

– Não. Não é nada.

Ele tinha certeza de que havia mais naquilo do que ela parecia disposta a admitir, mas não sabia como obter a verdade. Maiores especulações foram suspensas pela entrada de duas mulheres mais velhas cuja pele marrom-clara radiante e olhos verdes mostravam grande semelhança com os traços de Hazel Moreau. Uma estava sentada numa cadeira de palha com rodas, empurrada pela outra. Dorrie estava com elas.

Raven as apresentou.

– Sr. Steele, essas são as irmãs da minha mãe, minhas tias Eden e Havana. Nós a chamamos de Vana. Tias, esse é Braxton Steele.

– Boa tarde, senhoras.

– Olá – disse Havana da cadeira. – Meu Deus, você é tão bonito quanto seu pai na sua idade.

– Vana – censurou Raven.

– Calada. Ele é, não é, Eden?

– É, sim – concordou Eden. – É a cara de Harrison. Ainda bem que Hazel decidiu que queria aquela carolina *creole* do Mississippi em vez de Harrison, senão Braxton seria seu irmão em vez de marido, Raven. Os Moreaux não se casam com parentes.

– Ele não vai ser meu marido – chiou ela.

Carolina *creole?* Brax estava ainda mais confuso.

As tias ignoraram os protestos da sobrinha.

– Hazel nos contou um pouco da história com aquela tal de Welch. Depois que isso acabar, vamos dar uma lição naquela mulher.

– E celebrar – acrescentou Havana. – Faz muito tempo que não temos um casamento. Raven, que tipo de bolo você quer? Raven?

– Não vamos precisar de bolo.

– Você não pode se casar sem bolo – rebateu Havana.

– Não vou me casar.

– Dorrie disse que você vai, e todas nós sabemos que ela nunca erra.

Brax observou Raven jogar a cabeça para trás e emitir um rosnado frustrado baixo, o que o deixou intrigado.

– Nunca? – perguntou.

– Por favor, fique fora disso – alertou Raven.

– Sou alfaiate – rebateu ele. – Se vou me casar, preciso dos detalhes para fazer um terno.

Não que ele acreditasse em uma palavra da previsão da menina.

– E meu vestido – acrescentou Dorrie, toda feliz.

Raven jogou a cabeça para trás de novo.

Braxton sentia como se tivesse entrado sem querer no elenco de uma peça de teatro. Não sabia que papéis estavam interpretando, mas Raven parecia não gostar nem um pouco do dela. A coisa toda era fascinante.

– O Sr. Steele e eu temos que conversar sobre algumas coisas – disse Raven às tias. – Podemos falar desse bolo outra hora.

– Então vamos continuar planejando o casamento sem a sua ajuda – afirmou Eden.

– Braxton, ela é cabeça-dura desde que nasceu – acrescentou Havana. – Lembre-se disso quando estiver lidando com ela.

– Sim, senhora.

Raven lhe lançou um olhar tão afiado quanto uma faca nova, mas ele deu de ombros.

– Mostre o caminho, Srta. Moreau.

Ela se virou, e ele a seguiu.

No segundo andar, depois de deixar de lado a previsão chocante de que Raven se casaria com Braxton, Hazel observou Harrison correr os olhos pelo cômodo que ela havia transformado em biblioteca.

– A iluminação aqui é suficiente?

Ele assentiu e colocou sua bolsa transversal na mesa mais próxima às janelas. Por um momento, eles apenas se encararam, e, embora Hazel não tivesse ideia do que ele estava pensando, estar perto de Harrison depois de tantas décadas despertava lembranças de sua juventude e de seus sentimentos por ele.

– Faz muito tempo – comentou ele baixinho.

– Sim, faz.

– Como você está? Além de ainda querer arrancar meu couro.

Ela deixou escapar um sorriso fraco.

– Estou bem. E você?

– Tive uma vida boa.

– Casado?

– Viúvo. Perdi Jane quando o menino era adolescente. Desde então, somos só nós dois. Você se casou com o *creole*?

Ela soltou um som de zombaria.

– Depois da loucura na igreja naquele dia? Não.

– Imagino que eu deveria dizer que lamento, mas nem agora vou me desculpar pelos sentimentos que eu tinha por você na época, Jade.

Ele a chamava de Jade por causa da cor de seus olhos, e ouvir aquele apelido de novo mexeu com seu coração.

24

– Você continua linda.

Mais lembranças surgiram: os jantares tarde da noite após o fechamento do bar, as caminhadas sob a luz do luar, o amor que faziam. Para fugir delas e dos sentimentos que lhe causavam, Hazel se virou para a janela e olhou o terreno tomado de plantas que rodeava sua casa.

– Você não perdeu o talento para conversa fiada. Seu filho também tem?

– Tenho quase certeza que sim. Ele era bem popular entre as mulheres quando era mais novo. – Harrison fez uma pausa. – Mas não consigo acreditar que ele e sua Raven vão mesmo se casar.

– Dorrie nunca erra, então vai ser interessante ver o desenrolar disso. Raven é difícil, focada, e já teve o coração partido. É determinada também. Quando tinha 9 anos, assumiu por conta própria a tarefa de arrumar um emprego para me ajudar a colocar comida na mesa. Toda vez que eu fazia com que um patrão dela a demitisse porque eu queria que ela frequentasse a escola, ela achava outro emprego. Um homem popular entre as mulheres não vai impressioná-la.

– Não há um homem vivo que não goste de uma mulher desafiadora, mesmo que leve algum tempo para conquistá-la. Se o casamento deles é certo, ela vai ser boa para ele. Ele sempre teve tudo, graças ao dinheiro da família da minha esposa, e nunca lhe faltaram mulheres.

Hazel olhou para ele por cima dos ombros.

– Sua esposa era rica?

– Muito. O pai dela tinha uma pequena frota de navios mercantes. Brax é o único neto, então herdou tudo depois da morte de Jane.

– Ele teve os privilégios da vida que eu queria que meus filhos tivessem. – Ela não disse que Harrison era o motivo para isso não ter acontecido, mas não precisava lembrá-lo disso. Podia ver que ele sabia pelo seu olhar brando de arrependimento. – Você amava sua esposa?

– Foi um casamento arranjado. O pai dela era um tirano. Ela se recusava a se casar com o homem que ele tinha escolhido para ela, então me propôs um acordo que permitia que ela escapasse das garras do pai e que eu largasse o cais e focasse nos meus desenhos. Eu a admirava, respeitava e jamais a envergonhei. Mas nunca a amei. Não como amei você.

Aquilo também mexeu com o coração dela.

– Vamos começar esse retrato – insistiu ela, em um tom delicado.

Ele assentiu.

No momento em que Braxton pisou do lado de fora com Raven, a umidade e o calor forte de fim de tarde o atingiram e ele logo ficou encharcado de suor, como se tivesse acabado de sair do rio Mississippi. O caminho estreito e sujo pelo qual Raven o guiava passava por uma área cheia de árvores altas e raízes elevadas que o obrigavam a andar com cuidado redobrado. Havia também uma abundância de arbustos que se prendiam em sua calça, enquanto outras folhas altas e finas tinham que ser empurradas para longe se ele não quisesse perder um olho. Raven caminhava com a saia balançando, sem dar nenhuma pista sobre o destino deles.

– De onde o senhor é? – perguntou ela sem olhar para trás.

Ele desviou a atenção do ritmo dispersivo da saia dela.

– Boston.

– Presumo que não faça calor assim lá.

– Não. Os meses do verão são quentes, mas nada comparável a isto.

Ele esmagou um mosquito na bochecha. Durante a guerra, fora alocado na Carolina do Sul com o 54º regimento de Massachusetts. As picadas de mosquitos tinham sido insuportáveis. Em Nova Orleans, pareciam igualmente ruins.

Numa pequena clareira à frente, ele avistou um gazebo coberto com trepadeiras. A madeira deteriorada e a base de pedra demonstravam a idade da estrutura. Subiram por dois degraus de madeira castigada, e lá dentro havia um par de bancos de pedra esverdeados pelo musgo e pelo mofo. Ele preferiu permanecer de pé.

Ela, enfim, se virou. Com os braços cruzados, observou-o silenciosamente. Braxton supôs que ela estava avaliando como lidar com aquilo. Já falara dos receios que tinha em formar uma parceria com ele. Todavia, Welch não tinha lhes dado escolha. Estavam juntos naquela maluquice.

– Então – disse ele –, aqui estamos.

– Eu preferiria estar em outro lugar, ou pelo menos com alguém que não fosse um novato nisso. Muitas coisas podem dar errado.

– Se estamos sendo sinceros, eu preferiria estar em outro lugar também, ou pelo menos com alguém que segue a lei.

– O senhor já expressou essa opinião ao seu pai, já que ele levava uma vida similar?

– *Touché*. A senhorita é sempre respondona assim?

– Não suporto idiotas.

– Só os que a senhorita engana?

– O senhor é sempre tão crítico?

– Em geral, não. Só quando devo escolher a qualidade dos tecidos e fazer moldes.

– Por Deus – sussurrou ela.

– Agora que quebramos o gelo, o que precisa saber sobre mim?

– É casado?

– Não. A senhorita?

Ela balançou a cabeça.

– Não. Idade?

– Trinta e oito. A senhorita?

– Trinta e dois.

– Amantes?

– E precisa saber disso por quê?

– Para o caso de alguém de quem a senhorita goste se ofender com esse tal casamento antes de partimos para a Carolina do Sul.

– Não precisa se preocupar. Não vamos anunciar no jornal nem nada do tipo.

Ele percebeu que ela não respondera à pergunta. Uma mulher com sua beleza devia ter legiões de homens aos seus pés.

– Vou acreditar na sua palavra.

– Que alívio.

O sarcasmo dela rivalizava com sua beleza. A pele marrom impecável e os cachos cor de cobre elevados por trás da tiara vermelha como uma coroa o lembravam do outono de Boston. O ar frio e as folhas brilhantes da estação eram sua época preferida do ano.

– Por que lhe deram um nome que significa corvo?

– Foi minha avó Fanny. Ela disse que havia corvos nas árvores quando eu nasci. Achou que fosse um sinal. Por que a pergunta?

– Porque não combina com a senhorita.

– E o que combina?

– O outono.

– A estação?

– Sua cor me lembra as árvores se transformando.

Raven ficou em silêncio por algum tempo, e ele notou seu ceticismo antes que ela perguntasse:

– Chamam isso de elogio em Boston?

– Considere uma simples observação.

– Acho que Raven combina mais comigo.

– Entendido.

Apesar da tensão entre eles, por motivos desconhecidos ele estava gostando da disputa verbal.

– Com que frequência Dorrie prevê o futuro?

– Não muita. O senhor já esteve em Charleston antes?

Ele sabia reconhecer uma mudança de assunto.

– Já. Fui designado para a Carolina do Sul durante a guerra. Não tenho boas lembranças dessa época.

Ele se alistara no 54º regimento de Massachusetts quando era um homem ingênuo querendo libertar os escravizados e mostrar ao país desconfiado que homens pretos eram tão corajosos e leais como qualquer um. Após ser dispensado em abril de 1865, voltara para casa endurecido, cínico e com raiva da intolerância que seu regimento tinha sofrido. Os pesadelos causados pelas mortes e pelos horrores que testemunhara o assombraram por meses.

Era impossível dizer se o fato de ser um veterano alterou a percepção de Raven sobre ele, pois a expressão dela não mudou. Jamais jogaria pôquer com ela.

– A senhorita já esteve em Charleston?

– Vezes suficientes para saber andar pela cidade.

Ele ponderou se essas visitas passadas tinham a ver com golpes.

– A senhorita tem família lá?

– Tenho. É uma parte pequena, então teremos auxílio se precisarmos.

– Bom saber. Será que Welch também sabe disso?

– Não tenho ideia de quanto ela andou investigando. Mas aprendi a nunca subestimar um oponente e nunca presumir nada.

– Será que ela tem outros detetives como apoio na cidade?

– Sim, e eles não acreditam que pessoas da nossa cor sejam espertas o suficiente para fazer o que os Moreaux fazem. Isso nos dá uma pequena vantagem no meio disso tudo.

– Por que eu tenho a impressão de que há mais coisas envolvidas além de encontrar um documento e devolver?

– Sempre há quando minha família esbarra com uma pessoa tão arrogante e autoritária como a detetive Welch. Somos como um ninho de cobras. Se mexer conosco, atacamos.

Ele compreendia o desejo dela de se vingar da agente Welch, mas não queria fazer parte disso. Sua principal missão era voltar para casa – além de não ir para a prisão. A detetive mencionara o tempo de prisão de Raven, e ele queria perguntar sobre isso, mas duvidava de que a moça fosse fornecer detalhes de livre e espontânea vontade, então deixou a curiosidade de lado.

– A senhorita tem um plano em mente?

– Além de vasculhar a casa de cima a baixo, não. Vamos planejar algo mais detalhado quando chegarmos lá e avaliarmos tudo. Acho que se Welch tivesse um plano, teria compartilhado. Mas talvez não.

– Ela estava bem focada na senhorita.

– Ela não gostou de eu ter exposto a hipocrisia dela. Pessoas como ela dificilmente gostam disso.

– Certo. E as outras coisinhas?

– Como assim?

– Sua sobremesa favorita. Um marido deve saber qual é a da esposa.

Ela parou para pensar.

– Torta de nozes. E a sua?

– *Crumble* de maçã. Seu passatempo favorito?

– Pescar.

– Sério mesmo? – surpreendeu-se ele.

– As pessoas não pescam em Boston?

– Os homens, sim. Mas poucas mulheres no meu círculo social pescam.

– As Moreaux amam pescar. É divertido e no fim ganhamos algo para comer também.

Ele achava o sotaque dela encantador. Não era uma fala arrastada, mas sim uma mistura musical das diferentes nacionalidades da cidade.

– O que o senhor gosta de fazer? – perguntou ela.

– Desenhar os moldes que faço para meu trabalho como alfaiate porque gosto dos cálculos matemáticos envolvidos. Também gosto de livros bons. É uma boa maneira de passar o tempo nos meses do inverno. A senhorita tem um livro favorito?

Ela balançou a cabeça, como se estivesse desconfortável, e não o encarou. Naquele momento, ele sentiu uma vulnerabilidade nela que o pegou desprevenido. Reconhecia que fazia pouco tempo que se conheciam, então não sabia quase nada dela. Mas a pergunta pareceu ter tocado em algo que ficava escondido sob a personalidade de rainha guerreira com língua afiada. Para a surpresa de Braxton, uma parte dele queria descobrir o que era para poder confortá-la.

– A senhorita viveu em Nova Orleans a vida toda?

– Sim. Minha família está aqui há várias gerações.

– Seu povo era escravizado ou livre antes da guerra?

– Os dois. Minha tataravó foi escravizada por colonizadores espanhóis. Alguns dos seus filhos homens eram livres, mas as filhas, não. Quando uma das filhas dela, minha avó Fanny, foi libertada, com 15 anos, havia Moreaux livres e Moreaux escravizados. Alguns compravam escravizados que eram parentes e depois os libertavam, até que isso se tornou ilegal. Outros colocavam o lucro acima do sangue e vendiam os primos, como os outros escravocratas da mesma classe social. Louisiana é um lugar complicado quando se trata da cor da pele. Presumo que sua família fosse livre.

– Por parte de mãe, sim. O pai dela, meu avô, serviu na marinha Britânica e se estabeleceu em Boston depois da Guerra da Revolução. Meu pai, Harrison, era escravizado no Texas antes de fugir e vir para cá. Ele conheceu minha mãe enquanto trabalhava no cais de Boston. – Não sabia como ela reagiria, então não contou que o avô era dono de uma frota de navios mercantes e que, graças ao dinheiro da família, tinha crescido sem conhecer a fome ou o sofrimento. – Obrigado por me deixar conhecê-la um pouco mais.

– Digo o mesmo. Mas me deixe dizer isso agora para que não haja desentendimentos depois. Só serei sua esposa no papel.

– Como assim?

– Nós dois somos adultos, Steele.

– Verdade, por isso preciso saber exatamente o que isso quer dizer.

– Sem intimidade de qualquer tipo.

– Nem beijos de mentira?

– Não.

– Nem se for necessário?

– Duvido que isso vá ser um requisito para o nosso trabalho.

– E se for?

Ela semicerrou os olhos.

– Tenho certeza de que as mulheres se jogam aos seus pés, só que um beijo do senhor, falso ou não, não me tornará uma delas. O senhor não faz meu tipo.

– Porque não vivo de dar golpes em pessoas?

– Porque o senhor acha que seguir a lei o torna melhor do que pessoas como eu.

– Eu nunca disse isso.

– Não com essas palavras, mas, sinceramente, dá para sentir o cheiro da crítica. – Ela o encarou de cima a baixo. – Esse terno que está usando parece ser caro, o que me faz pensar que tem algum dinheiro, então poupe o charme e os flertes para as inocentes bobinhas que conhece na sua cidade, com vestidos caros e chinelos de solas fofas. Não vou desejar o senhor nem o que tem entre as pernas.

Brax não tinha notado que alguém se juntara a eles até uma mulher às suas costas dizer:

– Vejo que está indo tudo bem.

– Tão bem quanto se podia esperar – respondeu Raven, com os olhos ardentes.

A feroz represália teria murchado o orgulho de alguns homens. Brax não se incomodou. A rainha guerreira com língua afiada retornara. A descrição das jovens de onde ele morava tinha sido correta, mas nenhuma delas se referia de forma tão direta ao membro masculino, pelo menos ao alcance dos seus ouvidos. Ela fazer isso com tanta naturalidade fez com que o seu membro se contraísse e despertou pensamentos eróticos que ele deu tudo de si para ignorar.

– Sr. Steele, essa é minha prima Lacie Deveraux. Lace, esse é Braxton Steele.

Ela apareceu na frente dele. Sua pele e seu cabelo eram da cor de um dobrão espanhol. Os olhos eram verdes, e seu rosto era tão lindo quanto os das outras mulheres Moreaux que ele tinha conhecido até o momento.

– Prazer em conhecê-la – disse ele.

Lacie o encarou.

– Igualmente. Mamãe estava certa sobre a beleza dele.

– Isso não ajuda – disse-lhe Raven.

– Só estou constatando um fato. Mandaram que eu viesse buscá-los, então abaixem as espadas e vamos.

Raven lhe deu um último olhar reprovador antes de os dois seguirem a prima pelo caminho de volta.

CAPÍTULO 3

Enquanto caminhavam, Raven ouviu risadas de crianças ao longe. O som significava que a família tinha começado a chegar, como fazia na maioria dos dias, e isso melhorou seu humor. Ela sempre gostava da presença deles, não importava o motivo.

– Renay já está em casa?

– Ainda não. Deve chegar mais tarde.

Renay era o irmão mais velho de Lacie. Ele tinha ido para Chicago cuidar de um trabalho que envolvia uma cópia de *O menino azul*, de Thomas Gainsborough. A pintura roubada seria passada aos parentes Moreaux em Havana, que a mandariam para conhecidos deles na Espanha, onde seria vendida.

Raven ia perguntar a Lacie sobre o irmão mais novo dela, Antoine, quando foram surpreendidos por um pequeno grupo de primos novinhos saindo correndo das árvores. Um dos meninos bateu no braço de Raven e gritou:

– Está com a prima Raven!

E o grupo saiu correndo.

Raven e Lacie trocaram um sorriso. Ela notou o sorriso de Steele e percebeu que ele tinha algo dentro de si além de críticas. Ele a olhou, mas não disse nada. Os três retomaram a caminhada.

Ao chegarem à casa, ela viu uma tropa de adolescentes da família limpando as grelhas e os defumadores na cozinha do lado de fora, sob os olhos vigilantes de Vana. A família se reunia aos domingos para jantar, e a tarefa dos jovens fazia parte da preparação. Por causa da missão, Raven provavelmente perderia o próximo encontro, pois já estaria a caminho de Charleston. Adicionou mais um pecado à conta de Welch.

A visão da limpeza das grelhas despertou uma velha lembrança.

– Lacie, você se lembra daquela vez que a gente comprou uma poção da velha feiticeira da Ramparts Street para ficarmos invisíveis e não ajudarmos na cozinha?

Lacie riu.

– Ficamos bem invisíveis, sim. Passamos o dia todo vomitando na latrina.

– Quantos anos tinham? – perguntou Steele.

Raven refletiu.

– Nove? Talvez 10?

Lacie concordou.

– Nunca mais compramos nada dela.

– Por que gastaram dinheiro numa coisa que seria impossível acontecer?

– Éramos crianças – defendeu-se Raven.

– E se a tia Vana o estivesse forçando a trabalhar dia e noite, o senhor também sairia atrás de poções – acrescentou Lacie. Ela o observou por um momento antes de perguntar a Raven: – Ele sempre fica julgando?

– Parece que sim.

– Que pena. Um desperdício de beleza.

Pelas nuvens tempestuosas que se formaram nos olhos escuros dele, Raven presumiu que Braxton não tinha gostado da afirmação e riu consigo mesma. *Não julgueis para que não sejais julgado* veio à mente dela.

O interior da casa estava cheio de primos de todas as idades, tons de pele e gêneros, representando os nove ramos da família imediata. Alguns estavam na cozinha ajudando tia Eden com mais tarefas do jantar; outros estavam de pé ou sentados, rindo e conversando, enquanto um pequeno grupo jogava cartas à mesa perto das janelas da sala. Os mais novos quase sempre se reuniam na casa de Hazel depois da escola para esperar os pais, que os buscariam quando saíssem do trabalho. Alguns tinham idade suficiente para terem empregos e filhos, mas apareciam pelo companheirismo. Como sempre, o barulho estava alto, mas preenchia o espírito de Raven como um maná.

Sobrepondo-se à gritaria, Lacie disse:

– Tia Hazel disse para nós três a encontrarmos lá em cima.

No caminho, Raven parou por um momento para abraçar aqueles que não via havia algum tempo, beijar as bochechas gorduchas fofas de alguns bebês e olhar por cima do ombro para as cartas que um primo segurava. Steele observou tudo em silêncio.

Raven sabia que algumas pessoas se sentiam sufocadas pelo tamanho de sua família e perguntou a si mesma se ele era uma delas.

Eles se juntaram a Hazel e Harrison Steele na pequena biblioteca. Quando Raven encontrou os olhos da mãe, que lhe perguntavam silenciosamente como ela se saíra com Braxton, ela respondeu com um pequeno dar de ombros. Contaria os detalhes mais tarde, quando estivessem sozinhas.

– Venham olhar para o esboço e ver o que acham – pediu Hazel.

Eles se aproximaram e avaliaram o esboço feito a caneta e tinta aquarela. Raven ficou impressionada. Harrison tinha capturado muito bem a fisionomia da detetive: desde a gordurinha do queixo e do maxilar envelhecidos até a firmeza séria do rosto e dos olhos.

– Ficou muito bom.

– Ótimo trabalho, pai – afirmou o filho. – Excelente.

– Obrigado.

Harrison olhou para Raven e o filho como se buscasse respostas também, mas Raven não entregou nada. Deixaria que Braxton expressasse o ponto de vista dele.

– Eu gostaria de uma duplicata para mostrar por aí – falou Lacie. – O senhor tem mais?

– Queríamos a opinião de Raven e Brax primeiro – respondeu Harrison. – Quantas mais acha que vocês vão precisar, Hazel?

– Consegue fazer cinco antes do anoitecer? Assim Lacie pode mostrar na casa de apostas dela quando sair daqui.

Raven viu Braxton se enrijecer.

– Sim, Sr. Crítico, minha prima é dona de uma casa de apostas, e muito bem-sucedida, devo acrescentar.

– Eu não disse nada, Srta. Moreau.

– Não precisou.

Lacie manifestou os mesmos receios que Raven.

– Temos certeza de que ele está apto para esse esquema da Pinkerton?

– Não – respondeu Raven, bruscamente. – Mas não temos escolha.

– Nem eu, Lovey – respondeu ele.

– Não comece, Evan! – rebateu ela.

– Parem de brigar – advertiu Hazel baixinho.

– Ele vai nos botar na cadeia.

Hazel lhe lançou um olhar dominante.

Raven sabia que brigar com a mãe não ajudaria em nada, mas ela queria reclamar e bater o pé como uma criança petulante. O pretensioso e rabugento Braxton Steele seria tão útil quanto um leitão com uma vara de pesca. Em vez de falar isso, ela abrandou a chama que fomentava seu temperamento e focou na situação à frente.

Braxton não estava acostumado a ser desprezado dessa forma. Ele podia não saber os pormenores da vida de golpistas, mas onde morava era conhecido por ser honesto e justo na vida profissional e pessoal. Não que Raven Moreau se importasse. Ela o acusava de ser muito crítico, só que era como o sujo falar do mal lavado, pois sua percepção dele também estava errada.

A voz de Hazel trouxe o foco dele de volta à conversa.

– Harrison e eu devemos chegar a Charleston alguns dias depois de vocês. Vou mandar um aviso à família de lá para saberem que estamos indo. Raven, se você conseguir o endereço de onde Welch vai se hospedar enquanto estivermos por lá, será útil. Quero ficar de olho nela.

Antes que Raven pudesse responder, um homem alto e loiro de olhos azuis entrou no cômodo. O rosto dela se iluminou de um jeito que Brax ainda não tinha visto direcionado a si próprio.

– Renay, seja bem-vindo – disse ela.

O homem lhe deu um beijo no rosto e cumprimentou Lacie e Hazel do mesmo jeito afetuoso.

– Obrigado. Cheguei há um tempinho.

Ele se virou para Brax e Harrison.

– Renay Deveraux – disse, estendendo a mão.

Os Steeles se apresentaram.

– Prazer em conhecer os senhores – disse Renay.

– Como vão as coisas? – perguntou Lacie.

– Muito bem. O prêmio está a caminho. – Ele olhou ao redor. – Então, o que eu perdi?

Hazel lhe forneceu uma versão resumida da missão de Welch. Quando ela repassou a parte do casamento de fachada, os olhos azuis se direcionaram para Brax e o observaram por um bom momento antes de se virarem para Raven, que não disfarçou seu descontentamento.

– Interessante – comentou Renay. Ele observou Braxton mais uma vez antes de voltar a atenção para Hazel. – Essa Welch sabe como os Moreaux podem ser perigosos?

– Duvido que saiba – falou Raven.

– Então precisamos lhe mostrar.

– Concordo – disse Lacie.

– Vamos cuidar dos negócios da família primeiro – pediu Hazel. – Depois que Raven e Brax acharem o documento, podemos debater sobre como fazer a detetive pagar.

– Vão precisar de minha ajuda em Charleston? – perguntou Renay. – Não tenho nada planejado no momento.

Raven fez uma pausa, como se estivesse considerando o pedido.

– Já que mamãe e os parentes de Charleston estarão por perto, acho que não vou precisar de muita ajuda, mas, por segurança, pode ser bom ter você por perto, Renay.

– E eu? – perguntou Lacie. – Também posso ajudar se precisarem de mim. Era para eu ir cuidar daquele trabalho na Pensilvânia, mas posso adiar.

Raven balançou a cabeça.

– Não adie a Pensilvânia. Steele e eu devemos ficar bem com os auxiliares que já teremos conosco.

Brax olhou para a expressão sombria no rosto do pai. Pelo jeito, a seriedade do trabalho não passava despercebida por nenhum dos dois. A conversa contínua sobre se vingar da detetive permanecia uma preocupação. Ele só entenderia o que o pai achava daquilo quando conversassem em particular, mas Brax já sabia a própria posição. Queria que o trabalho acabasse o mais rápido possível para que pudesse voltar para a existência calma e sem complicações de Boston. Sabia que muito dependia de ele e a espinhosa Raven conseguirem trabalhar juntos, o que era outra preocupação, considerando os embates que vinham tendo.

Logo depois dessa reflexão, chegaram mais três pessoas. Um homem com pele muito branca e cabelos e olhos muito pretos foi apresentado aos Steeles como Emile Moreau. Com ele estava uma jovem magra e pequena de pele marrom-clara e olhos castanhos. Seus cabelos estavam escondidos por um turbante enfeitado com miçangas douradas e conchas. Seu nome era Alma e, quando ela foi apresentada a Brax, seu rosto impassível o fez pensar no de Raven. A terceira pessoa, Bethany Moreau, era uma mulher alta e larga. Parecia ser da idade de Raven e Lacie. Com um turbante dourado e um cafetã esvoaçante preto com traços dourados e vermelhos, ela parecia uma deusa africana de pele escura. Sua beleza era ofuscante.

– Prazer em conhecê-la – disse ele, enfim encontrando a voz.

– Igualmente – respondeu ela, observando-o com frieza.

Hazel lhes forneceu as mesmas informações que tinha dado a Renay sobre a parceria indesejada com Welch, e os recém-chegados olharam para Brax com um ar de especulação, ainda mais quando ficaram sabendo do casamento de fachada e da inexperiência dele em golpes. Ele se preparou para mais chacotas, só que não vieram. Em vez disso, a conversa seguiu centrada em temas como a logística da viagem até Charleston, o tamanho da casa, a possível configuração dela e os lugares em que os retratos feitos pelo pai de Brax poderiam ser mostrados para descobrir onde a detetive Welch poderia ser encontrada na cidade. A maior parte da conversa foi conduzida por Raven. Ela respondia a perguntas, criava cenários e acatava aqueles com uma ideia melhor com a competência de um general preparando os subordinados para a batalha. Braxton a achava impressionante. Perguntou-se há quanto tempo ela exercia esse papel e com quem o aprendera. Por ser inexperiente nesse tipo de situação – e, consequentemente, incapaz de contribuir com algo importante na conversa –, ele ficou em silêncio, ouvindo.

Pouco tempo depois, Hazel propôs que eles se encontrassem de novo no dia seguinte.

– Antes de Raven e eu partirmos para Charleston, preciso saber que esquemas vocês estão comandando e onde estarão, para que eu conte a Vana e Eden.

Em seguida, a reunião acabou. Brax encontrou o olhar de Raven do outro lado do cômodo, mas ela logo voltou a atenção para a conversa com Alma. Ele precisava conversar com o pai sobre hospedagem, pois ainda tinham que encontrar um lugar para dormir naquela noite. Achou que aquele era um momento oportuno, já que estava cansado e nenhum dos dois tinha comido desde que chegaram com Welch no trem de Boston. Porém, antes que ele pudesse se mexer, uma voz o parou.

– Sr. Steele, Emile e eu gostaríamos de conversar com o senhor por um momento.

Ele se virou para olhar Renay e Emile e perguntou a si mesmo sobre o que seria aquilo.

– Vamos lá.

– Por favor, nos acompanhe até a sacada.

Brax os seguiu para fora e ouviu risadas de crianças em algum lugar abaixo.

– Sobre o que desejam conversar?

Renay tomou a frente.

– Raven.

– O que tem ela?

– O senhor vai mantê-la segura? – perguntou Emile.

Brax olhou para os dois e percebeu suas preocupações.

– Vou dar o melhor de mim para que ela não se machuque.

– Como primos homens, é nosso dever garantir que ela esteja protegida.

– Entendo.

– E que o senhor, pessoalmente, não vai machucá-la – acrescentou Renay.

Brax soube o que aquilo queria dizer.

– Já discutimos os limites desse casamento de fachada. Sou um homem honrado. Nunca forcei uma mulher e não pretendo fazer isso com ela. Os senhores têm a minha palavra.

Eles pareceram satisfeitos com essa promessa. Brax não se ofendeu com o pedido. Era um estranho para a família, então entendia a necessidade de uma garantia.

– Se eu estivesse na posição dos senhores, pediria a mesma coisa.

Emile, de cabelos pretos, pareceu impressionado.

– Agradeço.

– Eu também – acrescentou Renay.

Os primos estenderam a mão, e Brax apertou a de cada um em resposta. A confiança deles parecia genuína, e ele sentiu que um pedaço do muro que o separava da família tinha sido parcialmente demolido.

– Os três estão aqui fora planejando minha ruína? – perguntou Raven, juntando-se a eles.

Os sorridentes Renay e Emile se viraram para ela e responderam juntos:

– Sim.

Braxton continuou em silêncio. Pela afeição na voz e pelo jeito dela, era óbvio que os dois homens tinham um lugar especial em seu coração. Ela com certeza preferiria que Brax estivesse em outro lugar, e, por mais que essa linha de pensamento não tivesse lógica, ele imaginou como seria ter aquela afeição para si mesmo.

Olhando de relance para Brax, ela perguntou aos primos:

– Ele passou na inspeção?

Os homens o olharam e mais uma vez responderam juntos:

– Sim.

– Já que todos nós ganhamos a vida mentindo, vou acreditar na palavra de vocês. – Virando-se para Brax, ela acrescentou: – Mas tome cuidado, Steele. Se eles o corromperem, o senhor nunca se perdoará.

Dito aquilo, ela voltou para dentro.

Brax suspirou.

– Ela é sempre tão difícil?

– Nem sempre. Esse problema com a agente Welch está sob a responsabilidade dela, e ela não gosta de ser manipulada.

– Só perguntei porque Dorrie previu um casamento de verdade entre nós, então eu gostaria de saber em que vou me meter quando nos tornarmos marido e mulher.

Emile inclinou a cabeça.

– O que foi que Dorrie disse?

Brax contou do vestido e acrescentou:

– É óbvio que estou brincando. Não acredito nela de fato.

Renay e Emile trocaram um olhar expressivo e, de novo em uníssono, gargalharam tão alto que Brax podia jurar que dava para ouvi-los em Boston.

– Raven sabe? – perguntou Renay quando foi capaz de falar de novo, com os olhos arregalados.

– Sabe.

E outra rodada de gargalhadas os sacudiu tão forte que Brax achou que eles poderiam cair do parapeito. A diversão deles era tão contagiosa que ele sorriu em resposta.

– Por que isso é tão engraçado?

– Sem ofensas, mas Raven se casando com alguém tão sério e certinho como o senhor parece ser... Ela está doida?

– Ela e eu temos discordado de tudo desde que nos conhecemos, então não sei muito sobre isso. Os senhores não acreditam realmente na previsão de Dorrie, certo?

Ainda rindo, Renay respondeu:

– Dorrie nunca erra. Nunca.

– Se ela está prevendo um casamento e sabe o que vai usar na festa – acrescentou Emile –, não há muito que fazer. É inevitável.

Brax se recusava a levá-los a sério.

– Alguém já lhe contou de nossa Dorrie?

– Não.

O sorriso no rosto de Emile foi substituído por uma solenidade que fez Brax hesitar.

– A mãe dela morreu no parto. A parteira declarou Dorrie natimorta, mas, um minuto depois, ela respirou pela primeira vez. Deram-lhe o nome de Dorcas por causa da mulher na Bíblia que é ressuscitada.

Um calafrio percorreu a coluna de Brax.

– Ela tem o que os anciões chamam de vidência – acrescentou Renay. – Vê e sabe coisas que uma criancinha da idade dela não deveria ver nem saber. Em geral ela é só uma menininha que gosta de pular corda e jogar cinco-marias e às vezes se encrenca como a maioria das crianças, mas tem uma parte dela que previu a morte da nossa avó, sabe quando tempestades estão a caminho e qual vai ser o sexo de um bebê que não nasceu ainda, entre outras coisas.

– Ela não faz previsões com frequência, mas é sempre precisa, então aprendemos a não menosprezá-la – explicou Emile.

– Mas nem tudo que ela nos conta é importante – falou Renay com um sorriso afetuoso. – Alguns meses atrás, perdi meu par favorito de luvas de dirigir. Ela não tinha como saber que elas sumiram ou que eu tinha vasculhado o apartamento de cima a baixo atrás delas. Ainda assim, se aproximou de mim durante um jantar de família no domingo e me contou onde encontrá-las. E não é que estava certa?

Brax não sabia o que pensar. Ele era da prática, costeira e devota Boston. Pelo que sabia, lá não se falava de videntes.

– Ninguém consegue prever o futuro.

– Ignore o dom de Dorrie por sua conta e risco – advertiu Renay.

Emile sorriu e deu um tapa descontraído nas costas de Brax.

– Vai gostar de ser um Moreau. Prometo.

– E vai ser bom ter um alfaiate na família – disse Renay.

Brax viu Raven parada na porta. Ele se perguntou o quanto ela tinha ouvido. Pelo modo como o olhou e logo se virou e desapareceu, ele presumiu que ouvira mais do que o suficiente.

– É cedo demais para um conhaque? – perguntou Raven após sair da sacada e voltar para a biblioteca.

Ela se dirigiu ao pequeno armário onde ficava o licor da mãe e tirou uma garrafa e alguns copos, depois olhou para as primas sentadas.

– Alguém quer me acompanhar?

Sua mãe e Harrison tinham se isolado no escritório para trabalharem nos esboços extras, portanto restavam apenas Alma, Beth e Lacie. Ninguém negou, então Raven serviu dois dedos em cada copo e os distribuiu. Ergueu o seu para um brinde.

– À minha sanidade.

Sorrisos preencheram o cômodo.

– Isso tem a ver com fingir ser esposa do lindo Steele mais jovem? – perguntou Bethany.

Raven grunhiu e se sentou no sofá ao lado de Lacie, que sorriu.

– Acho que aí está a resposta – falou ela.

– Dorrie disse que vou me casar com ele.

O silêncio reinou depois dessas palavras.

Alma, a especialista da família em abrir fechaduras, perguntou:

– Casar? Casar de verdade, diante de um padre?

Raven respondeu tomando um longo gole.

– Ai, meu Deus! – exclamou Beth, chocada. – Raven?

– Não estou contente. Alguém escreva isso para que haja um registro oficial da minha resposta.

Lacie riu.

– Tenho que admitir que ele é um colírio para os olhos, mas o rei na barriga dele vai dificultar a noite de núpcias.

– Coloquem isso na resposta oficial também.

Risos se seguiram.

Raven pôs o copo na mesa ao lado e apoiou a cabeça nas mãos.

– Ele critica tudo, é presunçoso e tem o nariz tão empinado que me espanto por conseguir nos ver aqui embaixo. – Então acrescentou: – E depois do desastre com Tobias, não quero marido nenhum, nem de fachada.

– Nem todos os homens são cafajestes como Tobias, Raven – ressaltou Alma.

– Eu sei, mas ele foi cafajeste o bastante para me fazer querer desistir dos homens pelo resto da vida. Pelo amor de Deus, eu acabei na cadeia. As mulheres Moreaux são as rainhas do jogo, não deveríamos ser envergonhadas.

– Você precisa parar de se culpar tanto – disse Beth, gentil. – Às vezes, quando acreditamos estar apaixonadas, perdemos o bom senso.

– E o meu sumiu mesmo. Nunca mais vou entregar meu coração a outro homem. Nunca.

– Então se casar com Steele vai ser bom para você – falou Lacie. – Seu coração não estará envolvido.

– Mas quem quer se amarrar a um homem de quem não gosta? – perguntou Raven.

– De fato.

– Talvez você acabe se apaixonando por ele – disse Alma.

– Bate na madeira.

– Seja como for – interveio Beth –, quero assistir de camarote, porque parece que vai ser divertido. Dorrie sempre acerta.

– Dessa vez ela vai errar.

– Quero assistir de camarote também – falou Lacie, depois perguntou: – Será que Dorrie prevê alguém para mim? Deus sabe que seria bom eu me casar e aproveitar o amor de um bom homem.

– Pode ficar com Steele.

Naquele momento, ele e os primos saíram da varanda, e toda a conversa parou.

– Que silêncio estranho aqui – comentou Emile.

– Não estávamos falando de você, se estiver preocupado – disse Raven.

Ela olhou para Steele e, em vez de desviar o olhar como uma virgem tímida, o encarou.

– Podemos jantar hoje à noite? Só nós dois? – perguntou ele, falando baixo, como se estivessem sozinhos.

Ela ficou abalada não só com o modo como o tom íntimo reverberou nela, mas também pela conclusão de que não poderia recusar o pedido sem parecer a criança petulante com a qual tinha se comparado mais cedo. Estava encurralada, e todos no cômodo sabiam disso.

A entrada de Hazel interrompeu a batalha silenciosa deles.

– Lacie, aqui está sua duplicata do retrato.

Lacie se levantou.

– Ótimo. Raven e Braxton vão jantar, então vou pegar isso e deixá-los em paz. Se o retrato der algum resultado, eu aviso.

Com o retrato na mão, ela deu uma piscadela para Raven e saiu.

– Aproveitem o jantar – disse Renay. – Tia Hazel, o restante de nós vai esperar lá embaixo.

À medida que saíam, os primos davam um sorriso conspirador para Raven, e ela quis enfiar cada um deles num formigueiro por achar a relação dela com Steele engraçada.

– Jantarem juntos é uma boa ideia – comentou Hazel. – Braxton, seu pai contou que vocês dois vieram direto do trem e não tiveram a oportunidade de procurar uma pensão. Temos muitos quartos extras, então o convidei para ficar aqui. Ele concordou, e é óbvio que você é bem-vindo também.

– Obrigado. Vou aceitar sua oferta gentil.

Ela, então, se dirigiu a Raven.

– Vana está fazendo gombô. Podem usar a sacada para jantar. Vou mandar alguém com a comida e garantir que vocês não sejam perturbados.

Sem ter outra escolha, Raven agradeceu.

Hazel partiu, e Raven e Brax ficaram sozinhos.

– O que é gombô? – perguntou ele.

– Um tipo de ensopado. Todo mundo aqui em Louisiana gosta.

– Então estou ansioso para provar. A senhorita pode me mostrar onde lavar as mãos?

Ela assentiu, tensa.

– Por aqui.

CAPÍTULO 4

Pouco tempo depois, tia Eden chegou com a comida. Além das tigelas e dos talheres, ela trouxe uma baguete ainda quente, uma jarra de água e copos. Depois que a tia saiu, Raven usou uma concha para servir o gombô numa tigela e pôs uma porção de arroz em cima.

– A senhorita não come o arroz separado? – perguntou Brax, observando-a.

– Acho que dá para comer, mas esse é o jeito tradicional.

– Tudo bem.

Repetindo as ações dela, Brax encheu uma tigela com gombô e arroz e seguiu Raven até a sacada. Havia uma mesinha de ferro bem no canto, sombreada por galhos de uma árvore grande. Raven entrou de novo para pegar a água e os copos. Quando retornou, ele estava de pé ao lado da cadeira dela.

– Um cavalheiro sempre ajuda a dama a se sentar – explicou ele.

Em vez de debater, ela aceitou a ajuda. Enquanto se sentava, a presença dele às suas costas despertou uma sensibilidade que Raven estava determinada a ignorar. Nenhum homem tinha o direito de afetá-la daquele jeito poucas horas após se conhecerem.

Depois que ele se sentou, ela fechou os olhos por um momento para rezar. Quando os abriu, Brax a encarava. Era difícil decifrar sua expressão.

– O que foi?

– Nada – respondeu ele. – Não quero ser acusado de julgar demais de novo.

– Diga o que ia dizer.

Nenhum homem tinha o direito de ser tão insuportável também.

– Só percebi que a senhorita reza e mesmo assim rouba as pessoas.

– Pecadores devem rezar. Passe a baguete, por favor.

Ele obedeceu.

Irritada, ela arrancou um pedaço do pão e o colocou no prato sob a tigela antes de mergulhar a colher no saboroso gombô. Enquanto dava a primeira colherada, ela notou os movimentos hesitantes dele, mas manteve os comentários para si e esperou a reação dele à comida.

Não demorou muito.

– Isso está muito gostoso.

– A tia Vana é uma das melhores cozinheiras da cidade.

– Mas é mais picante do que aparenta. Ainda mais essa linguiça. É linguiça mesmo?

– É *andouille*. São os alemães que fazem. Acho que em outros lugares chamariam de linguiça, mas aqui é apenas *andouille*.

Eles comeram em silêncio. Braxton se serviu da água no jarro.

– Quer um pouco?

– Quero, por favor. – Quando ele encheu seu copo, ela disse: – Obrigada.

– Não tem de quê.

Eles se encararam. Raven desviou o olhar.

– Que tipo de comida o senhor come em Boston?

– Nada parecido com isso.

Para a surpresa de Raven, ela gostou do sorriso casual que ele deu. Suavizava a rigidez do rosto sob a barba preta rente e aliviava um pouco a tensão. Ele com certeza era um colírio para os olhos femininos. Não que ela se importasse.

– Onde moro – continuou ele –, comemos galinhas, carnes, legumes. Muito feijão e peixe, e bastante sopa para suportar os meses frios.

– Parece um pouco entediante.

– Muito, comparado a isto aqui.

– Que bom que gostou.

– Gostei.

Eles estavam se encarando de novo. Raven jurou que não sentia atração por aquele homem, nem queria sentir; apesar disso, algo inexplicável estava crescendo e causando um tipo diferente de irritação nela.

– Fale da sua família, se não for pedir muito – disse ele.

– O que deseja saber?

– A senhorita é parente de todas as pessoas que vi lá embaixo?

– Sou. Minha avó Fanny teve nove filhos, seis homens e três mulheres. A maioria das pessoas que viu são meus primos.

– E qual é a relação entre as pessoas que estavam aqui?

– Lacie e Renay são irmãos. A mãe deles é a tia Eden. A tia Vana é mãe de Emile e Alma. Beth é filha de um dos meus tios.

– A senhorita tem irmãos?

– Uma irmã mais nova, Avery. Ela, o marido e as duas filhas moram na Califórnia. – E Raven sentia saudade deles a cada minuto do dia. – Eles se mudaram para lá há dois anos. E o senhor? Tem irmãos?

– Não. Sou filho único e minha mãe era filha única. Meu avô tinha parentes que deixou para trás na Inglaterra. Eu era muito novo quando nos visitaram pela última vez, e como ele, minha avó e minha mãe já morreram, não tenho ideia de como contatá-los. Meu pai tinha família, mas eles todos foram vendidos durante a escravidão, então ele nunca conseguiu achá-los.

– Deve ser difícil para ele. Tantas pessoas ainda estão procurando os parentes. – Ela se sentia sortuda nesse sentido, porque os Moreaux sabiam o paradeiro da maioria dos parentes vivos e das sepulturas daqueles que tinham falecido. – Como é ser filho único? Não consigo imaginar crescer sem uma casa cheia de primos com quem brincar, pescar e brigar por causa de besteira.

– É bem mais silencioso.

Ela riu.

– Moreau e a palavra "silencioso" nunca aparecem na mesma frase. O senhor era solitário quando criança?

Por um momento, ele não respondeu, e ela pensou ter visto um toque de tristeza nos olhos dele antes de sumir rapidamente.

– Acho que eu era, vendo do seu ponto de vista, mas eu tinha meus livros, meus pais, meus avós e um grupo de amigos, além de ter o prazer de navegar pelo mundo.

– Como assim?

– Meu avô era dono de uma pequena frota de navios mercantes e barcos de pesca. Com 8 anos fiz minha primeira viagem como camareiro dele. Já visitei boa parte do mundo.

– Sério?

Ele fez que sim.

– Então eu estava certa quando disse mais cedo que sua família tinha dinheiro? – Ele se enrijeceu e a observou, como se estivesse tentando decidir como responder. – Desculpe. Foi uma pergunta grosseira até para mim. Só estou tentando descobrir quem é você aí em cima do pedestal.

Ele deu outro pequeno sorriso.

– Entendo. Acho que se poderia dizer que minha família tem dinheiro.

Meus pais e meus avós sempre tiveram casas boas. Eu cresci com tutores, criados, e nunca fiquei sem eles. Minha mãe não precisava trabalhar, então passava a maior parte do dia ajudando os necessitados, mas nós nunca exibimos nosso status. Ela chamava de riqueza discreta.

– Nunca ouvi essa frase antes. Quantos anos o senhor tinha quando ela faleceu?

– Quinze.

– Meus pêsames.

– Obrigado. E seu pai?

– Ele morreu de febre amarela quando eu tinha 4 anos e Avery, 2. Mas ele e minha mãe nunca se casaram. – Ela supôs que aquele era outro pecado para ele julgar. – Ele era um marinheiro haitiano. – Nenhuma das irmãs Moreaux teve um homem permanente na vida. Entretanto, cada uma tinha conhecido o amor e sido amada ferozmente. – Mas minha mãe nunca mencionou seu pai.

– Eu não sabia nada do passado deles também, até a detetive Welch aparecer. Parece que ele amou muito sua mãe.

Raven ainda especulava sobre essa relação e esperava que tivesse uma chance de conversar em breve com a mãe sobre ela.

– A senhorita já se apaixonou? – perguntou ele.

Era uma pergunta inesperada, mas ela concluiu que era natural, considerando o rumo da conversa. Em resposta, ela se lembrou da relação com Tobias Kenny e do seu fim desastroso.

– Achei que tivesse, mas acabou tão mal que... – Suas palavras se esvaíram, como se outras não fossem mais necessárias. – E o senhor?

Ele balançou a cabeça.

– Não, mas pretendo me casar.

– Não será comigo – afirmou ela, brindando à fala com o copo de água. – Independentemente da previsão de Dorrie.

Ele brindou em resposta.

– Concordo.

Eles estavam mais uma vez focados um no outro, e ela não tinha certeza se saber mais sobre ele havia aumentado ou diminuído o seu desejo de mantê-lo longe.

– Está à procura de um amor?

– Não. Acredito que desde que as duas pessoas envolvidas sejam compatíveis e dividam valores e opiniões de vida similares, amor não é um requisito.

– Entendo. Bem, não precisa me considerar uma candidata. Não somos nem um pouco compatíveis. Você tem bastante dinheiro. Eu cozinho e limpo para os outros porque não tenho nada. Você tem limites rígidos relativos a como a vida deveria ser, e eu não.

– Verdade, mas se dar golpes é seu estilo de vida, por que está fazendo trabalho doméstico?

– O senhor ainda não conquistou o direito de saber a resposta a essa pergunta.

E provavelmente não o ganharia durante o pouco tempo em que estariam juntos. Os detalhes do que veio a se chamar Plano de Fanny eram só para a família.

– Desculpe por enfiar o nariz onde não fui chamado.

Ela assentiu como sinal de que aceitava as desculpas, mas não sentiu necessidade de também se desculpar. O que a família fazia com o dinheiro que ganhava não era da conta de ninguém.

Eles voltaram a comer.

Depois de alguns minutos em silêncio, ele limpou a boca com o guardanapo e perguntou:

– Poderia me dar a receita do gombô?

– Cada pessoa faz de um jeito, mas acho que posso dar.

– Gostaria de levar para Boston para comer quando quisesse.

– O senhor cozinha?

– Não. Mas tenho uma cozinheira.

– O senhor tem uma cozinheira.

Ele riu do espanto que ela supôs estar no seu rosto.

– Sim, tenho. O nome dela é Kate. Eu a herdei quando herdei a casa dos meus avós.

Tirando os *creoles* pretos abastados de Nova Orleans, Raven conhecia poucas pessoas da sua cor que fossem ricas.

– O gombô não vai ter o mesmo gosto sem *andouille*.

– Há uma comunidade alemã com açougueiros onde moro. Vou ver se eles têm.

– E se não tiverem?

Ele deu de ombros, que estavam cobertos com um terno impecável.

– Vou encomendar do Sul. Como meu avô sempre dizia: "Tudo pode ser comprado se você tiver dinheiro suficiente."

– E pelo jeito o senhor tem o suficiente.

– Sinceramente? Tenho. Quando meus avós morreram, eles me deixaram tudo: a casa, os navios, os criados.

Ela percebeu como Brax parecia confortável com seu status. Seu comportamento não tinha a vaidade e a arrogância frequentemente associadas aos ricos, mesmo que ele tivesse o nariz empinado.

– Jovens solteiras e suas mães devem fazer fila na sua porta todo dia.

– Na maioria dos dias, sim.

– Já escolheu a campeã?

– Não oficialmente, mas acredito que sim. O nome dela é Charlotte Franklin. Chamam-na de Lottie. É educada, bonita, muito comportada e sabe conversar. Nossas mães eram amigas.

– Mas o senhor não a ama?

Ele balançou a cabeça.

– Mas ela vai ser uma boa esposa, e quer filhos, o que está bom para mim também.

– Parece que foram feitos um para outro, os dois padrões de excelência.

– Percebi o sarcasmo.

– Perdão.

O divertimento dele mostrava que Braxton não era sempre arrogante, e aquilo também suavizou o clima entre eles – um pouco. Ela imaginou como seria estar com um homem que possuía navios, criados e dinheiro farto. A maioria das mulheres teria inveja da impecável Lottie Franklin. De algum modo, Raven se encaixava nessa categoria, mas só porque a esposa dele não se mataria de trabalhar todo santo dia, lavando roupa e varrendo o chão.

– Então o senhor e sua valiosa Lottie pensam igual.

– O suficiente, sim.

– Bem, espero que terminemos logo esse trabalho da Pinkerton para o senhor voltar para casa.

– Também espero.

O olhar dele ficou sério, então ela presumiu que podia haver mais que Braxton desejava falar ou perguntar.

– Algo mais?

– Sim. Como posso fazer com que a senhorita me aceite nessa aventura, para conseguirmos realizá-la?

– Acho que isso já aconteceu. Afinal, estamos aqui, não é? – respondeu ela.

– Isso ajuda, mas não vou ser tão inútil quanto a senhorita acredita.

– Por Deus, torço para que não.

Ele abaixou a cabeça, mas não antes de ela ver seu sorriso. Quando Braxton levantou o olhar, perguntou:

– A senhorita é sempre assim tão sarcástica e direta?

– As pessoas não conseguem saber nossa opinião se ficarmos dando voltas. Prefiro ir direto ao ponto. Poupa tempo e há menos mal-entendidos.

Ele a encarou por cima das mãos cruzadas.

– Se eu controlar minhas críticas, a senhorita vai fazer o mesmo com suas dúvidas sobre a minha capacidade de ajudar?

– Para que o senhor volte para Boston o mais rápido possível, controlo o que for necessário.

– A senhorita me quer fora do seu caminho.

– Tão rápido quanto o senhor me quer fora do seu. Nisso, pensamos igual também.

Depois de ter terminado o jantar, ela afastou a tigela vazia.

Fazendo o mesmo, ele falou:

– É raro as mulheres serem tão destemidas onde moro.

– Que pena. As mães deveriam criá-las melhor. Comida amena, mulheres mansas. Onde você mora parece ser bem chato, Steele. Espero que pelo menos os homens sejam bons de cama.

– Arrume uma cama e eu lhe mostro.

O coração dela parou.

Com os olhos brilhando intensamente, ele acrescentou:

– Não posso falar por outros homens, mas a senhorita se lembraria do meu prazer pelo resto da vida.

Enquanto ela o encarava, boquiaberta, ele afastou a cadeira e se levantou devagar.

– Obrigado pelo jantar, Srta. Moreau. Vou ficar esperando seu convite para a sobremesa.

Depois de juntar os pratos, ele entrou na casa e a deixou sentada ali, espantada e com luxúria pulsando entre as pernas.

Meu Deus do Céu!

CAPÍTULO 5

Brax desceu ao primeiro andar. A multidão de pessoas da família tinha diminuído um pouco, mas ainda havia conversas e risadas altas. Procurando um rosto familiar, ele achou as tias Eden e Havana na cozinha.

– Posso lavar meus pratos se as senhoras me mostrarem onde.

– Pode colocar ali na bancada – disse Eden. – Vou pôr junto do resto da louça.

– Tem certeza? As senhoras fizeram comida para mim, o mínimo que posso fazer é limpar o que sujei.

– Tenho certeza.

– Gostou do gombô? – perguntou Vana.

– Gostei. Muito obrigado. Eu gostaria de levar a receita para casa, se existir uma.

– Não temos uma receita oficial, mas vou escrever como faço.

– Eu agradeceria muito.

Ele colocou a louça onde ela indicou, depois perguntou pelo pai.

– Ele e Hazel estão jantando nos fundos – informou ela.

– Não quero perturbá-los enquanto estão jantando. A senhora sabe em qual quarto vamos passar a noite?

– Sei – respondeu Eden enquanto cortava um bolo grande redondo e colocava os pedaços em pratinhos. – Só um segundo e já lhe mostro. O senhor e Raven estão se entendendo melhor?

– Acho que sim.

Ele sorriu internamente e se perguntou se a atrevida Raven já tinha pegado o queixo caído no chão da sacada.

Quando Eden acabou de fatiar o bolo, Brax agradeceu a Havana mais uma vez pelo gombô e seguiu Eden até um quarto grande nos fundos da casa. Entre as paredes de reboco velho verde havia duas camas, uma poltrona estofada e um armário comprido de madeira escura que cintilava com zelo afetuoso. Ele avistou sua mala e os pertences de viagem do pai no chão.

51

– A família sempre viveu nesta casa?

– Sim. Minha mãe ganhou a escritura dela num jogo de cartas quando meus irmãos e eu erámos pequenos. Todos nós crescemos aqui, assim como nossos filhos. Esse quarto era do meu irmão Abram.

– Ele ainda vive em Nova Orleans?

– Não. Mudou-se para Cuba há uma década. Uma parte da família mora lá.

– Entendo.

Mas, na verdade, não entendia. *Cuba? Quantos Moreaux existiam?*

– Aquela porta ali leva ao banheiro, e o senhor vai encontrar toalhas limpas e lençóis extras no guarda-roupa. Vamos servir o café amanhã de manhã, então vá para a mesa quando estiver pronto.

– Quanto devo pagar por tanto cuidado conosco?

Ela balançou a cabeça.

– O senhor é nosso convidado. Mas as coisas serão diferentes quando se casar com Raven.

Ele revirou os olhos.

– Zombe quanto quiser, mas não diga que não foi avisado. Quer que eu pegue alguma coisa para o senhor antes de sair?

– Não, senhora. Foi bastante gentil.

– Tudo bem. Se eu não o vir mais hoje à noite, durma bem.

– A senhora também. Obrigado.

Ela partiu, e Brax olhou ao redor mais uma vez. Era um quarto simples, sem tapetes, mesas de cabeceira e outros móveis como os que tinha em seu quarto, mas era limpo e as camas eram confortáveis. Depois de um dia tão longo, ele ansiava por uma boa noite de sono ininterrupto. Passou alguns minutos tirando da mala o que precisava para a noite e pendurando as roupas do dia seguinte no armário. Quando terminou, foi até a varanda protegida por tela conectada ao quarto e saboreou o crepúsculo e o ar muito mais fresco do fim de tarde. Um sofá desgastado e um banco de madeira serviam como assentos. Ele escolheu o banco e exalou no silêncio. *Que dia!* Desde a chegada deles, a multidão de Moreaux, a menininha que todos acreditavam ser vidente, até o jantar com a atrevida e difícil Raven. Ele riu ao se lembrar do espanto no rosto dela quando Brax saiu da sacada. Mencionar o desafio da sobremesa não tinha sido intencional, mas, sim, uma resposta ao desdém atrevido dela. Ele presumiu que, pelas calúnias sobre as habilidades carnais dos homens de Boston, ela não era nenhuma novata, fazendo-o querer descobrir em primeira mão se ela era tão espirituosa e desinibida como amante quanto era na vida; mas querer e fazer eram duas coisas diferentes. Envolver-se com ela seria no mínimo ilógico, considerando o que os unira, e as personalidades conflitantes, não importando a previsão de Dorrie, eram outro problema. Ele não fazia o tipo de Raven, e ela com certeza não fazia o dele. A mulher dizia que ele sempre julgava tudo e estava correta, porque era impossível não julgar.

Brax refletiu sobre a resposta dela quando questionara seu trabalho como doméstica. *O senhor ainda não conquistou o direito de saber a resposta a essa pergunta.* Será que o dinheiro ilícito da família estava ligado a algum tipo de segredo? Será que estavam desviando o dinheiro para outro lugar porque não eram eles que davam as ordens e apenas recebiam uma pequena parte pela participação? Ele tinha muitas perguntas e nenhum modo de saber se seriam respondidas um dia.

Quando ouviu passos no quarto, ele se levantou bem no momento em que o pai apareceu.

– Ah, aí está você. Como foi o jantar com Raven?

– Interessante. Como o senhor está?

O pai se sentou no banco.

– Meus dedos estão um pouco doloridos de tanto desenhar, mas, fora isso, não tenho de que reclamar. Não percebi quanta saudade sentia de Nova Orleans. Passei muito tempo longe.

– De que sentiu saudade?

– Da comida, do clima, do modo como as pessoas vivem. Há uma alegria aqui que não se acha em outros lugares.

– Provei gombô pela primeira vez mais cedo, e tenho que concordar com o senhor sobre a comida. Realmente não temos nada parecido em Massachusetts.

Seu pai assentiu e sorriu.

– Você e a filha de Hazel estão se dando melhor?

Brax deu de ombros.

– Acho que pode-se dizer que sim. Concordamos em deixar as diferenças de lado para fazer o trabalho, mas ela é bem difícil.

– A mãe também era. Ainda é.

– Fizeram as pazes?

– Não. Não sei se faremos, mas por ela vale a pena a caçada.

– Uma caçada que termina onde?

– Espero que ela permita minha presença na sua vida de novo.

Brax não ficou surpreso. Tinha visto o brilho nos olhos do pai quando os dois estavam juntos.

– E se ela permitir?

– Eu provavelmente me mudaria para cá. De jeito nenhum ela consideraria deixar Nova Orleans, ainda mais por Boston.

– O senhor abandonaria seu filho por um rosto bonito?

– No instante em que ela dissesse sim.

Os dois riram. Brax não tinha problemas com a empreitada do pai. O casamento dos pais fora arranjado, mas eles sempre se deram bem, e Brax sabia que o pai estava solitário desde a morte da mãe. Como filho, tinha receios dos Moreaux, mas seu pai não precisava de conselho e nem o queria, então Brax não disse nada e torceu para que a busca de uma segunda chance de felicidade fosse bem-sucedida.

– Quero perguntar sobre uma coisa que está me incomodando.

– O que foi?

– Por que Raven trabalha como doméstica se a família é tão boa no que faz? Ninguém aqui parece viver esbanjando.

– O dinheiro não é gasto em luxos.

– É gasto em quê?

– Em tirar a família da pobreza.

Aquilo era confuso.

– Explique melhor.

– É algo que chamam de Plano de Fanny. Fanny era a mãe de Hazel. O plano dela era usar todos os métodos que podia para dar à geração mais nova meios de começar negócios e estudar, o que em troca garantiria que eles e os filhos nunca enfrentariam os desafios que Fanny e os filhos dela enfrentaram ao crescer. E ela não se importava em implorar, pedir emprestado ou roubar para conseguir isso. Hazel se casar com aquele *creole* rico era parte desse plano. Todo o dinheiro arranjado com golpes, apostas e outros esquemas serve para garantir que os mais novos tenham um futuro.

– Welch acusou a família de se passar por padres, nobres e outros. Isso exige habilidade. Foi Fanny quem os treinou? Se foi, com quem ela aprendeu? Ou ela era inteligente o suficiente para aprender sozinha?

– Segundo Hazel, a família que escravizava Fanny era de atores e músicos que viajavam por todo o Sul. Eles participavam de feiras, shows e teatros, mas era tudo um disfarce para as trapaças e os golpes que aplicavam onde se apresentavam. Fanny cresceu ajudando a conservar as fantasias e a misturar e aplicar a pintura facial e tudo o mais de que precisassem. Ela aprendeu a ler e a tocar piano, e também tinha uma boa voz, então às vezes lhe davam pequenos papéis. Hazel contou que chamavam Fanny de "Cantora Pretinha". Em algum momento, eles a libertaram, e ela pegou tudo que aprendeu, mais seus dois meninos mais velhos, filhos de um dos filhos do escravocrata, e começou a própria trupe familiar. Quando os meninos cresceram, ela usou as conexões que tinha feito através da família que a escravizava para que eles estudassem com os melhores golpistas, falsificadores e trapaceiros da área. E eles passaram o conhecimento para os irmãos e, depois, para os filhos.

Braxton estava impressionado. A vida deve ter sido bastante difícil para Fanny e os filhos. Na verdade, as coisas não tinham mudado muito. A porcentagem de pessoas pretas que possuíam dinheiro e prestígio suficientes para ter uma vida confortável era pequena. Em algumas partes do país, os números estavam crescendo, porém a um ritmo inegavelmente lento.

– Temos que tirar o chapéu para a Srta. Fanny – continuou o pai. – Ela buscou sucesso mesmo com o preconceito, as barreiras e as injustiças contra os quais pessoas da nossa cor precisam lutar às vezes só para respirar.

– E o senhor atrapalhou os planos dela para Hazel com suas ações no dia do casamento.

– Atrapalhei.

– Sabia do plano na época?

– Sabia, mas o amor que sentíamos um pelo outro era mais importante na minha cabeça.

– Mas não na cabeça de Hazel?

– Não. Ela estava disposta a se casar com qualquer um para dar um futuro aos filhos, e eu entendia a decisão, só não concordava. Cresci escravizado, descalço e com fome. Por muitos anos, fugir apenas mudava as partes escravizadas da vida. Eu estava convencido de que, se eu tivesse chance, poderia sustentá-la, mas o *creole* tinha o que ela precisava na época: dinheiro, nome, uma casa e acesso à educação para os futuros filhos.

– Não me espanta que os parentes homens dela tenham expulsado o senhor da cidade.

– Fico agradecido por terem me deixado com vida. A família Moreau ficou furiosa comigo, especialmente a mãe de Hazel. – E acrescentou: – Hazel não deveria ter me contado do plano, então não diga que contei a você.

Brax assentiu e matutou sobre a história do pai. Ela lhe dava algumas respostas, só que ainda havia mais a ser desvendado. Será que Raven e os primos eram forçados a participar ou colaboravam voluntariamente?

– A família está falando em se vingar da agente Welch. O senhor concorda com eles?

– Como um homem religioso, não. Mas como um homem preto ex-escravizado cuja liberdade pode ser tirada pelas mentiras de Welch, espero que a mandem para o inferno.

Brax compreendia a posição do pai e admitia que concordava.

– E ela ainda nos mandou para a Carolina do Sul. Será que sabe o que está acontecendo lá?

– Por que se importaria? – perguntou seu pai. – Não é o povo dela que os supremacistas estão matando.

O crepúsculo tinha virado noite, e a lua e as estrelas apareceram.

Seu pai se levantou.

– Está tarde e foi um dia longo demais. Vou dormir.

Brax entendia.

– Boa noite, pai. Já vou.

Seu pai entrou, e Brax ficou sentado no escuro, pensando em tudo que tinha ouvido e em Raven Moreau. Achava que compreendia melhor a fonte da personalidade desafiadora dela. Ela e a família não tinham tido a vida fácil e sem complicações que a família dele lhe dera. Não houve criados, bailes ou tutores, apenas uma batalha diária para construir um lugar próprio num mundo projetado para garantir o fracasso deles. Ainda assim, a Srta. Fanny tinha enfrentado um mar revolto e concretizado um plano que burlava esse projeto. Embora Brax e Raven fossem diferentes – embora provavelmente nunca mais fossem se ver depois que tudo aquilo acabasse –, seu fascínio por ela continuava a crescer.

No segundo andar, no quarto de Hazel, Raven se acomodara em uma das poltronas enquanto a mãe estava no banco da penteadeira, se preparando para dormir. Vê-la escovar e trançar os fios oleosos lhe trouxe lembranças de quando ela e a irmã, Avery, assistiam à mãe passando pelo mesmo ritual quando eram crianças. Naqueles tempos, Raven achava a mãe a mulher mais bonita do mundo. Ela recordou como usavam aquele momento para conversar sobre o dia, rir juntas e fofocar sobre a família. Também houvera lições de vida e os sonhos da mãe para o futuro. Naquela época, Raven ainda não sabia que o futuro incluiria Welch ou os homens Steeles. Queria perguntar à mãe sobre a relação dela com Harrison Steele, mas, como não queria levar uma bronca por meter o nariz nos assuntos da mãe, esperou o momento certo para iniciar a conversa.

– Todos os desenhos extras da detetive Welch foram enviados?

– Foram. Espero que não demore muito até um deles gerar resultado. Enviei um para a minha rede também.

A rede, formada antes e depois da guerra, consistia em mulheres de todas as classes que se conheciam na igreja, no cabelereiro e em outros lugares, como associações de negócios e vários mercados na cidade. Elas secretamente passavam informações vitais, políticas e pessoais, impactando o bem-estar das comunidades pretas. Algumas delas eram renomadas, outras operavam no submundo sombrio de Nova Orleans.

– A senhora acha que essa cópia da Declaração vai valer algo se conseguirmos duplicá-la e vender?

– Não tenho certeza, mas é algo em que penso também. Nós conhecemos alguns falsificadores excelentes. Só não sei ao certo quanto tempo levaria para fazer uma cópia ou em quanto tempo teríamos que entregar a original para Welch. Vamos esperar para ver como isso acaba. Como foi o jantar com Braxton?

– Vamos dizer que foi interessante. – Levaria algum tempo para ela esquecer o comentário sobre a sobremesa e o desejo que lhe deu. Relembrar aquele momento trazia o calor de volta. – Ele é bem diferente dos homens que conheço. Tem criados e é dono de navios.

Sua mãe a encarou pelo espelho.

– Harrison contou que a esposa tinha pais ricos.

– E deixaram tudo para o filho.

– Você quer saber sobre mim e Harrison, não é?

Uma mãe sempre conseguia ler a mente dos filhos.

– Quero, mas não queria levar um tapa por ser enxerida.

Sua mãe sorriu.

– Certo, foi isto que aconteceu.

E contou a história. Quando terminou, Raven perguntou:

– A senhora ficou com muita raiva?

– Com raiva suficiente para querer jogá-lo no fundo do Mississippi com pedras amarradas no tornozelo. Ele estragou tudo. Não me lembro de ter visto mamãe irritada daquele jeito. – Ela fez silêncio por um momento, como se estivesse relembrando. – Mas eu o amava. Muito. Só que amor não paga os mantimentos nem ajuda a montar um negócio ou mandar um parente para estudar medicina em Harvard.

Raven estava de acordo. O plano de Fanny tinha abastecido muito os Moreaux – tanto os pretos quanto os brancos –, e vários tinham sido os sacrifícios. Sua mãe e Harrison eram só um exemplo. Antoine, o irmão mais novo de Lacie e Renay, era outro. Ele tinha a pele clara o suficiente para se passar por branco e atualmente era estudante de medicina em Harvard; estava no caminho do sucesso que provavelmente lhe garantiria o casamento com uma mulher branca, a fim de continuar o esquema. Isso significava que talvez ele nunca mais pudesse voltar a interagir com a família em público. Sua mãe, Eden, embora desconsolada com a possibilidade de perder o filho, tinha se conformado com a realidade; e, como Antoine afirmara entre lágrimas no ano anterior, na manhã em que partira de Nova Orleans para Cambridge: não importava com quem se casasse, seus filhos e netos carregariam para sempre o sangue Moreau nas veias.

– E agora? – perguntou Raven. – O que sente por ele?

– No início, vê-lo depois de todos esses anos fez com que eu ficasse com raiva de novo, mas as coisas aconteceram do jeito que deveriam acontecer. Se eu tivesse me casado naquele dia, não teria conhecido o homem responsável pelos presentes mais valiosos que a vida já me deu: você e Avery.

O coração de Raven se aqueceu.

A mãe terminou de arrumar o cabelo e o amarrou com uma bandana azul-escura. Depois, se virou no banco para encarar Raven.

– Bem no fundo, ainda amo Harrison. Provavelmente sempre amei e sempre vou amar. Parece que nunca supero os homens que amei de verdade.

– Isso serve para meu pai também?

– Serve. Fiquei desolada quando ele morreu. Sempre, sempre vou sentir falta de Josiah e do amor que tivemos. – Ela ficou quieta por um momento antes de continuar: – Na verdade, eu deveria pedir desculpas a Harrison por partir o coração dele. Eu queria muito que nós ficássemos juntos, mas ele era tão pobre quanto a família era na época. Mamãe disse que compreendia o que eu sentia por ele, mas que não podia me dar sua bênção porque ele não melhoraria meu futuro.

Raven conseguia imaginar como a mãe tinha ficado triste.

– Mas Harrison não ligava para o plano de mamãe, e se levantou naquela igreja e me expôs. E, sinceramente, lá no fundo, debaixo da raiva, eu o amei ainda mais. Depois que a notícia do fiasco do casamento se espalhou, não havia uma família daqui até o Haiti que não soubesse da minha verdadeira identidade, então eu não tinha como me passar por outra pessoa. No fim, como acabei pobre de todo jeito, era melhor ter desafiado mamãe e escolhido Harrison.

Raven se lembrava bem de como eles eram pobres antes de o plano começar a dar frutos. Ainda que os tios e tias estivessem fazendo tudo que podiam para melhorar suas circunstâncias, Raven saiu da escola aos 9 anos, sob objeções da mãe, para começar a lavar roupa e ajudar a colocar comida na mesa. A geração de Dorrie nunca conheceria a fome e a pobreza que Raven, Avery e os primos Renay e Lacie enfrentaram quando crianças. E, na cabeça de Raven, os sacrifícios que tinham feito naqueles anos tinham valido a pena por poupar os mais jovens de tal miséria.

– E agora, já que o plano de mamãe realmente funcionou, podemos deixar os golpes para trás se quisermos – disse Hazel.

Raven a encarou, surpresa.

– Temos bastante dinheiro investido, legitimamente ou não, para recuarmos e saborearmos o fato de agora haver Moreaux mais novos espalhados pelo norte, sul, leste e oeste – continuou a mãe. – E a maioria está prosperando, seja abrindo uma empresa pequena de cigarros, estudando medicina, com uma toga de juiz ou como donos da própria carruagem. Tenho certeza de que mamãe está muito feliz no céu.

Raven soube que as coisas iam bem economicamente quando tiveram dinheiro suficiente para mandar Antoine para Harvard, mas não tinha ideia de quão bem.

– O restante dos primos sabe?

Ela assentiu.

– Falei a minhas irmãs que os avisassem, então acho que sabem a esta altura.

– Então o que a senhora pretende fazer agora?

– Descansar. Talvez acabar com o sofrimento de Harrison e concordar em passar os últimos anos bons com ele, para aproveitarmos nosso amor, como queríamos na juventude. Ou ver você achar seu lugar no mundo. Você já deu tudo de si para a família – falou a mãe, em um tom suave.

Raven sentiu um nó na garganta.

– Quando mamãe estava morrendo, me contou que guardou dinheiro para você, Avery, Renay e Emile, e os primos da sua idade, para que pudessem construir suas vidas quando os golpes acabassem. Pedi ao nosso gerente do banco que verificasse, e a conta cresceu bastante desde a guerra, ainda mais com os investimentos que meus irmãos fizeram em prata. Sua parte não será suficiente para você passar os dias fazendo compras, tomando café e comendo doces, mas vai permitir que compre uma casa pequena e não tenha que se matar de trabalhar pelo resto da vida.

Os olhos de Raven se encheram de lágrimas. Aquilo era tão inesperado que ela não soube o que fazer ou dizer.

– Então, quando terminarmos essa última tarefa para a Pinkerton, vou lhe entregar seus fundos e você poderá decidir o que quer fazer com eles. – Sua mãe ainda acrescentou: – Pode ser até que você encontre um homem que lute por você como Harrison lutou por mim. Se é o que quer.

– Tobias me deixou receosa.

– Eu sei. Ele era uma cobra. Seria interessante se a previsão de Dorrie se realizasse e você acabasse esposa de Braxton.

– Não vai acontecer, e, por favor, não diga que Dorrie nunca erra. Se eu ganhasse um centavo por cada vez que escutei isso hoje, poderia passar o resto da vida fazendo compras e tomando café.

– Está bem. Mas ele é bonito.

– Os limões também, até a primeira mordida.

A mãe riu.

Raven se levantou.

– Obrigada, mamãe.

– Você conquistou o direito de ter a própria vida, então pense no que deseja. Nunca é tarde demais.

Raven limpou as lágrimas e encarou os olhos verdes da mulher que sempre quis mais para as filhas, e para quem as filhas, do mesmo modo, sempre quiseram mais. Havia lágrimas nos olhos da mãe também. Aproximando-se, Raven se entregou aos braços que a envolviam assim desde que se entendia por gente. Quando o abraço se apertou, Raven deu um beijo na bochecha macia da mãe.

– Eu te amo muito. Durma bem.

– Você também, meu amor. Vejo você de manhã.

Incentivada pelo amor da mãe e pela notícia surpreendente relativa ao plano, Raven cruzou o corredor até o quarto que compartilhava com Dorrie sempre que passava a noite longe do trabalho. Ela andou na ponta dos pés para não perturbar o sono da menininha, mas a encontrou desenhando num papel de embrulho branco sob a luz da luminária encurvada que ficava ao lado da cama.

– O que está fazendo acordada, Dorrie?

– Tenho uma pergunta.

Raven cruzou a pequena distância até a cama. Embora Dorrie amasse desenhar, não era muito boa e era sempre difícil decifrar o que o desenho deveria representar. Raven se sentou na beirada do colchão.

– É um cavalo?

Dorrie balançou a cabeça. Seu cabelo estava amarrado num lenço vermelho e a camisola verde sem mangas estava desbotada de tantas lavagens.

– É um cachorro.

– Ah, estou vendo agora.

– A prima Vanita acabou de ganhar um filhote, então estou desenhando um retrato para ela.

– Entendi.

Raven imaginou se a pergunta que Dorrie queria fazer tinha a ver com ganhar um cachorro também. Hazel tinha alergia a cachorros, então Raven e Avery nunca puderam ter um.

Dorrie continuou desenhando, acrescentando o que Raven supôs ser pelo no cachorro que parecia um cavalo.

– Faça sua pergunta, porque nós duas precisamos dormir, querida.

Dorrie parou e disse:

– Acha que posso perguntar uma coisa ao Sr. Brax na próxima vez que eu o vir?

Raven a observou em silêncio.

– Tem a ver com o casamento?

– Não, é algo do meu sonho que não entendo. Ele estava no sonho comigo.

– Entendo – respondeu Raven, embora não entendesse. – Então acho que não há problema.

Dorrie sorriu.

– E a senhorita não precisa se preocupar. Não vão achá-la.

– Achar quem?

– A moça no barco.

Ela lembrou que Dorrie tinha mencionado um barco a Welch. Será que isso estava ligado àquela previsão?

– Quem a está procurando?

– Um homem sentado numa mesa muito alta e outro homem do lado de uma baixinha.

– Do lado de uma mulher baixinha?

– Não. De uma mesa baixinha.

Raven não tinha ideia do que aquilo significava. Ela e a desaparecida Welch estarem de alguma forma envolvidas aguçou sua curiosidade. A tia Vana acreditava que quando Dorrie voltara à vida depois de nascer morta, tinha retornado como um oráculo dos panteões das deidades haitianas e africanas. Depois de viver com a criança excepcional por oito anos, Raven estava inclinada a acreditar em tudo, menos que ela e Steele se casariam. O rosto bonito surgiu devagar em sua mente, e ela o afastou.

– Deixe o filhote de lado agora. Hora de dormir.

Dorrie assentiu e colocou o desenho e o lápis na mesa de cabeceira. Raven se levantou, a abraçou e lhe deu um beijo suave na bochecha.

– Bons sonhos, meu amor.

– Para você também, prima Raven.

Raven diminuiu a luz do lampião e, enquanto Dorrie se enfiava debaixo do lençol fino, tirou a roupa para colocar a camisola. Feito isso, apagou a luminária de vez e deitou na caminha ao lado de Dorrie.

Não demorou muito para ouvir o ronquinho de Dorrie e, deitada ali no escuro, ela refletiu sobre a revelação da mãe a respeito do plano. Agora que estava acabado, poderia tomar as rédeas de sua vida, mas o que aquilo queria dizer? Todas as suas habilidades tinham a ver com trapaças ou com o trabalho doméstico, então não tinha ideia se possuía outras. Saber que sua casa seria a única que limparia em algum momento no futuro próximo a deixou feliz. Mas, primeiro, precisava resolver a missão da Pinkerton, o que fez seus pensamentos se voltarem para o marido falso. Ele com certeza a surpreendera no jantar ao se gabar de suas proezas sexuais. Só de pensar nisso, ela voltara a ficar sem ar. Aparentemente havia muito mais nele do que simplesmente criticar tudo e ser dono de navios, e ela achara a conversa deles à mesa mais interessante do que imaginara que seria. Também não imaginara o desejo que sentiria de descobrir se ele era tão habilidoso na cama quanto alegava. Sem saber o que aquilo significava para ela e para o trabalho que os esperava, Raven decidiu não pensar e adormeceu.

Ruth Welch pôs a mala de viagem no chão ao lado da cama do quarto alugado e, cansada, se jogou na única poltrona. Já não era jovem, e a longa viagem de trem de Boston até Nova Orleans estava cobrando o preço. Mas estava contente com o progresso da operação. Torcia para que, em algumas semanas, pudesse devolver a Declaração de Independência roubada aos superiores, entregar o clã Moreau à polícia local e receber as honras e a promoção que merecia. A agência Pinkerton não empregava muitas detetives mulheres, mas todas eram comparadas com a ótima Kate Warne, a primeira da companhia. A proteção que Warne fornecera a Abraham Lincoln era lendária. Ruth estava determinada a também ser uma lenda e buscava essa conquista desde o fim da guerra. Apenas um dos seus casos tinha causado comoção suficiente para ser notado pelos superiores, e era bastante irônico que tivesse ocorrido em Nova Orleans, seis anos antes. O caso envolvia uma gangue de supremacistas e uma caça pelo livro de registro de mortes deles, que continha nomes de renomados oficiais e líderes políticos pretos alvos de assassinato. Para concluir o caso, ela tivera que trair uma das melhores agentes de Harriet Tubman, uma decisão lamentável, mas necessária. A agente, Zahra Layette, tinha se casado com uma pessoa de uma das famílias pretas mais influentes de Nova Orleans, os LeVeqs. Se a família soubesse que a mulher que conheceram na época como Wilma

Gray estava de volta, poderiam ir atrás de vingança. Welch pretendia se manter nas sombras para que sua presença não fosse descoberta. Essa fora a razão pela qual escolhera uma pensão nos limites da cidade. A localização reduzia as chances de ela ser vista e desmascarada, ou de ter o paradeiro descoberto pelos Moreaux, que com certeza estavam interessados em seus movimentos.

Mas, no momento, só queria esquecer tudo e dormir. Depois de colocar a camisola, fez questão de trancar a porta e se serviu de uma dose de seu conhaque favorito, para ajudá-la a dormir. Feito isso, apagou a luminária, acomodou-se nos lençóis limpos e fechou os olhos.

CAPÍTULO 6

Mais ou menos uma hora antes do amanhecer, Raven foi acordada gentilmente pela mãe.

– Acorde, querida. Sabemos onde Welch está hospedada.

Esforçando-se para entender as palavras, Raven se sentou no escuro e passou as mãos pelos olhos embaçados.

– Onde ela está?

A mãe respondeu, depois acrescentou:

– Quero que a Srta. Ezra leve café da manhã para ela. Vana está preparando agora.

Ainda um pouco sonolenta, Raven assentiu.

– Tudo bem. Vou aprontá-la.

– O Sr. Winslow vai levá-la de carroça.

Depois da partida da mãe, Raven saiu da cama para se lavar e aprontar a Srta. Ezra.

O grisalho Sr. Winslow parou a carroça na frente da pensão nos limites da cidade e puxou o freio. No silêncio do início da manhã, interrompido apenas pelo canto de pássaros distantes, ele desceu para ajudar sua passageira. A Srta. Ezra era uma senhora vestida com saia e blusa gastas, com um velho *tignon* verde cobrindo os cabelos brancos. Por causa da idade e da dor nas pernas, era difícil para ela sair da carroça, então o Sr. Winslow a deixou levar o tempo que precisasse. O café da manhã de Welch com sêmolas, geleias, biscoitos e pêssegos doces cozidos estava no assento da carroça, num prato de cobre coberto aquecido por um braseiro pequeno. Ele pegou o café da manhã com panos para evitar que a Srta. Ezra se queimasse e o entregou a ela.

– Volto logo – garantiu a senhora.

Ele assentiu e a observou andar lentamente até a porta.

Uma mulher branca de meia-idade com cabelos tingidos de vermelho atendeu à campainha. Ao ver a Srta. Ezra, sorriu com gentileza.

– Bom dia, senhora. Posso ajudá-la?

– Eu trouxe café da manhã para a mulher do Norte que se hospedou aqui ontem.

A proprietária pareceu confusa.

– A moça jantou na loja da minha filha ontem e perguntou se podíamos trazer café da manhã para ela – explicou a Srta. Ezra. – Disse que não sabia se a senhora servia comida ou não.

– Ah. Pode entrar.

A Srta. Ezra entrou na sala de visitas antiga.

– Ela já tomou café? Não gosto de desperdiçar comida.

– Não, não tomou. Está hospedada no segundo quarto à esquerda. Não sei se ela já acordou. Vá em frente e bata. Preciso ver uma coisa na cozinha.

– Muito obrigada.

A proprietária se afastou com pressa, e a Srta. Ezra bateu na porta indicada. Alguém a abriu prontamente.

– Pois não? – disse Welch, impaciente.

– Seu café da manhã, senhora.

Welch pegou o prato sem uma palavra e fechou a porta na cara da idosa.

– De nada – rosnou a Srta. Ezra entre dentes, diante dos maus modos, e se arrastou de volta para a carroça.

Assim que ela se acomodou a bordo, o Sr. Winslow partiu. Quando ele teve certeza de terem se afastado da casa o suficiente para não serem vistos, removeu a peruca grisalha.

– Como essa droga é quente.

Raven, descalçando os sapatos para tirar as pedras que a faziam mancar, respondeu a Renay, sob a maquiagem da Srta. Ezra:

– Mulher grossa, nem agradeceu. Espero que se divirta passando o dia todo na latrina.

Ele olhou para ela.

– Capítulo um do livro *Nunca mexa com os Moreaux*.

Raven sorriu, agitou os dedos dos pés descalços e se acomodou para a viagem de volta à casa.

Renay deixou Raven na frente da casa da mãe e voltou para seu apartamento no Quarter. Com os sapatos na mão, Raven entrou. A mãe e os Steeles estavam sentados à mesa, tomando café da manhã.

– Correu tudo bem? – perguntou a mãe.

Raven assentiu.

– Sim.

Harrison Steele arregalou os olhos.

– Raven?

O rosto do filho demonstrava o mesmo espanto.

Ela sorriu.

– Bom dia.

– Meu Deus. Não a reconheci.

– Eu lhes apresento a Srta. Ezra – disse Raven, focando no Steele filho e imaginando o que ele estava pensando. Como o pai, Brax estava boquiaberto.

– Guardei um pouco de comida para você. Sente e coma – convidou a mãe.

– Vou tirar essa maquiagem primeiro e já volto.

– Vou junto, preciso conversar com você rapidinho. – Hazel se levantou. – Licença, senhores. Já volto.

Ainda segurando os sapatos, Raven involuntariamente olhou para Brax de novo antes de se retirar com a mãe.

No quarto, Raven lhe perguntou:

– Sobre o que a senhora queria conversar comigo?

– Sobre um bilhete que recebi hoje de manhã depois que você saiu. Preciso lê-lo para você.

Raven ficou constrangida. Tinha abandonado a escola aos 9 anos e não era uma leitora hábil. Por causa disso, evitava o mundo da escrita sempre que possível. Sua mãe, conhecendo a filha, comentou:

– Sabe que pode voltar para a escola.

Raven suspirou. Não era a primeira vez que tinham aquela conversa.

– Estou muito velha para ficar numa sala com criancinhas lendo a cartilha. Por favor, só leia o que queria me contar.

Hazel uniu os lábios, sem pressionar.

Raven se sentou à penteadeira para remover a maquiagem, e Hazel leu:

Querida H,

A mulher no retrato tem uma forte semelhança a uma pessoa que minha família conheceu seis anos atrás como Wilma Gray. Se realmente for ela, não confie nela. Nunca! HT cortou laços com ela, assim como todos os agentes do meu círculo. Se tivesse oportunidade, eu gostaria muito de conversar com Gray, pois ela quase causou a morte de uma das minhas amadas noras.

Se minha casa puder ajudar em alguma coisa nos seus negócios com essa judas, por favor, me avise.

Cordialmente,
J. LV-V.

Raven parou e encarou a mãe pelo espelho. Ela conhecia o nome por trás daquelas iniciais. Pertenciam a Julianna LeVeq-Vincent, que, de seu modo discreto, era uma das mulheres pretas mais influentes e ricas da cidade. Seus filhos e noras também eram bastante estimados pelos esforços políticos e trabalhos de caridade que faziam em nome da comunidade preta. Raven não tinha ideia de que a mãe conhecia a famosa família, mas chegou à conclusão de que não estava surpresa. Hazel Moreau era tão influente quanto eles.

– Então, se Welch for mesmo essa Wilma Gray, minha intuição em não confiar nela estava correta – comentou Raven.

Ela achava aquela revelação uma bela de uma reviravolta.

– Estava – admitiu a mãe –, portanto precisamos ficar mais alertas ainda. Não tenho ideia do que a detetive fez para atrair a ira dos LeVeqs, mas deve ter sido sério. Então, quando essa missão acabar, vamos fazer o possível para colocar Welch ao alcance da vingança da Srta. Julianna.

– Concordo plenamente.

Contente com o plano, Raven voltou a remover a maquiagem.

– Sei que é dar murro em ponta de faca – começou a mãe, falando baixinho –, mas pense sobre a escola, querida. Existem classes para adultos. Ou, melhor ainda, me deixe ajudar você com a leitura.

– Vou pensar.

Hazel balançou a cabeça e sorriu.

– Sabia que é pecado mentir para sua mãe?

– Mas eu te amo. Não conta?

Hazel tocou o ombro de Raven com afeição.

– Também te amo. Vejo você à mesa.

Depois de remover os últimos vestígios da Srta. Ezra do rosto, Raven se juntou aos outros na sala de jantar. Sentindo os olhos de Steele sobre si, ela se serviu de comida e tentou negar que a presença dele a afetava. Pôs um pouco de manteiga no mingau e o temperou com sal e pimenta. Então pegou dois biscoitos do pote de argila aquecido, colocou no prato junto de um bocado de geleia e começou a comer.

– Você acha que Welch vai aparecer hoje e nos avisar quando ela vai estar pronta para ir a Charleston? – perguntou Harrison a Hazel.

Raven e a mãe se entreolharam. Mantendo o rosto inexpressivo, Raven bebeu um gole de água e deixou que a mãe respondesse à pergunta.

– Duvido que veremos Welch hoje – disse ela. – A detetive não deve estar se sentindo bem.

Raven ergueu o rosto e viu Brax a observando. Ela sabia que ele poderia ser muitas coisas, mas leitor de mentes não era uma delas, então não temeu que ele descobrisse o que a mãe quis dizer. Deu uma mordidinha no biscoito.

Harrison inclinou a cabeça.

– Vocês falaram com ela?

– Não.

– Então como sabe disso?

– Pode chamar de intuição feminina.

Ele a observou, depois olhou para Raven.

– Por que estou com a impressão de que existe algo que vocês não estão me contando? – perguntou.

– Porque existe. – A mãe desviou a atenção para Brax. – Braxton, você tem alguma roupa mais barata ou desgastada com você?

– Como assim?

– Se vai fazer o papel de camareiro, deve se vestir como um, não como o dono da casa.

Ele assentiu e sorriu.

– Eu entendo, mas não, não tenho.

– Raven vai levá-lo até uma loja onde você pode comprar algumas coisas mais adequadas para seu status. Os supremacistas têm atacado homens bem-vestidos. Não quero que se torne um alvo.

– Nem eu.

– Raven, pode levá-lo até Etta?

Ela queria muito negar, mas sabia que não havia essa possibilidade. Passar a manhã com ele não estava na sua lista de coisas para fazer no dia.

– Posso, sim, senhora. Há algo mais que queira de mim enquanto eu estiver fora?

– Não. Vesti-lo adequadamente é o bastante por ora. Tenho algumas coisas para resolver antes de partimos para Charleston. Vou passar na loja de Etta e avisar que vocês aparecerão lá para que ela possa separar algumas coisas para ele. Harrison, se quiser vir junto, será bem-vindo.

O rosto dele se iluminou com o convite.

– Eu adoraria.

– Raven, se vir alguma coisa de que precise para a viagem enquanto estiver lá, peça a Etta que ponha na minha conta.

– Tudo bem.

Etta, diminutivo de Henrietta, era uma das muitas primas de sua mãe e dona de uma lojinha abarrotada que vendia roupas de segunda mão e outras coisas. Era uma mulher pequena cuja personalidade extravagante sempre fora uma fonte familiar de histórias, risadas e diversão.

Hazel se levantou da mesa.

– Então Harrison e eu vamos sair depois que eu lavar essa louça.

– Não se preocupe, mamãe – falou Raven. – Posso cuidar disso. Podem ir, a senhora e Harrison.

Qualquer chance de adiar sua saída com Braxton Steele era bem-vinda.

– Fico feliz em ajudar – acrescentou Braxton.

Raven o observou. Ele crescera com criados e provavelmente não sabia nada de afazeres domésticos.

– Obrigada pela oferta, mas eu me viro sozinha.

– Quanto mais mãos houver, mais rápido termina, não?

Ele a pegou, e ela suspirou.

– Creio que sim.

Sua mãe aceitou a troca com um ar de aprovação.

– Harrison, vamos pegar a carruagem. Raven, vou deixar a carroça para você. Eden deve chegar em breve para fazer companhia a Vana.

– Está bem. Cadê Dorrie? Ela contou ontem que a madre superiora não ia permitir que ela voltasse para a escola.

Raven se lembrou de que Dorrie também queria fazer uma pergunta a Steele.

Hazel estava nitidamente descontente com essa decisão.

– Vou dar uma palavrinha com a madre em breve, mas, por ora, Dorrie está lá fora com Drina e Vana. Drina vai ser tutora dela até resolvermos isso.

Drina era uma das irmãs mais novas de Emile. Estava estudando para ser professora, o que a tornava a substituta ideal para as freiras. Em um mundo perfeito, Raven também teria um tutor para compensar a educação truncada, mas, na sua idade, duvidava de que o desejo de ler melhor ou aprender coisas que aguçavam sua curiosidade fosse realista.

Hazel e Harrison saíram, deixando Raven terminando de comer enquanto Brax bebia o café.

Quando ela acabou, juntaram a louça, e ele a seguiu até a cozinha. Raven pegou água quente no reservatório do forno e colocou em duas bacias grandes de lavagem na pia. Adicionou sabão em pó a uma delas, depois pôs a primeira leva de louça ali.

– O senhor sabe secar?

Ele sorriu.

– Sim, senhora. Sei. Por que não saberia?

– Criados – respondeu ela, lavando alguns pratos antes de colocá-los na água limpa para enxaguar.

– Ah.

Com o pano de prato que ela havia lhe dado, ele começou a secar.

– Não temos criados nas viagens no mar. Lavar louça era uma das minhas muitas tarefas.

Ela havia se esquecido da história de marujo dele. Feliz por saber que ele seria útil, não um empecilho, Raven continuou lavando.

– Eu conquistei o direito de perguntar sobre a Srta. Ezra?

Ela lavou a tigela onde a mãe pôs os ovos mexidos.

– Depende do que quer saber.

Raven colocou a tigela na bacia de enxágue.

– A senhorita finge ser essa senhora com frequência?

– Sua definição de "frequência" pode ser diferente da minha, então vamos dizer que ela aparece quando necessário.

71

– E ela foi necessária hoje de manhã?

– Foi. – Raven parou e o observou. O motivo por trás da visita matinal o afetava tanto quanto a ela, então debateu se compartilhava as razões. Lembrando-se da promessa de ceder um pouco e decidindo agir de acordo, resolveu lhe dar algumas migalhas. – Não queríamos que Welch aparecesse hoje sem avisar e exigisse que nós partíssemos para a estação de trem, porque não estamos prontos. Então a Srta. Ezra lhe fez uma visita e levou o café da manhã.

Perplexidade preencheu o tom de voz dele.

– Como o café da manhã adiaria nossa partida?

– Adiaria se contivesse purgante.

Os olhos de Brax ficaram do tamanho do prato que tinha na mão.

Raven lavou uma xícara de café.

– Ela vai passar o dia correndo para a latrina. Não vai ter tempo para nos fazer uma visita.

– Ah. Foi isso que sua mãe quis dizer?

Raven assentiu.

Ele a observou, e ela viu as várias perguntas que ele se esforçava para formular.

– E a senhorita apenas entrou e lhe deu comida?

– Sim. Às vezes as coisas não saem perfeitamente, mas saíram nesse caso.

Ela explicou o que tinha acontecido.

– E se ela já estivesse à mesa da proprietária?

– Eu teria dito à proprietária que estava procurando outra pessoa e tinham me dado o endereço errado. Welch não teria reconhecido a Srta. Ezra, então não teria chance de perceber que era eu. E se ela tivesse aparecido hoje, acho que já estaríamos a caminho de Charleston.

– É uma solução bem singular.

Raven deu de ombros.

– É verdade, além disso ela precisa de uma lição por ser tão ofensiva e intragável. Conheço gente que teria colocado veneno na comida e acabado logo com ela. Pelo menos está viva.

Ele estava zonzo com o nível da maquinação.

– Como e quando a senhorita descobriu onde ela estava hospedada?

– Um dos meus primos que tem carruagem mostrou o retrato dela para outros condutores e descobriu qual trouxe vocês três para cá ontem. Foi o mesmo condutor que esperou lá fora e a deixou na pensão. Meu primo passou aqui de manhã para contar a mamãe o que tinha descoberto.

– Estou admirado.

– Estou admirada de o senhor saber secar louça.

– Realmente temos que resolver essa língua atrevida da senhorita.

– O senhor acha?

– Acho.

Raven admitia que gostava de desafiá-lo.

– Muitos tentaram. Poucos conseguiram.

– Com certeza fizeram errado.

– E como o senhor resolveria isso?

– Passando alguns minutos beijando a senhorita até que essa boca estivesse macia e inchada de tanto beijar. Talvez mordiscasse gentilmente esse lábio inferior até que gemesse pedindo mais. – Raven engoliu em seco – Alguém já tentou isso?

Ela pigarreou para conseguir responder.

– Não.

O momento sensual se espalhou por seu sangue como conhaque quente. Abalada, ela se forçou a voltar a atenção para a pia.

– Vamos terminar essa louça.

– Tudo bem.

O tom divertido e perspicaz junto ao olhar dele a fizeram querer dar um soco naquele nariz bonito. Fumegando em silêncio, com o corpo ainda formigando, Raven percebeu que aquela era a segunda vez que ele a deixava atordoada. Se acontecesse de novo, ela o desafiaria.

Após a última louça ser guardada e as bacias serem esvaziadas, Brax foi até o quarto que compartilhava com o pai para pegar o coldre do ombro, a pistola e o dinheiro de que precisaria para pagar as compras. Com o coldre escondido sob o terno, foi se juntar a Raven na carroça. No caminho, ouviu Dorrie chamando seu nome. Parou e sorriu enquanto a menina corria até ele.

– Bom dia, Dorrie.

– Bom dia, Sr. Brax. As facas vão cortar meu pé?

– Facas?

– Isso. Eu e o senhor vamos usar facas para andar no espelho.

Achando que aquela era provavelmente a garotinha mais peculiar que já havia conhecido, ele a observou por um momento e tentou entender a que ela poderia estar se referindo.

– Não sei bem do que está falando, Dorrie. Pode me contar mais?

– Estava muito frio, e eu estava com muitos casacos e facas no pé. Elas vão me cortar?

– Você estava sangrando?

– Não.

Havia uma preocupação tão sincera no rostinho da menina que ele se sentiu obrigado a desvendar aquilo para ela. Brax refletiu sobre as pistas mais uma vez. *Facas. Espelho. Frio.*

A resposta por fim lhe ocorreu – ou, pelo menos, o que achou que poderia ser a resposta.

– Parece que nós estávamos patinando no gelo, Dorrie.

Ela inclinou a cabecinha para o lado.

– Você já viu um par de patins de gelo? – perguntou ele.

– Não.

– O que está chamando de facas são as lâminas nas quais você se apoia para deslizar pelo gelo. As lâminas ficam presas numa bota. O espelho deve ser o gelo. Você já viu gelo?

Ela balançou a cabeça.

– O gelo se forma quando o tempo está tão frio que congela a água. Onde moro, patinar no gelo é uma das coisas que gostamos de fazer durante o inverno.

– Vai me ensinar a patinar no gelo quando eu for morar com o senhor?

Brax ficou confuso e sem fala por um momento. Sem ter ideia do que ela queria dizer com morar com ele, decidiu que não havia mal em entrar no jogo.

– Com certeza.

Ela sorriu.

– Obrigada.

E saiu correndo.

Ainda confuso, ele a observou desaparecer atrás da casa.

– O senhor foi muito paciente com ela.

Ele se virou e viu Raven parada às suas costas. Pelas palavras de elogio, quis concluir que a tinha impressionado, mas era difícil dizer, considerando o rosto inexpressivo dela.

– Demorei para descobrir do que ela estava falando. Ela parecia preocupada. Mas não sei bem o que quis dizer com morar comigo.

– Nem eu. O senhor patina?

– Sim, meu avô me ensinou quando eu era mais novo.

– É divertido?

– É. As pessoas caem muito no começo, e o gelo é bem duro, mas, depois de aprender a se equilibrar, é divertido. Dá para apostar corrida, brincar de pique-pega.

– Entendi.

Ela parecia estar avaliando-o de uma nova perspectiva.

– Ela disse que nunca viu gelo.

– Quase nunca fica frio o bastante para isso aqui.

– E a senhorita?

– Uma vez, durante um trabalho em Nova York, muitos anos atrás. O frio foi tão terrível que nunca mais voltei. Não entendo como as pessoas vivem assim.

– A senhorita se acostumaria.

– Não. Vou ficar em Nova Orleans, onde não preciso me preocupar com andar sobre lâminas ou sentir tanto frio que chega a doer. O senhor está pronto para ir?

– Estou, se a senhorita estiver.

– Estou.

Sentado ao lado de Raven no banco enquanto ela conduzia a carroça puxada por um cavalo pela estrada empoeirada, Brax recordou a conversa que tiveram na cozinha.

– Devo me desculpar?

Ela o olhou.

– Por?

– Pela minha descrição de como resolveria sua língua atrevida.

Raven voltou a atenção para a estrada.

– Fiz uma pergunta. O senhor respondeu. Não tem por que se desculpar. Afinal, o senhor me beijar não é realmente uma possibilidade.

Pela maior parte da sua vida adulta, moças tinham se esforçado muito para provar como poderiam ser dóceis na presença dele, e Brax tinha, na sua arrogância, aceitado aquilo como senso comum entre as mulheres. Raven estava colocando fogo nesse senso comum, e as chamas o cativavam. Porém, como dissera aos primos dela, ele nunca tinha tomado uma mulher à força. Logo, a não ser que ela mudasse de ideia, Brax teria que se contentar em saborear sua feroz beleza e seu discurso fascinantes como uma criança desejando a vitrine de uma loja de doces.

O trânsito estivera escasso na estrada estreita que saía da casa, mas Raven tinha virado uma esquina alguns metros antes e a carroça, puxada por uma grande égua, entrara numa estrada maior com muito mais atividade.

– Quanto falta para o Quarter?

– Mais ou menos meia hora.

Ele percebeu como ela conduzia as rédeas com competência.

– Quando aprendeu a conduzir?

– Acho que eu tinha 11 ou 12 anos. Mas prefiro cavalgar.

– A senhorita conduz bem.

– Obrigada.

Naquele momento, eram parte de uma caravana lenta de carroças, carruagens e pequenos cabriolés. À esquerda, veículos iam na direção oposta. À beira de ambos os lados, pessoas caminhavam. Homens, jovens e adultos, carregavam fardos de algodão em estufados sacos de aniagem amarrados às costas; mulheres equilibravam na cabeça cestas contendo de tudo, desde legumes até roupa suja; e idosos dos dois gêneros guiavam criancinhas. Em sua maioria, os que caminhavam eram pessoas pretas. Vê-los o lembrava de como ficara surpreso quando tinha ido ao Sul pela primeira vez durante a guerra. Tendo nascido e sido criado em Boston, nunca tinha visto tantas pessoas de sua cor em um único lugar. A mesma sensação que tivera no dia anterior, quando saíra do trem e avistara as pessoas na estação, retornou.

Quando por fim chegaram de fato a Nova Orleans, Brax não estava preparado para as massas de pessoas de todas as cores preenchendo as ruas. As calçadas em frente às lojas e aos prédios estavam apinhadas de pessoas vestindo de tudo, desde terno até roupas simples e farrapos. O trânsito se movia a passo de tartaruga por causa do vasto número de veículos puxados por cavalos, mulas e até algumas vacas. Vendedores anunciavam batata-doce, peixe fresco e porções variadas. Havia catadores de lixo, cachorros livres e, para sua surpresa, um grupo de freiras pretas.

– Existem freiras pretas aqui?

Raven riu baixinho do encantamento no rosto dele.

– Sim, Steele. São as irmãs da Sagrada Família. Estão aqui desde antes de eu nascer. As Irmãs Oblatas da Providência em Maryland também são pretas, e a ordem delas é ainda mais antiga.

Ele achou aquilo incrível e supôs que muitas outras pessoas não tinham ideia dos dois conventos de mulheres pretas da Igreja Católica.

O trânsito parou, e a perplexidade tomou conta do rosto dela.

– O que foi?

– Não sei bem por que paramos. Talvez haja uma procissão funerária ou um acidente à frente.

Ela se levantou e espiou a rua para tentar descobrir por que não se moviam. De longe, veio o som de trombetas. O pai tinha lhe dito que Nova Orleans celebrava funerais com trombetas.

– É um funeral?

– Não.

O rosto de Raven estava marcado pela preocupação. Ela olhou ao redor e depois para trás.

– Precisamos chegar à lateral.

Outros veículos estavam fazendo o mesmo. Ela conduziu a égua para a direita enquanto tentava evitar bater nas outras carroças e nos cabriolés por perto. As pessoas nas calçadas também pararam. Vendedores nas esquinas moviam suas barracas depressa. As trombetas pareciam mais próximas.

– O que isso significa?

– Supremacistas estão marchando.

Brax congelou.

Raven continuou a explicar enquanto manobrava à procura de um lugar:

– Agora que os Democratas retomaram o controle do governo do estado e os soldados foram embora, eles estão atrevidos o suficiente para fazer o que querem, quando querem.

Ela enfim conseguiu afastá-los do meio da rua e puxar o freio. Minutos depois, os supremacistas apareceram marchando em silêncio. Estavam agrupados em cinco fileiras. Brax estimou que havia cem homens na procissão. Todos usavam trajes de algodão branco com uma flor branca no peito.

– Como o Congresso baniu a Klu Klux Klan em 1871, os supremacistas agora se autodenominam clubes de rifle – explicou ela com aversão. – Esse aqui é conhecido como os Novos Cavalheiros da Camélia Branca.

O rosto dos participantes estava escondido por capuzes de aniagem com buracos nos olhos. Nas mãos, eles carregavam rifles, cassetetes, rolos de cordas grossas e chicotes. Era um show de força feito para intimidar. No momento em que todos estavam à vista, o silêncio nos arredores ficou marcadamente pesado, como se o mundo estivesse prendendo a respiração. Um estampido das trombetas perfurou o ar e foi respondido por parcos aplausos e gritos devotados de alguns dos observadores, mas a maioria dos que estavam nas calçadas e na desordem de veículos se limitou a assistir. Brax olhou para Raven e percebeu a expressão sombria em seu rosto e o rifle no colo. O soldado dentro dele ficou contente por ela estar preparada para se defender.

– Eles fazem isso com frequência?

– Bastante.

Os jornais do Norte, tanto pretos quanto brancos, estavam cheios de relatos da situação deteriorante no Sul, causada pela retirada dos últimos soldados federais desde a rendição da Confederação. As constituições de estado recém-instituídas, feitas às pressas pelas convenções de maioria preta em lugares como Louisiana, Georgia e Carolina do Sul, estavam sendo substituídas por outras que devolviam o controle legislativo àqueles que tinham começado a guerra. O movimento sinalizava o fim da Reconstrução, e os recém-libertos cidadãos pretos estavam pagando o preço do regresso com a erosão de seus direitos e com a vida.

Depois de os supremacistas passarem e sumirem de vista, o tráfego começou a se desemaranhar, e ele e Raven retomaram a viagem. Brax sabia que sempre se lembraria daquele momento.

A loja de Henrietta Moreau acabou demonstrando ser mais um depósito do que o comércio tradicional que ele imaginara. Eles entraram por uma porta nos fundos, e o interior mal iluminado estava tão abarrotado de itens que o lembrou do sótão dos avós. Enquanto ele e Raven serpenteavam pelo corredor estreito no meio do caos, Brax avistou porta-retratos, implementos agrícolas, tanoeiros de barris e madeira empilhada. Mesas cheias de panelas manchadas estavam ao lado de caixotes cheios de pratos, bules de chá e colheres de pau com cabos grandes. Passaram por arreios, vestidos, pilhas de tijolos, varas de pescar, livros e duas cadeiras de balanço. Quando se aproximaram da frente, o interior se iluminou e mostrou cabides de roupas, cavalos de pau, botas de vadear, aviamentos para costura e uma parede com prateleiras cheias de rolos de tecido. No meio de tudo, clientes perambulavam. Um homem e uma menininha olhavam uma mesa cheia de sapatos enquanto uma mulher pequena os ajudava. Ela parecia um pássaro e usava um vestido cinza e um *tignon* da mesma cor enfeitado com penas e miçangas de vidro. Ao erguer os olhos, ela o avistou junto a Raven e um sorriso apareceu no rosto marrom envelhecido, mas sem linhas de expressões.

– Raven. Como vai, querida?

A cadência musical na fala era como a de Raven.

Uma Raven sorridente andou até os braços abertos da mulher.

– Olá, Etta. Como vai?

– Bem, querida, bem.

Raven se afastou do abraço, e a mulher olhou para Brax.

– Esse é o futuro noivo de quem tanto tenho ouvido falar?

Raven jogou as mãos para o alto.

– Todo mundo em Nova Orleans sabe disso?

– Acho que sim, meu bem. Hazel passou aqui mais cedo para me avisar que vocês dois estavam vindo e me contou tudo. Até conheci o pai bonito dele. Talvez tenhamos dois casamentos.

Raven suspirou e o apresentou:

– Este é Braxton Steele. Steele, esta é minha prima de segundo grau, Henrietta Moreau.

– Prazer em conhecê-la, senhorita.

– Igualmente. Ah, Raven, os filhos de vocês vão ser tão bonitos.

Raven grunhiu.

– Não vamos ter filhos.

– Vão, sim. Dorrie nunca erra. Se eu tivesse trinta anos a menos, nós duas iríamos fazer uma aposta por causa desse homem bonitão. A vencedora levaria tudo.

Raven passou as mãos pelo rosto. Brax tentou não demonstrar o diver-

79

timento. Raven poderia controlar muitas coisas, mas sua família não era uma delas.

Etta olhou ao redor, como se não quisesse ser ouvida, e perguntou:

– Ele já beijou você?

– Etta!

– A resposta é não, então. Olhe esse homem, garota. Pare de se fechar. Ele é bonito, fala bem e sabe se vestir. E parece que sabe dar prazer a uma mulher. Você poderia achar um bem pior. Mas também, fazer um homem esperar pode trazer resultados deliciosos.

Como se esperasse que ele fosse comentar algo, Raven alertou:

– Uma palavra e o senhor vai voltar para casa andando.

Ele riu e permaneceu em silêncio.

Raven suspirou alto e se recompôs.

– Etta, estamos aqui para pegar algumas roupas usadas para ele.

– Separei algumas coisas. Deixe eu acabar de ajudar aquele homem e a filha a acharem um par de sapatos, e já volto.

Ela os deixou.

– Que mulher interessante essa Srta. Etta.

– Ter uma família grande pode ser cansativo.

– Não me diga.

– Não é engraçado, Steele.

– Nunca disse que era, e, já que não quero que parta sem mim, vou olhar os tecidos nas prateleiras ali enquanto ela ajuda os clientes.

– Boa ideia.

Sem esconder o divertimento, ele se afastou.

CAPÍTULO 7

Raven amava sua prima Etta, mas naquele momento queria enfiá-la no formigueiro junto dos outros primos por serem tão incorrigíveis. Bebês bonitos, até parece! Se Etta fosse trinta anos mais nova, Raven teria lhe entregado Steele com prazer, sem precisar de apostas. E como Etta fora capaz de determinar a destreza de Steele na cama era uma incógnita, mas, de acordo com as histórias contadas sobre o passado de Etta, ela já tinha sido muito bem-amada. Fora uma ladra de joias formidável na época, uma das melhores das redondezas. Na verdade, foi ela quem ensinou a Raven a artimanha com as pedras que tinha usado em São Francisco.

Raven viu Etta terminar de ajudar o homem e a filha com os sapatos. Depois de eles saírem, Etta conferiu se tudo estava bem com os outros clientes antes de ir até onde Steele estava, na frente das prateleiras de tecidos. Raven não conseguia ouvir o que estavam falando, mas a conversa parecia centrada num rolo de tecido azul no qual ele demonstrava interesse.

Algo que Etta disse o fez se virar para Raven, e seus olhos prenderam os dela. A intensidade que viu neles a fez se lembrar de sua descrição ardente de como domaria sua língua e do calor causado pelas palavras. A lembrança reavivou o debate interno que tinha sobre reconhecer a atração por ele ou continuar em negação. Independentemente de como se sentia em relação à personalidade e às opiniões de Brax, ele era mesmo um homem bonito, desde a barba elegante até o porte majestoso. Realmente teria filhos bonitos. Só não seria com Raven – qualquer que fosse a previsão de Etta –, mas, sim, com uma mulher muito mais culta e refinada que não tivesse cantado nas esquinas por dinheiro aos 5 anos de idade nem tivesse começado a limpar casas alguns anos depois. Essa pessoa também conseguiria nomear seu livro favorito e não sentiria vergonha de nunca ter lido um inteiro. Raven afastou o olhar, quebrando o contato.

Mas não tinha vergonha de ser enxerida, então foi se juntar a eles para ver de que falavam. Ela os alcançou quando Etta dizia:

– Tudo bem, vou lhe enviar isso junto do bilhete.

– Obrigado.

Ao vê-la, Etta falou:

– Pode trazê-lo aqui quando quiser. Estou tentando vender essa seda azul linda há meses, mas ninguém tinha como pagar o preço que estou pedindo.

Raven observou a seda azul-escura.

– É muito bonita.

Ele assentiu.

– Nunca vi um azul tão escuro antes.

– Vai fazer o que com ela?

– Provavelmente um vestido. Sem dúvida minhas costureiras vão duelar pela oportunidade de trabalhar com uma seda tão rica. Quem usá-la vai ser invejada.

– Talvez sua campeã?

Ele se enrijeceu e a encarou de um modo que a deixou tão consciente dele que ficou difícil manter a respiração equilibrada.

Com olhos ardentes, ele falou baixinho:

– Talvez eu faça para a senhorita usar durante a sobremesa.

Ela quase desfaleceu.

– Não? – acrescentou ele, em um tom brincalhão.

– Não – ela conseguiu rebater de algum jeito.

Uma Etta sorridente riu com ternura.

– É. Bebês bonitos. Deixe eu levar isso para a bancada para preparar o envio, e então vamos pegar as roupas de que vai precisar em Charleston.

Ela se retirou, carregando o rolo de seda, enquanto Raven, precisando se distanciar daquele homem sem dúvida sedutor para controlar os sentidos intensificados, desviou a atenção para os outros tecidos nas prateleiras. Havia algodão liso, flanelas finas, tecidos para roupa de cama e sedas mais baratas em tons variados.

– O que o fez decidir se tornar um alfaiate?

– Começou quando fui camareiro do meu avô. Uma das minhas tarefas era ajudar a reparar as velas. Eu era péssimo no começo, mas melhorei com o tempo. Na minha terceira viagem, os membros da tripulação já me traziam camisas, calças e outras roupas para eu consertar, e gostei de costurar e remendar as peças. Fui aprendiz por alguns anos de um alfaiate em Boston que minha mãe conhecia e, quando meu avô faleceu, peguei um pouco dos fundos que herdei e abri meu negócio.

– Um dos meus primos mais novos é aprendiz aqui no Quarter.

– Se eu puder ajudá-lo de algum modo, me avise.

– Está falando sério?

– Sim, Raven, estou. Por que ofereceria se não estivesse? – perguntou ele baixinho.

Ela deu de ombros.

– Não sei. Acho que não o vejo como o tipo de pessoa que ajuda os outros.

Ele afastou o olhar, sem a preocupação de esconder o sorriso amargo. Virou-se.

– Gostaria que a senhorita dedicasse algum tempo a me conhecer de verdade. Vou ver se a Srta. Etta já terminou de organizar as roupas.

E a deixou parada lá.

Ela o observou se afastar. Será que o magoara? Ele passara o dia anterior criticando tudo e todos; como ela poderia saber que ele tinha um ponto fraco? Estava dividida entre querer se desculpar e sentir irritação dele por fazê-la considerar isso.

Ela esperou com Etta enquanto ele experimentava as roupas atrás de uma tela armada com esse propósito. Quando acabou, Brax entregou a Etta as que tinha escolhido.

– Quanto lhe devo?

– Nada. Depois de o senhor ter comprado aquela seda, consigo lhe dar as roupas de graça.

– Prefiro pagar por elas.

– Não me escutou?

Os lábios delineados pelo bigode sorriram.

– Como a senhorita quiser.

– Obrigada.

Etta pôs as roupas num saco de lona e entregou a ele.

– Cuidem um do outro em Charleston. Raven, é bom você trazê-lo de volta inteiro, para que eu possa dançar com ele no casamento de vocês.

Raven sabia que era inútil protestar.

– Vou fazer o possível. – Ela voltou a atenção para Steele. – Pronto?

Ele fez que sim.

Raven se despediu de Etta com um abraço e um beijo na bochecha. Depois, ela e Steele saíram para a luz do sol.

Caminharam a curta distância de volta até a carroça e, quando se instalaram, ela pegou as rédeas e perguntou:

– Está com fome?

– Um pouco, sim.

– Pode ser peixe? Há um lugar aqui perto que serve uns sanduíches de peixe frito deliciosos.

– Pode ser.

Ela observou seu rosto.

– Me desculpe se o ofendi lá dentro.

– Eu agradeço. Gostaria que nos déssemos bem.

– Eu também – respondeu ela sem pensar, e percebeu que estava quase sendo sincera.

– Então vamos esquecer esse incidente e tentar aproveitar o resto do dia.

– Vamos.

∽

A detetive Ruth Welch, da Pinkerton, não estava aproveitando o dia. Jogada na cama, ofegando de desgaste, ela torcia para o que quer que a estivesse deixando mal passasse logo. Mais ou menos uma hora após o café da manhã, seu estômago começou a se revirar tão violentamente que ela rejeitara o penico do quarto e disparara para a latrina da pensão, nos fundos. O alívio fora apenas temporário. Desde então, tinha feito mais três viagens e duvidava que houvesse mais alguma coisa dentro do seu corpo. Uma batida na porta chamou sua atenção, e ela respondeu, fraca:

– Pois não?

– É a Sra. Abbott. Posso entrar?

– Pode.

A porta se abriu um pouco, e a proprietária insinuou a cabeça para dentro.

– Só queria verificar como a senhora está. Tudo bem?

– Não – respondeu Welch com o máximo de raiva que seu mal-estar permitia. – Meu estômago está mal por causa do que a senhora me deu no café da manhã.

– Eu não lhe dei café da manhã.

– É óbvio que deu. Mandou a idosa preta que trabalha para a senhora me trazer uma bandeja.

– Aquela mulher não trabalha para mim. Ela chegou de carroça e disse que a senhorita tinha combinado que lhe entregassem o café da manhã.

Ruth se ergueu o máximo que conseguiu.

– O quê?

A proprietária repetiu o que tinha dito.

– Nunca combinei nada disso – negou Ruth.

– Bem, ela com certeza não trabalha para mim.

Ruth se jogou de volta na cama. Quem era a mulher? De onde tinha vindo? Enquanto tentava decifrar aquilo, uma possível resposta surgiu. *Moreau!* Ela apostaria uma garrafa de seu uísque favorito que aquela mulher tinha sido enviada pelos Moreaux, ou talvez fosse membro da família diabólica; só que, antes que conseguisse dar mais atenção à charada, seu estômago se revirou. Ela se levantou com dificuldade, empurrou a proprietária para passar correndo e fez outra viagem à latrina.

Raven e Brax compraram os sanduíches, e ela os guiou com a carroça até uma planície arborizada acima do rio Mississippi. Uma caminhada curta através das árvores e dos arredores selvagens os levou até uma clareira que oferecia lugar para sentarem. Abaixo deles o porto de Nova Orleans estava cheio de navios e barcos de todos os tamanhos e trabalhadores carregando e descarregando cargas.

– Podemos nos sentar aqui – disse ela.

– Deixe eu tirar o casaco para que a senhorita sente em cima.

– Obrigada, mas não precisa. O chão não está molhado e esta saia é velha. Um pouco de sujeira não vai estragá-la.

– Tem certeza?

– Tenho.

Um homem nunca tinha lhe feito uma oferta daquela antes, e ela ficou comovida com a demonstração de cuidado.

Ele não pareceu convencido pela resposta, mas se sentou ao seu lado e observou a atividade abaixo.

– Não sabia que o porto de Nova Orleans era tão movimentado.

– Louisiana exporta muito açúcar e madeira, e me disseram que Nova Orleans é um dos portos mais movimentados do país. Era até mais movimentado antes da guerra, mas faz algum tempo que é negligenciado e tem lodo bloqueando o canal. Acredito que as pessoas no comando estejam procurando uma solução.

Eles começaram a comer. Ela havia pegado um cantil na carroça para que tivessem algo para beber.

– O que achou do sanduíche? – perguntou ela.

– A senhorita tinha razão. O peixe é extraordinário. Toda comida aqui é tão bem temperada assim?

Raven sorriu.

– É, sim. Se não fosse, não comeríamos.

– Boston podia aprender umas coisinhas com os cozinheiros daqui.

Ela se virou para ele.

– Veja como estamos nos dando bem. Até estamos jogando conversa fora.

Brax riu.

– Sim, estamos.

– E, já que estou sendo legal, obrigada mais uma vez por ter sido tão gentil com Dorrie hoje de manhã.

– De nada. Ela é sua parente? Seus primos me contaram a história do nascimento dela.

Raven negou com a cabeça.

– Não é parente. Quando a mãe dela faleceu, a única parente viva de Dorrie era uma tia mais velha, que não a quis. Disse que Dorrie ter nascido morta e então ressuscitado significava que tinha o diabo dentro dela, então a parteira a levou para mamãe, e ela está conosco desde então.

– Sua mãe foi gentil em aceitá-la.

– Ela é assim. Seus seis irmãos tiveram muitos filhos com as esposas e amantes. Mamãe faz questão de reunir todos regularmente para que conheçam os primos e meio-irmãos e irmãs e saibam que são todos família. Mesmo que as mães não se deem bem, os filhos se dão por causa de mamãe.

– Onde estão seus tios agora?

– Tio Abram está em Cuba. Meus tios Saul e Tomas morreram de febre amarela em 1867. Tio Isaac foi assassinado em 1866 durante o massacre do Centro Cultural, quando a polícia de Nova Orleans, os rebeldes e os supremacistas se juntaram para impedir que a nova constituição fosse formada. Foi um dia horrível. Muitas pessoas perderam a vida.

– Sinto muito pela sua perda. Li matérias sobre os assassinatos no jornal. As pessoas no Norte ficaram furiosas.

Ela relembrou como a família sofreu, depois desviou o pensamento para bloquear as lembranças do luto da mãe.

– Tio David foi morto na batalha de Gettysburg, e tio Ezekial, o bebê da família, se afogou no seu barco de pesca durante uma tempestade.

– Várias tragédias – disse ele baixinho.

– Mais do que merecíamos, penso eu. Meus tios eram pessoas singulares e excepcionais. Sentimos muitas saudades deles.

– Meus pêsames.

– Obrigada.

– E desculpe por deixá-la triste.

– Não precisa se desculpar. Imagino que o senhor estava estranhando não ter visto muitos homens até agora.

– Para ser sincero, estava mesmo.

Raven olhou o rio Mississippi se estendendo até perder de vista e inspirou o aroma forte da água enlameada. Para ela, era o aroma da vida. Da morte. Da família. Do lar. Mesmo com todas as tragédias, ela não conseguia se imaginar morando em outro lugar.

– Estou gostando da sua companhia – disse ele. – Não estamos brigando.

– O dia ainda não acabou.

Ele riu.

– Aí está essa língua de novo.

– Uma língua que o senhor quer domar.

– Muito.

O calor familiar despertou, espalhou-se e a instigou.

– E se eu falasse para o senhor ir em frente e tentar?

– Eu responderia, então, que a senhorita precisa ser direta. É uma hipótese ou um desafio?

O que você está fazendo?

Ela ignorou a voz interior.

– Um desafio.

Ele estendeu a mão e deslizou o dedo lentamente pelo lábio inferior dela, e a intensidade que emanou desse ato a fez fechar os olhos.

– Tem certeza?

– Tenho.

Ele chegou mais perto, e o calor dessa proximidade acendeu pequenas chamas antes mesmo de ele pousar os lábios nos dela.

– Estou querendo prová-la desde o jantar de ontem – murmurou ele.

E, então, realmente a provou. Começou hesitante, embalando-a, convidando sua boca a se abrir com lambidas suaves daquela língua com faíscas na ponta. Quando suavemente mordiscou o lábio inferior dela, Raven gemeu do jeito que ele previra. Ela sabia que devia escutar o alerta de sua voz interior. Mas já era tarde demais. Seu corpo se embeveceu com as sensações cativantes, como tempos de seca saudando a chuva.

Ele se afastou, e ela se esforçou para recuperar o fôlego. Brax a encarou com olhos ardentes.

– Quer ouvir o que eu faria com você se estivéssemos no meu quarto?

A voz dele era tão magnética e sedutora que ela só pôde responder:

– Quero.

Ele a beijou de novo.

– Depois que eu tivesse explorado essa boca o suficiente para mim e para você, como agora, eu lhe pediria que desabotoasse a blusa devagar, porque nada me excita mais do que uma mulher se despindo voluntariamente. E, se concordasse, eu desceria meus beijos para o seu pescoço. – Desfalecendo, Raven se pegou oscilando. – Pediria que abaixasse a camisa e me oferecesse primeiro um seio para eu saborear até que o mamilo ficasse duro como uma pedra preciosa, e então o outro. – Raven se perguntou quanto tempo conseguiria viver sem respirar. Aquele homem era muito mais perigoso do que ela poderia imaginar. – E então perguntaria se você queria mais… e se dissesse que sim, eu pediria que levantasse a saia e se tocasse para me mostrar quanto estaria molhada. Você está molhada, meu pequeno *corvus*?

O poder tórrido dele inflamou uma doce dor de desejo entre suas coxas.

– Estou – sussurrou ela para si mesma, com a mente derretendo.

– Que bom.

Só naquele momento ela percebeu que respondera em voz alta. Seus olhos se abriram com o choque.

Brax apenas sorria.

Abalada pela facilidade com que ele a tinha enfeitiçado por completo, Raven quis dizer algo incisivo, mas sua habilidade de falar a tinha deixado. Ela precisou de todas as forças para não lhe pedir mais.

Inclinando-se, Brax lhe deu um último beijo prolongado.

– Como eu disse ontem, você vai se lembrar de mim lhe dando prazer pelo resto da vida. Está pronta para voltar para a casa da sua mãe?

Sua mente estava tão tonta e confusa que ela teve dificuldade para entender o que ele tinha perguntado. Quando conseguiu enfim se recompor, respondeu:

– Estou.

Ele se levantou e lhe ofereceu a mão. Raven olhou a mão, depois Brax. No fundo, sabia que aquele homem ia mudar sua vida – quer ela quisesse ou não. Ela aceitou a ajuda, apoiando-se na mão quente e forte dele para se erguer, trêmula.

– Você faz isso sempre?

– O quê?

– Seduz mulheres enquanto comem sanduíches?

– Não. Você é a primeira.

– Bom saber.

Satisfeita por seu cérebro conseguir formar frases de novo, ela pegou o cantil e o lixo da comida. Juntos, voltaram para a carroça.

⌒〜

Na viagem de volta, Brax admitiu para si mesmo que não tinha beijado Raven o suficiente. Ele queria mais, uma noite inteira com ela em sua cama. Raven não dissera uma palavra desde que tinham deixado o morro, e ele se pôs a imaginar em que ela poderia estar pensando.

– Você está muito quieta – comentou ele.

– Não estou falando com você.

– Por que não?

– Porque você é muito bom nisso, e quem sabe o que vai me fazer falar ou fazer depois.

– As possibilidades são infinitas.

– Exatamente, e eu nem gosto de você, Steele.

Ele riu.

– Pare de rir. Não é engraçado.

– Desculpe.

– Mentiroso. E o que é um *corvus*?

– É a palavra em latim para corvo.

– Então você fala latim também? Meu Deus.

– Só um pouco. Era uma das matérias que meus tutores ensinavam.

Ela balançou a cabeça, e ele achou essa reação tão incrivelmente cativante que quis puxá-la para seu colo e lhe dar prazer até que o rio Mississippi congelasse.

– Voltamos a nada de beijos. Nada – afirmou ela, firme.

– Você é quem manda.

A expressão irritada de Raven sufocou a diversão que fervia dentro dele.

– Estou falando sério.

– Tenho certeza disso, mas foi você quem me desafiou, lembra?

– Não precisa me lembrar.

– Achei que tivesse esquecido, considerando o que aconteceu depois.

– Não quero falar com você.

Ele não se lembrava de já ter tido uma conversa tão divertida como essa. Relembrar as reações dela aos beijos e às perguntas calorosas confirmava quanto ambos estavam arrebatados. E, como antes, seu membro ficou duro como um mastro de navio.

Remexendo-se no banco para ajustar a excitação, Brax decidiu que era melhor pensar em Boston no inverno pelo restante da viagem em vez de nas coisas escandalosas que queria fazer com Raven para se aliviar. Pena que era extremamente difícil.

CAPÍTULO 8

Depois de passar a manhã enviando telegramas aos parentes em Charleston, fazendo uma visita a Julianna LeVeq-Vicent e informando a Etta que Raven lhe faria uma visita, Hazel e Harrison voltaram para casa e almoçaram na varanda do escritório.

– Você acha que está pronta para Charleston agora? – perguntou Harrison, afastando o prato vazio.

– O máximo que posso estar – respondeu Hazel. – Welch provavelmente estará aqui de manhã. Eu só queria que soubéssemos mais sobre os alvos. Geralmente juntamos nossas informações antes de começar. Dessa vez, temos que depender de alguém que já provou não ser confiável, e isso é preocupante.

Ele assentiu, compreensivo.

– Ainda bem que Raven é esperta e pensa rápido – acrescentou Hazel –, então tenho certeza que ela vai saber lidar com qualquer surpresa que surja. O que mais me preocupa é a faca que Welch vai enfiar nas costas dela. Sei que vai acontecer uma hora ou outra. A mãe dentro de mim quer protegê-la ou encontrar um modo de prevenir isso.

Hazel deixou isso de lado por um momento e observou o homem com quem quis se casar tantos anos atrás. A idade tinha acinzentado seu cabelo, e o tempo adicionara peso ao corpo outrora esbelto, assim como fizera com ela. Hazel gostara da companhia dele enquanto cuidava dos afazeres do dia. Tinham conversado, rido e recordado o passado. Após a morte de Josiah, o pai de suas filhas, ela não tinha tido amantes, pois não queria homens vadios ao redor delas, além de estar focada em manter um teto sobre a cabeça e comida na mesa. Naquele tempo, o Plano de Fanny ainda estava no início, e não sobrava um centavo sequer. Mas estar com Harrison a fazia perceber quanto sentira falta de companhia.

– Mesmo que Welch me deixe furiosa, estou feliz por ela ter trazido você de volta para a minha vida.

Harrison pareceu surpreso com a confissão.

– Sério?

Ela assentiu.

– Amaldiçoei você por anos e, quando apareceu ontem, amaldiçoei ainda mais, só que agora…

– Agora o quê? – perguntou ele, suavemente.

– Consigo olhar para trás e entender por que fez o que fez naquele dia na igreja.

– Um momento puramente egoísta de homem. Se eu não podia tê-la, ele também não teria. Desculpe por eu ter acabado com os sonhos que tinha para a sua vida.

– E me desculpe por ter partido seu coração e estragado o que poderíamos ter tido se tivesse escolhido você. Se tivesse escolhido nós.

– Você não iria contrariar sua mãe.

– Não, não iria – admitiu. Ela estendeu a mão sobre a mesa e cobriu a dele gentilmente. – Quero uma segunda chance, Harrison.

Aparentemente comovido pelo que viu nos olhos dela, ele entrelaçou os dedos dos dois.

– Achei que não tinha o direito de lhe pedir isso depois de todo esse tempo, mas também quero essa chance.

– Então vamos ter.

– Você não brincaria com um velhote, não é?

– Não. Não com isso. Gostaria de passar seja lá quantos anos me restam com você.

– Tudo bem então. Quer um casamento ou seguiremos sem formalidades?

– O que prefere?

– Um casamento. Diante de um padre, com você toda arrumada, eu com meu melhor terno, e o mundo assistindo. Depois, uma recepção com conhaque, música, dança e bolo.

Ela riu.

– Então é o que faremos.

Ele deu um leve puxão na mão dela e a guiou ao redor da mesa até seu colo. Ela o abraçou, e Harrison a segurou contra o peito. Por um momento, ficaram sentados, contentes, no silêncio da tarde. Ele ergueu o queixo de Hazel com gentileza. Encarando-a, passou um dedo afetuoso por seus lábios antes de beijá-la com uma paixão que durara décadas.

92

– E depois da recepção – murmurou ele –, uma noite de núpcias vigorosa.

Os olhos dela brilhavam quando respondeu:

– Uma noite de núpcias *muito* vigorosa.

Naquela noite, após o jantar, Raven ficou contente por ver os primos chegarem para a reunião. A presença deles lhe dava algo em que focar além de Braxton Steele. Desde que voltara para casa, para todo lugar que ia, a lembrança das palavras potentes dele a seguiam, sussurrando, seduzindo, relembrando-a do que sentira e de quanto queria mais. Ele estava de pé do outro lado da sala, de braços cruzados, observando-a com um divertimento velado, como se soubesse o efeito que tinha sobre ela. Aquele olhar perspicaz a fazia querer enfiá-lo num barril e enviá-lo de volta para Boston, que se danasse a missão da detetive Welch – mas só depois de mais alguns beijos.

Assim que todos se sentaram, ela observou os presentes. Renay e Lacie. Emile e Alma. Bethany. Sua mãe, Hazel, e Harrison. Eden e Vana. Todos tinham se reunido para avisar Eden e Vana dos golpes que estavam planejando e onde estariam, porque as tias ficariam no comando da família até que Hazel retornasse de Charleston.

Emile falou primeiro.

– Lacie e eu estamos indo para Titusville, Pensilvânia, vender ações de uma refinaria de petróleo que vai ser construída em breve.

Titusville era a cidade com o maior crescimento no ramo de petróleo. Muito dinheiro estava sendo gerado lá, tanto legal quanto ilegalmente.

– Sabemos que a cidade vai estar com uma boa quantidade de golpistas, mas duvido que vá ter um conde italiano com sua amante, uma duquesa inglesa, procurando investidores – acrescentou Lacie.

– Em nome do governo italiano, eu pegarei todo o dinheiro deles – falou Emile com seu melhor sotaque italiano.

– É óbvio que irei encantá-los com minha beleza e meu jeitinho de moça – complementou Lacie, com sotaque britânico.

– E com o decote – completou Hazel, provocando risadas.

Lacie se ergueu e fez uma reverência elaborada.

– Sou uma mulher de muitas armas. Todas perigosas, de um jeito ou de outro.

Beth iria voltar para Atlanta a fim de reprisar o papel da grande rainha africana Mela, cuja habilidade de falar com os mortos através de sessões espíritas vinha, pelos últimos dois anos, enchendo os cofres da família com o dinheiro dos brancos ricos daquela cidade e de outros lugares do país.

Alma reportou que partiria para Chicago no dia seguinte.

– Nosso primo curandeiro Cicero está fazendo uma viagem nacional de reavivamento, e Chicago é a próxima parada. Vou ser uma das pessoas na multidão que é convidada ao palco para ser curada e ajudar com qualquer coisa que ele possa precisar. Talvez Etta se junte a nós em dez dias quando estivermos em Nova York. Ela disse que sente falta de fazer compras na Tiffany's.

Raven sorriu e sentiu pena do famoso joalheiro.

Assim que os relatos acabaram, Raven assumiu.

– Como conversamos ontem, Steele e eu iremos para Charleston provavelmente amanhã. Minha principal preocupação é que Welch me traia – admitiu.

Ela lhes contou do bilhete de Julianna LeVeq-Vicent para Hazel. Quando terminou, havia preocupação no rosto de todos, sobretudo dos Steeles. Raven percebeu que não tinha compartilhado a informação com eles e que deveria ter feito isso. O maxilar tenso de Braxton Steele reforçava aquilo, e ela fez a promessa silenciosa de falar com ele quando a reunião terminasse.

– Não sei quando ela vai atacar, mas tenho absoluta certeza de que vai. Meu problema é não saber quando.

– Sei que Renay vai com vocês, mas tem certeza de que não vai precisar de mais algum de nós para ficar de olho? – perguntou Emile.

– Vamos ficar bem – respondeu Renay. – Não esqueça que temos parentes lá também.

– Concordo com Renay – disse Raven. – Tenho a esperança de que encontrar e lhe entregar o documento seja o suficiente para ela voltar para seja lá de onde veio e nunca mais ser vista. No começo, mamãe e eu debatemos a ideia de forjar uma cópia e ficar com a original, porque sinceramente é assim que os Moreaux conduzem os negócios, mas não teremos tempo. A cópia que Welch nos mostrou ontem é muito detalhada e complexa, não é algo que possa ser forjado em algumas horas, ou até mesmo em alguns dias. Então Steele e eu iremos nos concentrar em encontrar o documento, entregá-lo e voltar para casa assim que possível.

Ela olhou ao redor da sala.

– Alguma pergunta ou dúvida?

Ninguém respondeu.

Hazel se levantou.

– Como devem saber a esta altura, chegamos ao fim do Plano de Fanny, então este será meu último golpe. E espero que de todos também. Admito que foi divertido, mas agora podemos construir vidas entediantes e ponderadas como o resto da humanidade, e mal posso esperar.

Risos e aplausos se seguiram.

– O dinheiro que Fanny guardou para vocês estará nas suas contas nos próximos dias. Até lá, feliz caçada e tratem de voltar para casa inteiros. É isso. Vão para casa.

Depois que os outros partiram, Raven, Braxton e os pais ficaram.

– Fico feliz por ter compartilhado seus receios sobre Welch ser uma judas – disse Hazel.

– Quis todos preparados caso precisem se reunir por nós, e me desculpem, Harrison e Braxton, por não ter contado do bilhete antes – falou Raven.

– Eu contei a Harrison – comentou Hazel.

Raven se virou para o Steele filho.

– Então peço desculpas ao senhor. Esqueci completamente.

E tinha esquecido mesmo, graças à sedução enquanto comia sanduíches.

– Entendo. Foi um dia movimentado.

Mais movimentado do que ela poderia ter imaginado.

– Conversei com Julianna hoje de manhã para descobrir se ela sabia de mais alguma coisa sobre Welch – acrescentou Hazel. – Tudo que ela falou foi que Welch alegou ser uma irlandesa de Boston, mas, depois da última visita dela, nem Julianna nem a Srta. Tubman conseguiram corroborar essa alegação.

– Então ela pode ser qualquer uma de qualquer lugar – disse Brax. – Será que trabalha mesmo para a agência Pinkerton?

– Sim. Isso pelo menos é verdade. A Srta. Tubman usou seus contatos para verificar. Os Pinkertons a conhecem como Welch. E, pelo que falaram para Julianna, ela é ambiciosa.

Raven não via nada de errado em uma mulher ambiciosa. Entretanto, ameaçar a liberdade de outras pessoas para conquistar seus objetivos não era algo a ser parabenizado.

– E quero que saibam que Harrison e eu decidimos nos casar – contou Hazel.

A notícia surpreendente deixou Raven tanto chocada quanto sem fala.

– Não podemos hesitar na nossa idade, então vamos fazer isso logo.

Harrison olhou para Raven e para o filho.

– Espero que tenhamos a benção de vocês.

– Não que isso importe – comentou Hazel, sorrindo.

– Com certeza têm – respondeu Raven, sincera.

– A minha também – disse Braxton.

Raven soubera que a mãe ainda sentia algo por Harrison, mas não esperava esse desfecho.

– Parabéns, mamãe – disse ela, lhe dando um abraço forte.

Ao longo dos anos, sua mãe tinha feito muitos sacrifícios pessoais. Ela merecia ser feliz.

– Vamos manter isso em segredo por enquanto e celebrar quando o trabalho em Charleston acabar.

Raven concordou.

– Veremos vocês dois em Charleston – avisou Hazel ao sair.

Eles saíram da biblioteca, e Raven ficou sozinha com Steele.

– Isso foi bem inesperado – comentou ele.

– Muito.

– Então voltou a falar comigo?

– Acho que vou ter que falar, considerando que seremos marido e mulher a partir de amanhã, mas faço isso sob protesto.

Ele respondeu com um sorriso, e ela retribuiu. Em seguida, Brax ficou sério e perguntou:

– Está preocupada com Charleston?

Ela assentiu.

– Sempre me preocupo quando começo um novo trabalho. Muita coisa pode dar errado, só que tento não deixar a preocupação me dominar. Mas geralmente não durmo bem na noite anterior.

– Eu ofereceria ajuda se soubesse de que precisa para deixar você menos aflita.

Havia uma sinceridade no seu tom e na sua atitude que ela achou comovente.

– Não há nada que ajude – respondeu ela, determinada a não deixar que ele a afetasse mais do que já tinha afetado. – Vou ficar melhor quando tudo começar.

– Então que tal nos sentarmos em algum lugar e só conversarmos para distrair sua mente?

Ninguém nunca se oferecera para aliviar suas preocupações desse modo. Normalmente, ela passava a noite de véspera de um trabalho se revirando na cama enquanto imaginava os vários modos como ela e os primos poderiam ser expostos e presos. Aquele trabalho para Welch seria o último, e isso a deixava contente, porque estava cansada.

– Pode ser, mas precisa prometer que vai manter os lábios longe de mim.

– Entendido.

Ela não confiava nem um pouco nele.

– Vamos nos sentar lá fora.

A noite estava fresca, e nuvens ligeiras cruzavam a lua de vez em quando. Ela esperava que isso não significasse que uma tempestade estava a caminho. Viajar de trem era sempre um desafio. Uma chuva forte só iria tornar a viagem até Charleston mais fatigante.

Braxton se sentou em silêncio enquanto ela apoiou os cotovelos sobre a balaustrada. Nunca tinha passado pela cabeça dele que ela ficava inquieta antes do começo de um golpe. Apenas presumira que ela continuaria descarada e petulante, mas parecia que estava errado. Será que os parentes dela também estavam preocupados com as consequências? Será que também tinham dificuldade para dormir?

Ela olhou para ele.

– Conte uma história de camareiro.

Era um tema inesperado para uma conversa. Em vez de cogitar por que ela o escolhera, ele honrou o pedido.

– Minha primeira viagem foi uma pequena ida para Baltimore, e eu fiquei enjoado o tempo todo na ida e na volta.

Ela se virou, surpresa.

– Eu sofri muito, e passar mal fez com que a viagem parecesse durar uma eternidade. Quando voltei para casa, não queria botar os pés num barco de novo por nada neste mundo, mas meu avô garantiu que o único modo de eu me curar era navegando de novo.

– Seus pais concordaram?

– Sim, mas se não tivessem concordado, não teria feito diferença. Meu avô comandava nossas vidas, e se ele dissesse que o céu era rosa, ninguém o corrigia.

– Parece que ele foi um homem legal.

– Ele era difícil, mas justo na maior parte do tempo. Eu provavelmente não seria o homem que sou hoje sem a orientação firme dele, embora eu quase não apreciasse isso quando criança. A única vez que alguém o desafiou foi quando minha mãe se casou com meu pai.

– Ele não gostava de Harrison?

– Não. Pelo jeito, ele odiava a ideia de a única filha se casar com um ex--escravizado que trabalhava no cais.

– Pessoas e seus preconceitos.

– Pois é, mas ele a perdoou depois do meu nascimento. Ele ainda não gostava do meu pai, mas o tolerava por ter lhe dado um neto.

– Que generoso. Como Harrison lidou com esse tratamento indigno?

– Ele disse que se casou com minha mãe, não com o pai dela, então a opinião do meu avô não tinha muita importância.

– Bom para ele. Seu avô teria aprovado sua campeã? Qual o nome dela mesmo?

– Charlotte Franklin, e, sim, teria aprovado.

– Uma mulher como eu provavelmente teria lhe causado um derrame.

– Sem dúvida – respondeu ele, achando graça.

– Não sou a beldade elegante do baile que ama casamentos.

Não, ela não era, mas ele a achava fascinante mesmo assim.

– Você é uma mulher singular.

– Mas não do tipo que os homens valorizam. Debochada demais, direta demais, demais tudo que uma mulher não deveria ser.

– Aos olhos da sociedade civilizada, sim.

– Que bom que não dou muito valor à sociedade civilizada. Eu gosto de mim.

– Decidi que também gosto.

– Não minta, Steele. Eu lhe causo um derrame também.

Ele riu.

– Causa, mas estou descobrindo que gosto de reavaliar as coisas por sua causa.

– Que tipo de coisas?

– Meus prejulgamentos de mulheres, por exemplo. Nunca conheci alguém que me desafia como você faz. Sinceramente, as que conheço onde moro tropeçam umas nas outras em busca da minha aprovação.

– É por causa da sua riqueza e do fato de você não ser um ogro.

– Agradeço os elogios, mas você não se importa com minha aprovação.

– Não, não me importo. É um pouco como Harrison se sentiu em relação ao seu avô. Sua aprovação não importa, porque, quando o trabalho com Welch acabar, você vai voltar para Boston e se prender a… qual o nome dela mesmo?

Ele balançou a cabeça por causa do modo totalmente incorrigível dela. Brax queria puxá-la para o colo, bater em seu traseiro audacioso e, depois, erguer a saia e deslizar dois dedos no ardor dela, para fazê-la cavalgar até que atingisse o clímax gritando seu nome.

– Charlotte Franklin.

– Isso, Charlotte Franklin, e eu vou seguir minha vida aqui em Nova Orleans.

– E causar um derrame em algum homem.

– Se eu encontrar alguém digno o suficiente.

Brax percebeu que a ideia de ela estar com um desconhecido que poderia aproveitá-la não lhe caía bem. Não que pudesse opinar sobre o futuro de Raven, mas uma parte pequena de si desejou que pudesse. A conclusão inesperada o pegou tão desprevenido que ele não soube o que fazer com ela.

– O que faria um homem digno?

– Ele me aceitaria como sou, com defeitos e tudo. Ele teria que ter senso de humor e gostar de família.

– Mais alguma coisa?

– Teria que me amar como se eu fosse o ar.

Brax sentiu seu mundo sair do eixo.

– Eu acredito no amor e não vou aceitar menos do que isso – explicou ela. – Você disse que não precisa estar apaixonado. Para mim, é só mais um exemplo de como você e eu não somos compatíveis. – O silêncio da noite desceu sobre eles, até que ela acrescentou: – E quero que ele me ame na cama como me ama fora dela.

– Mais franquezas.

– Para que não haja mal-entendidos. Desejo ser amante e esposa.

99

A afirmação ousada o chocou.

– Meu homem não vai precisar procurar prazer em outro lugar.

– Você será apreciada.

– Ele também.

Brax nunca tinha tido uma conversa tão franca com uma mulher antes, mas, até aquele momento, nunca tinha conhecido alguém como Raven Moreau. Pelo que sabia, mulheres casadas não aproveitavam abertamente os aspectos físicos do casamento; pelo contrário, os viam como dever. Nunca passou por sua cabeça que poderia haver mulheres no mundo que enxergavam isso de outra forma. Ficar perto dela definitivamente estava reformulando sua opinião sobre vários assuntos de muitas maneiras. Ele invejava o homem que ela escolheria em algum momento, mesmo que a ideia de ela com outra pessoa fosse mais uma vez desconcertante.

– Você gostaria que sua esposa fosse amante também? – perguntou ela.

– Sinceramente, duvido que um homem vivo respondesse que não. Mas não sei bem se as mulheres da minha classe veriam isso como um objetivo. Posso estar errado.

Ele supôs que aquilo era indicativo de como Charlotte se sentia em relação ao tema.

– Não vou perguntar o que sua campeã acha do assunto porque isso é entre vocês dois.

– Obrigado.

Mas a semente tinha sido plantada, intencionalmente ou não. O que será que Charlotte acharia? Ele pressupôs que um casamento construído com base na parceria poderia ter paixão, mas não a via desejando ser sua amante, pelo menos não do modo que imaginava que Raven seria. E esse pensamento levou a outro questionamento. Como poderia retornar a Boston e retomar as rédeas da existência solene e prática que pretendera viver depois de Raven ter passado por sua vida, incendiando-a como um cometa? A resposta não estava nas expectativas que tinha de Charlotte, mas, sim, nas próprias expectativas de Brax do que queria nas décadas de vida que tinha à frente. Ainda assim, será que ele mudaria completamente o modo como via o mundo por causa de um encontro breve com uma mulher que provavelmente não iria se lembrar do seu nome no ano seguinte? A ideia de que ela acharia o tempo deles juntos tão impactante quanto folhas de outono ao vento também o deixava desconcertado.

– Você também me causa um derrame, Steele.

Ela voltou a olhá-lo onde estava sentado nas sombras à mesinha.

Ele não sabia o que pensar dessa afirmação surpreendente.

– Isso é bom ou ruim?

– Ainda estou tentando decidir. Faz tempo que estive com um homem.

Raven não sabia por que tinha acabado de confessar aquilo. Fazia mais sentido agradecer-lhe por distraí-la, dar boa-noite e entrar, mas o encontro deles no almoço se recusava a deixá-la em paz. Ela ficava relembrando, sentindo, desejando. As cinzas que ficaram para trás continuavam ardendo.

– O que quer dizer?

Ela foi direta:

– Que, pelo amor de Deus, eu quero mais.

– Então sente no meu colo para conversamos – respondeu ele, numa voz tão sombria e aveludada como a noite.

Raven andou a pequena distância entre eles e se acomodou em cima das coxas de Brax. Ele estava quente, sólido. A proximidade deixou as chamas mais ardentes, e, quando ele ergueu seu queixo para que se encarassem e plantou os lábios gentilmente nos dela, seu desejo acordou e abriu asas.

– De que gostaria, pequeno *corvus*?

– De beijos, de carícias.

Brax deslizou o nó do dedo descaradamente por um mamilo duro.

– Aqui?

A visão de Raven se escureceu de desejo.

– Em todo lugar.

– Então desabotoe para mim.

Com as mãos trêmulas, Raven obedeceu, com dedos atrapalhados. Depois que a camisa foi aberta, ele passou a mão de leve nas pontas dos seus mamilos duros sob o pano azul esfarrapado e desbotado que segurava seus seios.

– Que tal tirar isso para mim?

Ela desfez o pequeno nó no meio e o retirou devagar. Brax observando-a transformava as cinzas em chamas. Ela tirou a camisa também, deixando o peito nu sob a luz do luar e a brisa da noite. Ele deslizou beijos por sua garganta, e ela, relembrando as promessas de mais, segurou os seios e os ofereceu em silêncio, primeiro um e depois o outro. Ele se deleitou enquanto ela se arqueava sensualmente, e sua voz cantarolava baixo de prazer.

– É isso que você quer? – disse ele, rouco, enquanto mordiscava-a com suavidade.

– É – grunhiu.

– Onde mais quer minhas carícias? Quer que eu a acaricie entre as coxas?

O modo como ele continuava beijando-a e depois se abaixando para seduzir seus mamilos até que estivessem saciados dificultava os pensamentos dela, quanto mais a fala.

A voz dele era quente em seu ouvido quando sussurrou:

– Quero ver você atingir o clímax, mas preciso do seu consentimento antes de lhe dar meus dedos para que cavalgue.

Suas palavras escandalosas e sua competência a deixaram à beira de um orgasmo. Sem precisar de mais nada, ela levantou a saia e abriu as pernas.

– Por favor.

– Na próxima vez que fizermos isso, não vai ser nos meus dedos que você vai cavalgar.

– Só promessas.

– Mulher atrevida.

Ele a beijou com ferocidade e afastou a abertura em suas calçolas para se dedicar ao pequeno caroço de carne cujo único propósito era dar prazer. À medida que o calor se erguia e se espalhava, ele deslizou dois dedos imbuídos de tanta magia erótica que ela gritou quando o orgasmo a despedaçou um segundo depois.

– Faz muito tempo, não é? – comentou Brax suavemente.

Desnorteada com a reação de seu corpo, ela só tinha consciência das sensações. Disso e das carícias suaves que ele dava pelo seu corpo e dentro dela enquanto Raven tentava recompor o corpo e a mente. Quando enfim conseguiu proferir uma palavra de novo, ela disse, trêmula:

– Obrigada.

E o beijou profundamente. Levando a mão para o espaço entre eles, ela a passou de modo possessivo na prova dura da excitação de Brax e, encarando seus olhos ardentes, começou a abrir a calça dele. Ele pôs a mão sobre a dela com gentileza.

– Não precisa.

– É óbvio que precisa. Você me deu prazer e quero retribuir na mesma moeda.

– Raven...

– Cale a boca, Steele.

Com os seios nus como uma deusa de pele outonal, ela deslizou pelo corpo dele até ficar de joelhos, abriu a frente da calça e o expôs. Depois de algumas lambidas tórridas nos lugares certos, ela pôs a boca atrevida nele e o levou direto ao paraíso.

– Meu Deus, mulher.

– Viu como você é recompensado quando faz o que peço?

As lambidas calmas e provocantes, as chupadas e o calor das atenções talentosas dela o deixaram se arqueando na cadeira em resposta ardente. Ela o atormentou da ponta até o escroto, e o orgasmo se formou como uma tempestade.

– Vou gozar.

– Então goze e pare de falar.

Rindo, ele a esperou se afastar, mas Raven continuou o saboreando de forma tão erótica que Brax atingiu o orgasmo com um grito tão alto que pôs a mão na boca para impedi-lo de reverberar pelo Quarter enquanto ela absorvia tudo que ele tinha para dar.

Quando conseguiu se mexer novamente, ele se abaixou e a puxou para o colo. Não esperava que ela se aninhasse, mas foi o que fez. Brax a abraçou e beijou o topo da cabeça dela. Enquanto imaginava como iria deixá-la quando chegasse a hora de voltar para Boston, o silêncio foi rasgado por outro grito. Ele e Raven se encararam.

– Já que o único outro homem aqui é seu pai, ele e mamãe devem estar praticando para a noite de núpcias.

E a ideia de aquilo estar acontecendo era tão inesperada e extraordinária que eles cobriram a boca e caíram na gargalhada.

Quando a diversão passou, seus olhos se encontraram.

– Obrigada mais uma vez – disse ela com sinceridade.

– Estou sempre ao seu dispor.

De repente tímida, ela desviou o olhar.

– Foi só dessa vez, Steele.

– Você é quem manda.

E o sorriso dele apareceu.

– Pare de rir – implicou ela, sem conseguir esconder a própria diversão.

– Se eu parar, ganho outra recompensa?

Ela lhe deu um soco brincalhão no ombro.

– Não me faça machucar você.

Ele se inclinou e a beijou para silenciá-la.

– Você pode me atropelar com uma carroça, desde que eu possa beijar essa boca atrevida e provocá-la aqui... – Brax passou o dedo devagar por seu mamilo, depois levantou lentamente a saia e tocou seu ardor ainda úmido e pulsante. – E aqui...

Ainda ávida, ela abriu as pernas para deixá-lo brincar. O calor foi surgindo novamente.

– Você devia entrar, pequeno *corvus*, antes que eu debruce você sobre a mesa e a tome por trás até que grite meu nome.

– Você é tão deplorável – sussurrou ela.

– Eu sei. Não é maravilhoso?

E a maravilha continuou enquanto ele brincava no meio de suas coxas abertas libidinosamente. Raven estava jogada sobre ele com os peitos despidos e a saia erguida até a cintura.

– Goze para mim de novo.

Quando Brax lhe deu os dedos para que cavalgasse novamente, a mão livre deixou seu mamilo sedento e a boca capturou a dela. As estocadas dele aumentaram, o quadril dela se ergueu e desceu, e Raven explodiu de novo com um grito sufocado que encobriu no peito duro dele para evitar que fosse ouvido.

– Boa menina.

Segundos depois, quando seu mundo se recompôs, Raven lhe deu um beijo de despedida e entrou, com as pernas trêmulas.

Brax a observou partir e ficou sentado no escuro ponderando o problema que ela apresentava para os planos bem elaborados que achou que tinha para o futuro. Limitar-se a viver a vida sem se importar com paixão e aventura, ou com a ideia de que alguém compatível era tudo de que precisava para sua existência, não era mais suficiente para ele. Percebeu que precisava de mais, que queria mais – e talvez com uma mulher que pudesse amar como amava respirar.

CAPÍTULO 9

Raven acordou uma hora antes do amanhecer de um dia de muita chuva. Graças a Steele, dormira como um bebê, e a lembrança do tempo deles juntos a fez sorrir, mas o clima impactaria o que sem dúvida seria um longo dia. Antes de se deitar, havia empacotado tudo de que precisaria para a viagem e tinha certeza de que Steele fizera o mesmo. A detetive Welch provavelmente chegaria cedo, querendo pegá-los desprevenidos e exercer sua autoridade ao obrigá-los a correr por todo lado para estarem prontos na hora da partida determinada por ela, mas Raven não tinha qualquer intenção de lhe dar tal satisfação. Desejava muito poder adiar a viagem. Contudo, sabendo que não tinha escolha, saiu da cama, cuidou das necessidades e se vestiu.

Steele já estava à mesa quando ela chegou para o café da manhã, assim como sua mãe e Harrison. Sem dar nenhum indício de como haviam sido depravados na noite anterior, Steele a cumprimentou com um aceno de cabeça e ela respondeu do mesmo modo. Ver a mãe e Harrison a fez sorrir por dentro, lembrando-se do grito que ouvira na noite passada, mas ela apenas lhes deu um simples bom-dia. Depois se serviu de um pequeno prato de bacon e mingau, de uma xícara de café e se sentou.

– Como dormiu? – perguntou a mãe.

– Dormi bem dessa vez. E a senhora?

Sua mãe deu uma olhadela rápida para Harrison e sorriu.

– Também dormi bem.

Raven ergueu a xícara, bebeu um gole e deixou os olhos bem-humorados dizerem a Steele o que palavras não poderiam. Seu olhar em resposta mostrou que ele entendera.

Os dois casais passaram o tempo conversando sobre Charleston. Hazel falou dos seus planos em relação ao trabalho e do disfarce que tinha escolhido. Tinham acabado de comer quando bateram na porta.

– Deve ser Welch – falou Hazel. – Verifiquei os horários ontem, e o trem deve partir às nove.

Raven olhou para o relógio na parede. Passava um pouco das seis e meia.

– Vou atender a porta.

Era Welch. A vestimenta verde-oliva de viagem e o chapéu da mesma cor mostravam sinais da chuva que ainda caía.

– Bom dia – cumprimentou Raven.

– O trem sai às nove. Espero que estejam prontos para partir.

– Estamos terminando o café da manhã. Se não tiver tomado ainda, sobrou comida.

– É uma piada?

Raven fingiu não entender.

– Não sei bem o que quer dizer.

– Eu deveria mandar prendê-la por ter colocado seja lá o que foi na minha comida ontem.

– De que a senhorita está falando?

– Não se faça de inocente comigo. Sabe bem que a senhorita ou alguém da sua família colocou purgante na minha comida.

– Não tenho ideia do que está falando. Nenhum de nós a viu ontem ou sabia onde estava hospedada. Como poderíamos ter colocado algo na sua comida? Por acaso a senhorita fez algum inimigo aqui na cidade que poderia ser o responsável?

Raven viu as engrenagens rodando na cabeça da detetive enquanto ela considerava a questão. Cogitou se a família LeVeq surgiu à mente dela.

– Não – mentiu Welch.

– Devo dizer que isso é bem curioso, mas os Moreaux não tiveram nada a ver com a situação. Espero que esteja se sentindo melhor hoje.

Os efeitos duradouros do purgante ainda estavam visíveis no corpo pálido e nas olheiras escuras sob os olhos. Mas, como Raven dissera a Steele, pelo menos tinha sido purgante, não veneno. A detetive poderia estar estirada num caixão.

– O Sr. Steele e eu estamos prontos para partir. Só me deixe pegar minha mala no quarto.

– Vá rápido.

Escondendo a reação à ordem dada rigidamente, Raven deixou Welch de pé na porta.

Quando retornou, deu um abraço de despedida na mãe e em Harrison. Eles se veriam em Charleston, mas ninguém contara esse fato a Welch. Depois de Steele terminar de se despedir, ele e Raven, que a partir de agora atenderiam por Evan e Lovey Miller, seguiram a detetive até a carroça, que esperava na chuva.

Na estação de trem, Raven se perguntou se permitiriam que ela e Steele se sentassem com os passageiros brancos. Com o retrocesso causado pelo fim da Reconstrução, algumas companhias ferroviárias estavam praticando a segregação e forçando pessoas pretas a viajarem em vagões de jogos e, em casos extremos, com o gado e outros rebanhos. Para seu alívio, o condutor honrou os bilhetes, então eles foram acomodados em lugares numa fileira atrás de Welch, que continuava de cara fechada.

A chuva caía ainda mais forte, e Raven mal conseguia ver a paisagem pela janela. Em consequência, uma pessoa caminhando poderia vencer o trem numa corrida. Ela rezou para que trilhos desgastados não os atrasassem, uma ocorrência comum em viagens com tempo ruim. Ao seu lado, Steele vasculhava a pequena mala.

– Tenho alguns livros – comentou ele. – Gostaria de algum para ajudar a passar o tempo?

Ela balançou a cabeça.

– Não, vá em frente.

– Tem certeza? Tenho um exemplar de *Alice no País das Maravilhas*.

Ela forçou um sorriso.

– Não, mas obrigada por oferecer.

Ele a observou por um longo momento.

– Está bem. Avise se mudar de ideia.

Ela assentiu e se voltou para a janela coberta de chuva.

A viagem foi mais problemática do que Raven imaginara. A tempestade os seguiu pelo Sul, molhando os trilhos, desacoplando os vagões e causando atrasos. Um incidente no Mississippi, devido a enchentes nos trilhos, atrasou a viagem em mais de doze horas. Outro atraso, dessa vez na Georgia, aconteceu quando o condutor não chegou para o expediente, e os passageiros passaram a noite dormindo a bordo enquanto procuravam um substituto. Visto que não havia uma ferrovia contínua que fizesse a viagem de Nova Orleans até Charleston, tiveram que suportar baldeações entre ferrovias de nomes como Barnwell e Mobile Girard Northern e outras como Macon e Augusta, Gulf e Montgomery Eufaula. Steele leu durante a maior parte do caminho. Raven olhava pela janela, dividida entre focar nas lembranças dos prazeres magistrais de Steele e nas preocupações com o trabalho que viria, enquanto Welch mantinha um olho severo em ambos.

No quarto dia, o clima finalmente melhorou. O alívio por enfim chegarem à Carolina do Sul foi moderado, pois tiveram que se arrastar para outro trem. Welch lhes entregou os bilhetes. Enquanto esperavam para entrar, Raven percebeu que todas as pessoas pretas andavam para os vagões na parte de trás do trem. Presumiu que ela e Steele iriam viajar segregados. Ser separada de Welch era bem aceitável para ela, desde que não fossem relegados ao vagão de animais.

Mas Welch parecia não ter entendido as pistas sutis. Quando embarcou, o condutor olhou para ela e para eles.

– Pretos nos fundos – falou ele, rude.

Welch o dispensou com um gesto.

– Está tudo bem, estão sob minha supervisão. Eu respondo por eles.

Raven suspirou. Steele olhou para ela e balançou a cabeça para a aparente ignorância de Welch.

– Senhora, não me importa se responde por eles ou não. Eles viajam no vagão de jogos. Pode se juntar a eles se quiser, ou pode andar até a próxima parada e ouvir a mesma coisa: pessoas pretas viajam nos fundos.

– Com certeza podem abrir uma exceção.

Após todos os atrasos que tinham sofrido para chegarem àquele ponto da viagem, Raven não tinha nenhuma intenção de andar até a próxima parada. E Welch declará-los como sua carga, como se fosse algum capataz de plantação, só atiçou o temperamento de Raven. Ela entregou seu bilhete ao condutor de lábios cerrados e Steele fez o mesmo. Em seguida, foram para o fim do trem.

꒰

Depois de passar os últimos dois dias confinada num vagão de jogos fedendo a fumaça de cigarro e ao odor azedo de homens sem banho, Raven saboreou o ar fresco do começo de tarde e a luz do sol quando desceu com Steele em Charleston.

– Estou tão feliz por estarmos aqui – comentou ela.

– Eu também. Espero que a viagem de volta seja mais rápida e menos chata.

Raven concordou.

Welch andou até eles e, impaciente, disse:

– Chegamos. Vamos achar uma carroça para nos levar à residência dos Stipes.

Raven olhou para Steele e se perguntou se ele estava pensando o mesmo que ela. Tinha certeza de que, para alugar uma charrete, enfrentariam as mesmas barreiras da Lei Jim Crow enfrentadas no trem, mas Raven decidiu deixar Welch descobrir isso sozinha. Para uma mulher que alegava ter trabalhado com a Srta. Tubman, a detetive parecia ignorar como o mundo funcionava para a população preta no Sul.

Eles a seguiram até as carroças enfileiradas do lado de fora da estação e ficaram afastados enquanto ela se aproximava de uma. Ela começou uma conversa, longe demais para eles conseguirem ouvir. O condutor olhou além dela para Raven e Steele e balançou a cabeça.

– Era de imaginar que ela entendesse melhor como as coisas funcionam – comentou Steele.

– Acho que está ocupada demais pensando em si mesma.

– Acho que você tem razão.

– Mal posso esperar para nos livrarmos dela.

– Concordo.

Quando Welch foi recusada pela terceira vez, Steele olhou ao redor.

– Vejo alguns dos nossos condutores ali. Vamos?

– Vamos. Senão vamos ficar aqui até o Natal esperando que ela dê um jeito.

Eles se aproximaram de uma carroça com um senhor idoso sentado atrás das rédeas. Ele os cumprimentou com um aceno de cabeça e um sorriso gentil.

– Onde posso levá-los?

Lembrando-se do papel de esposa, Raven deixou que Brax respondesse.

– Para a residência dos Stipes.

O condutor os observou por um bom momento.

– Stipe, o legislador do estado?

– Isso.

– Por quê? Se não se importa com o enxerimento de um velho.

– Vamos trabalhar na casa.

– Ah. Ele não é amigo de nós, pretos. Fiquem sabendo.

– Fale um democrata que seja, ou, a esta altura, fale um republicano. O que pode nos contar sobre ele?

– Um dos grandes apoiadores do que o povo daqui chama de Plano de Mississippi: organizar terror e violência para nos impedir de votar, de nos elegermos e de termos escola – respondeu o velho homem, sombrio.

– Para que lutamos na guerra? – perguntou Brax, sabendo que não havia resposta.

– Concordo. Meu nome é Mason Golightly. Venham e subam.

– Obrigado, senhor.

Welch veio correndo.

– O que estão fazendo?

– Pegando uma carroça até a casa dos Stipes. A senhora já alugou uma?

– Ninguém leva pessoas pretas.

– As pessoas pretas levam – respondeu Raven. – Você é bem-vinda para ir conosco ou viajar sozinha e nos encontrar lá.

Ela olhou de Raven para Steele e para o Sr. Golightly.

– Sabe onde eles moram?

– Sei, senhora. Como a mocinha disse: a senhora pode ir com a gente se quiser.

Ela estava nitidamente frustrada.

– Tudo bem, vou com vocês.

Ela se arrastou até o banco de trás enquanto eles se apertaram no banco com o Sr. Golightly. Quando todos estavam acomodados, a grande égua castanha partiu com a carroça.

Raven percebeu que as casas em Charleston não tinham as grades decorativas e a estrutura retangular comuns em Nova Orleans. Além disso, em vez de as residências se abrirem para a frente, ficavam de lado nos terrenos, para aproveitarem a brisa meridional das águas do porto de Charleston, uma enseada do oceano Atlântico. As mansões dos ricos escondiam os alojamentos dos escravizados atrás da vegetação, tornando-os quase invisíveis da rua. Raven com frequência se perguntava por quê, mas não tinha resposta. A presença esmagadora de pessoas pretas naquele lugar lembrava a sua cidade natal. Ao longo da viagem até a residência dos Stipes, ela viu rostos escuros por todo canto: andando, conduzindo carroças, trabalhando do lado de fora de lojas e em construções. Um de seus parentes contara que, antes da liberdade, pessoas pretas excediam as brancas na cidade e no estado na proporção de três para um. Pelo que ela via, isso não havia mudado muito, se é que mudara.

Os Stipes viviam numa mansão branca feita de madeira e tijolos que também ficava de lado, como as casas nos arredores. O Sr. Golightly parou na frente da casa e eles desceram. Arbustos e árvores acentuavam a estrutura na frente e atrás. Depois de Welch pagar pela viagem, o Sr. Golightly partiu, e os três andaram até a porta.

Uma mulher branca de meia-idade muito magra, com excesso de maquiagem, um vestido fora de moda muito largo e uma peruca castanho-clara horrível atendeu à porta e os encarou com desconfiança.

– Posso ajudar?

Welch se apresentou como Annabelle Clarkston, irmã de Adelaide Clarkston, e Raven e Braxton se apresentaram como os Millers.

– Ah, o casal que Adelaide recomendou que eu contratasse.

– Isso – confirmou Welch com um sorriso.

– Podem entrar. Sou Helen Stipe.

Eles obedeceram, e Raven discretamente olhou ao redor. O interior era bem mobiliado, e, para seu alívio, o chão de madeira escura, as paredes brancas e os móveis estofados aparentavam estar muito bem limpos. Isso significava que, com sorte, ela passaria menos tempo esfregando e passando pano e mais tempo procurando o documento roubado.

– Eu não sabia que a senhorita acompanharia os Millers – comentou a Sra. Stipe.

– Minha irmã quis que eu supervisionasse alguns detalhes da venda da casa dela, então decidi vir junto para garantir que eles chegassem em segurança. Fico feliz por ter aceitado a recomendação. São os melhores funcionários que a senhora poderia querer.

A Sra. Stipe os encarou.

– Bom saber. Será difícil substituir Dahlia e Sylvester, meus ex-empregados. – Ela voltou a atenção para Welch. – Então a senhorita vai se juntar à sua irmã na Inglaterra?

– Num futuro próximo.

– Bom, vamos torcer para que goste de lá. Sinceramente, sua irmã é uma das pessoas mais enxeridas que já conheci. Quando não estava fazendo perguntas sobre tudo e todos, estava espalhando fofocas.

Welch pareceu chocada.

Raven quis gargalhar, mas, em vez disso, comentou:

– Sua casa é muito bonita, Sra. Stipe.

Ela fez questão de não falar com seu tom natural de Nova Orleans.

– Obrigada. Comprei depois da guerra. Nossa antiga casa do lado de fora da cidade era muito maior. Foi confiscada pelos invasores ianques e transformada num hospital de campanha.

– Entendo.

Com tanta maquiagem no rosto, era difícil determinar a idade dela, mas suas mãos tinham as veias visíveis e a pele manchada de uma mulher que já tinha passado da flor da idade. Acima da lareira havia um enorme retrato de um jovem bonito com cabelo e olhos escuros, definitivamente na flor da idade. Raven percebeu que Welch o olhava. Aparentemente, a Sra. Stipe também notou.

– Esse é Aubrey, meu marido libertino e adúltero. Bonito, não é? – comentou ela, amarga.

Raven e Steele trocaram um olhar de surpresa. Welch também parecia desconcertada.

– Sr. e Sra. Miller, tragam suas malas e venham comigo. Vou lhes mostrar seus alojamentos.

Eles a seguiram em silêncio.

A caminhada os levou ao lado de fora, para uma área atrás de um conjunto de árvores. Eles passaram por uma construção de tijolos com janelas no topo.

– O ex-dono tinha alguns escravos, e eles moravam naquela construção – explicou a Sra. Stipe. – A cozinha fica ali dentro e a lavanderia também. Vocês podem visitar depois.

Após andarem uma distância curta, passaram por outro grupo de árvores e arbustos que levava a uma pequena cabana de um andar. Era feita de madeira e pintada de branco. Havia uma cadeira de balanço na varanda. Vasos com flores vermelhas e rosas flanqueavam a porta azul.

– É aqui que vão ficar.

Era melhor do que Raven esperava.

– A mãe do ex-dono vivia aqui. Ofereci para Dahlia e Sylvester, porque não fazia sentido deixá-la vazia e lhes dava um pouco de privacidade.

O interior não era muito espaçoso, mas o cômodo da frente tinha espaço suficiente para um sofá e uma poltrona. Havia uma lareira e uma cozinha pequena. Ao lado da cozinha havia um quarto com uma cama grande e um banheiro anexo com uma banheira de quatro pernas.

– A bomba de água fica lá atrás – informou a Sra. Stipe.

Raven ficou bastante impressionada.

Incisiva, a Sra. Stipe informou:

– Sra. Miller, quero que prepare as refeições, mantenha a casa limpa, faça as compras e lave a roupa. O Sr. Miller vai ser o condutor, vai cortar toda lenha necessária e manter as árvores e os arbustos aparados. Sylvester também era o valete do meu marido, mas, desde que foi eleito, ele passa a maior parte do tempo em Colúmbia e raramente fica aqui, então o senhor vai ser meu condutor em vez disso, principalmente nas tardes de quarta, quando visito minha irmã, Emaline. Ela mora do outro lado da cidade.

Ele assentiu.

Raven torceu para que o documento que procuravam estivesse na casa, não no escritório legislativo do marido.

– Dahlia e Sylvester saíram de repente, mas a despensa está bem cheia e eu pedi a uma amiga que me fornecesse refeições depois que eles foram embora. Iremos ao mercado amanhã para saberem onde fica. Sei que acabaram de sair do trem, mas pago vocês para trabalhar, então vou esperar o jantar às cinco. Podem descansar depois. Se estiverem com fome, comam algo. Aqui está a chave da casa.

– Obrigada.

– Alguma pergunta?

– A senhora espera que trabalhemos quantas vezes por semana? E quanto receberemos? – quis saber Braxton.

– Vocês terão os domingos de folga. Quanto ao pagamento, pessoas da sua cor trabalharam de graça em troca de comida e teto em toda a minha vida. Por isso me perdoem se esqueço que as coisas mudaram – explicou ela em um tom que não tinha um pingo de remorso.

Ela então disse uma cifra que Raven achou baixa, mas não baixa o suficiente que justificasse questioná-la, pois não planejava ficar empregada por tempo suficiente para que o valor fosse significativo.

Com isso, a Sra. Stipe os deixou.

A detetive Welch falou primeiro.

– Ela sem dúvida é interessante.

– A senhorita sabia que o marido não estaria na propriedade?

– Como ele é senador, presumi que passasse a maior parte do tempo em Colúmbia.

– E se o documento estiver lá, não aqui?

– Então acho que terei que elaborar outro plano, não é?

Raven odiava a atitude insolente de Welch. Informações precisas eram vitais para que uma operação como aquela fosse bem-sucedida. Se o documento estivesse mesmo no escritório, aquela viagem seria um desperdício de tempo e de energia para todos. Também não gostava da possibilidade de ficar mais amarrada a Welch se um novo plano se tornasse necessário, pois ninguém sabia quanto tempo levaria para a detetive elaborar um.

– Alguma pergunta? – questionou Welch.

– Onde vai ficar hospedada, caso precisemos falar com a senhorita?

Welch escreveu o endereço num papel e o entregou a eles.

– Como eu disse, quanto mais cedo encontrarem o documento, melhor.

Steele assentiu.

Raven não disse nada.

Welch lançou a Raven um olhar desaprovador congelante e partiu.

– Obrigada, meu Deus! – exclamou Raven assim que ficaram sozinhos.

Steele riu.

– Não gosto mesmo dessa mulher – disse ela.

– Não me diga.

Raven sorriu.

– Mas tenho que concordar com você – acrescentou Braxton. – Não gosto nem um pouco dela.

– Além disso, acho que ela não sabe diferenciar gato de lebre. Outro plano... Até parece!

– Não precisa esconder seu sotaque natural quando estivermos sozinhos – comentou ele.

– Preciso. Ficar trocando é um jeito fácil de errar. Não quero Nova Orleans escapando acidentalmente e ter que explicar por que meu sotaque mudou.

– Acho que faz sentido, mas me acostumei com seu sotaque e descobri que sinto falta dele.

Raven achou que aquela era uma das coisas mais doces que um homem já tinha lhe dito, só que não sabia se queria revelar isso. Steele já era mais do que aquilo com que ela conseguia lidar.

– Meu sotaque natural vai voltar em breve. Prometo.

– Vou cobrar.

O tom dele afetava seus sentidos como ondas lentas numa poça. Sentindo a necessidade de mudar de assunto, ela perguntou:

– O que achou da nossa patroa?

– Mais astuta do que Welch contou, e sem sombra de dúvida insatisfeita com o casamento.

– Libertino e adúltero. Fiquei com a impressão de que os pecados dele não são segredo.

– Eu também.

– Mas concordo com Welch em uma coisa. Temos que achar esse documento o mais rápido possível para irmos embora daqui.

– Penso o mesmo.

Ela olhou ao redor da cabana.

– Graças às informações precárias que Welch reuniu, não sabemos se ele está escondido ou largado à vista de todos, mas vamos presumir por ora que está escondido. Se você fosse o senador e quisesse esconder algo num lugar improvável, onde seria?

– Ganho uma recompensa se der a resposta certa?

Ela bufou.

– Fale sério.

– Estou falando sério.

Raven revirou os olhos.

– Está bem. Se eu fosse um senador adúltero e libertino, esconderia no alojamento de escravizados. Não nesse lugar aqui, mas naquela construção pela qual passamos – falou Steele.

– Por quê?

– Ninguém o usa.

Ela tinha presumido o mesmo e estava impressionada com a dedução de Brax.

– Você é bom nisso.

– Sou bom em muitas coisas.

Aquela era a primeira vez que tinham alguma privacidade desde a noite na varanda. Ele era um deus bonito e barbudo que provavelmente seduzia mulheres desde o nascimento.

– Não vou cair nessa.

– Tem certeza?

O sorrisinho perspicaz e os olhos escuros vibrantes eram duas das armas mais potentes no arsenal sensual dele. Ambas faziam com que os sentidos de Raven se abrissem como pétalas desabrochando sob o sol da manhã. Ele não tinha direito nenhum de conseguir afetá-la apenas parado numa sala.

– Guarde os feitiços, bruxo. Vamos ver o que temos para comer na cozinha. Estou morrendo de fome.

– Também estou faminto.

Determinada a ignorar o duplo sentido daquelas três palavras faladas suavemente, e também o modo como seus mamilos endureceram e o calor sensual fluiu sem vergonha por suas coxas, ela tirou o gorro e o guiou para fora.

Usando a chave, entraram na construção de tijolos e fecharam a porta. O ar estava abafado, e o interior, silencioso como um túmulo. Steele reabriu a porta para deixar qualquer brisa que houvesse entrar e a amparou com dois tijolos que estavam no chão ao lado, como se para aquele propósito.

Um pequeno corredor levava à cozinha.

– Maior do que imaginei – comentou Raven, olhando ao redor. – Com bastante espaço na bancada para preparar as coisas. O forno moderno parece bem novo.

– A caixa de gelo também.

Ela olhou para a mesa, acompanhada de duas cadeiras encostadas na parede. Era grande o suficiente para se sentarem e comerem e também podia ser usada para preparar comida se precisassem de mais espaço. Do outro lado do cômodo, havia uma pia de pedra enorme com duas cubas, e uma porta ao lado.

Brax andou até lá e a abriu.

– A bomba está aqui.

Ela gostou de saber que, quando precisassem, teriam acesso fácil à água.

– Nada mau até agora. Mas deve ser horrível cozinhar aqui durante o verão.

– Como assim?

– Esta cozinha não tem janela.

Ele olhou em volta.

– Não faz sentido.

– Faz se você não for a pessoa que vai cozinhar.

Havia uma despensa com itens como café, açúcar, farinha, banha, temperos e arroz, além de jarras com frutas em conserva, como pêssegos. Ao lado, potes com sementes verdes, repolho e *succotash*, e, embaixo, cestas com batata-doce e um monte de cenouras murchas que já tinham visto dias melhores. Raven as jogou fora. Na caixa de gelo ela achou restos de um presunto. Cheirou-o rapidamente e constatou que não estava rançoso, então pegou uma faca em uma das gavetas, cortou alguns pedaços e os colocou num prato. Havia um pedaço de pão duro na caixa de pães. Depois de procurar atentamente por mofo, preparou sanduíches. Pretendia fazer uma refeição mais abastada para o jantar – se não caísse de cansaço antes.

Eles comeram os sanduíches, se lavaram com a água da bomba e foram explorar o resto do lugar. A lavanderia ficava do outro lado da cozinha, com varais no teto. Ali também não havia janelas.

Alguns lances de escada levavam ao segundo andar, onde descobriram mais dois cômodos. Cada um tinha quatro armações de camas de madeira construídas próximo ao chão. O piso estava coberto de poeira.

– Quartos de dormir – comentou Brax.

Ela assentiu. O quarto tinha várias janelas.

– Será que abrem? – perguntou.

Brax foi até elas.

– Foram seladas com tinta.

Raven balançou a cabeça diante da falta de conforto enfrentada pelas pessoas que passavam a vida escravizadas, facilitando o dia a dia daqueles que as possuíam. Ela olhou ao redor procurando um esconderijo. A princípio, não havia nada.

– Deixe eu ver uma coisa. Vou precisar que fique quieto por um instante.

Brax sorriu, mas não pediu uma recompensa para obedecer, embora Raven soubesse que estava pensando nisso. Ela andou devagar pelo quarto e bateu nas paredes de gesso, tentando ouvir um som diferente.

Como isso não deu em nada, examinou o assoalho à procura de cores na madeira que não combinassem, depois fechou os olhos e passou as mãos lentamente na parede de novo para sentir alguma marca ou reparo. Nada. O segundo quarto se mostrou tão vazio quanto o primeiro.

Quando desceram para o primeiro andar, Brax comentou:

– Você é boa nisso.

Imitando-o, ela replicou com um sorriso:

– Sou boa em muitas coisas.

Terminada a procura por ora, eles lavaram a louça e voltaram para a cabana.

Lá dentro, Raven se jogou, cansada, no sofá.

– Eu poderia dormir por um ano.

– Devia tirar um cochilo.

Ela balançou a cabeça.

– Teria que levantar daqui a pouco para fazer o jantar. Quando eu me deitar hoje à noite, quero dormir sem interrupções. O dia foi longo.

– Foi. Temos só uma cama, então você fica com ela e eu me viro aqui.

– Tem certeza?

– Não, sinceramente, preferiria muito mais dormir com você, mas não vou forçar. Prefiro ser convidado.

Ela não iria morder aquela isca também.

– Então que tal nós revezarmos? Durmo na cama hoje. Você dorme nela amanhã.

– Pode ser um bom acordo.

– Então vamos fazer isso.

– Tudo bem.

Raven achou lençóis limpos num baú grande que havia no quarto. Depois de colocá-los na cama e entregar alguns a Steele para pôr no sofá, eles pegaram suas roupas e outros pertences e guardaram as valises e malas no armário pequeno do quarto. Raven olhou para a cama com desejo.

– É melhor eu ir sentar lá fora, porque, se continuar aqui, vou cair na cama e vão precisar de um canhão para me acordar.

Do lado de fora, ela se acomodou na cadeira de balanço e Brax se sentou na beirada da varanda.

– Onde você aprendeu a técnica de bater nas paredes e outras coisas?

– Na minha família, é óbvio. Com meu tio Saul. Ele era mestre em achar esconderijos e coisas do tipo.

– Foi ele quem se afogou no mar?

Raven balançou a cabeça.

– Não, esse foi tio Ezequial. Tio Saul morreu de febre amarela no surto de 1867. Mais de trezentas pessoas morreram naquele verão.

– É sempre tão grave?

– Não, às vezes a quantidade é bem menor. Todo verão parece diferente. Neste ano já tivemos algumas mortes. Só rezo para que 1867 não se repita.

Quando chegou a hora do jantar, Raven começou as preparações na cozinha enquanto Steele usava o tempo para se familiarizar com os cavalos e a carruagem dos Stipes e com as ferramentas que usaria para cuidar do jardim.

Depois que a comida ficou pronta, Raven pôs uma toalha limpa sobre o prato e cruzou a pequena distância até a casa. Presumindo que a refeição seria feita na sala de jantar que tinha visto mais cedo, ela foi até lá e viu a patroa sentada à mesa.

– Devo elogiá-la, Sra. Miller. Chegou na hora.

– A senhora disse cinco, não cinco e dez ou cinco e quinze. – Raven pôs o prato na mesa. – Estava tarde para fazer pão, mas farei amanhã.

– Tudo bem.

Raven se virou para partir.

– Não, fique. No futuro, você e seu marido vão comer aqui comigo.

– Isso não é necessário.

– Não, não é, mas é o que prefiro. Dahlia e Sylvester sempre jantavam comigo. Isso fazia com que nos sentíssemos como uma família.

Raven não sabia como se sentia em relação a isso, mas sabia como deveria responder.

– Vou avisar meu marido.

Stipe assentiu.

– Vá pegar um prato para você e volte. Gostaria de saber um pouco mais de você. Traga seu marido.

– Sim, senhora.

Raven partiu e voltou com Steele. Eles se sentaram, comeram e deram as respostas ensaiadas às perguntas que a Sra. Stipe fez sobre como se conheceram e desde quando estavam casados.

– Sr. Miller, seu sotaque é o de um ianque verdadeiro. De que estado?

– Vivi com meus avós por algum tempo no Maine quando criança. Pode ser essa influência que está ouvindo.

Ela o observou como se estivesse avaliando a explicação.

– É fiel à sua esposa, Sr. Miller?

Ele não hesitou.

– Até o dia que eu morrer, senhora.

– Ele é? – perguntou ela a Raven.

– É, senhora.

Impressionada com a mentira sobre o Maine que ele contara às pressas, Raven lhe lançou um olhar afetuoso, e Brax estendeu a mão e apertou a dela gentilmente em resposta.

A Sra. Stipe pareceu satisfeita.

– Ótimo. Essa casa não precisa de mais um adúltero. Aubrey peca o suficiente por todos os homens da costa da Carolina.

Raven ouviu a raiva naquelas palavras e a dor sob elas.

– Eu nunca devia ter me casado com ele – acrescentou a mulher, melancólica. – Ainda mais sabendo que meus únicos atributos eram minha fortuna e meus escravos. Eu não era uma beldade e era dez anos mais velha do que ele, mas queria um marido, e ele queria deixar de ser um pobretão.

Raven não entendia ao certo por que ela estava lhes contando tudo isso, mas o momento se tornou desconfortável. Ela olhou para Steele. Fosse lá o que ele estivesse pensando, estava escondido por baixo da máscara que era tão bom em vestir.

– Provavelmente vou dar fim nele um dia, mas não será hoje – acrescentou a Sra. Stipe.

Os pelos da nuca de Raven se arrepiaram. A máscara de Steele caiu por um segundo, revelando seu choque.

– E vocês não precisam me chamar de Sra. Stipe. Meus escravos me chamavam de Sra. Helen. Prefiro assim.

– Sim, senhora.

– Vocês dois eram pretos livres? – Eles assentiram. – Então finjam que não eram e vamos nos dar bem. – Ela se levantou. – Não vou precisar mais de vocês hoje à noite. Limpem tudo. Eu os vejo de manhã. O café da manhã é sempre às sete.

Ela saiu da sala.

Raven e Steele retiraram a louça e, no caminho de volta à cozinha, ela disse:

– Quanto mais cedo sairmos daqui, melhor.

– Pode ser amanhã?

– Que Deus o ouça!

Com a cozinha limpa e a louça lavada, eles se sentaram na varanda e assistiram ao pôr do sol. Para Raven, a pequena cabana era a melhor coisa de Charleston até aquele momento. Gostava das flores na varanda, da cadeira de balanço e do aconchego do lugar.

– Acha que ela vai mesmo matar o marido? Ou estava só brincando? – perguntou ela.

– Não faço ideia, mas se matar, espero que já tenhamos ido embora. Não quero que estejamos envolvidos de modo nenhum.

Raven concordou.

– Num momento, ela parece gentil, no outro, começa a falar de matar e quer que finjamos que fomos escravizados.

– Mulher interessante. Você vai precisar da minha ajuda com o café da manhã?

A resposta foi o som do ronco suave dela. Rindo e a achando mais uma vez encantadora, ele a pegou com cuidado da cadeira de balanço e a carregou até o quarto. Deitou-a como se Raven fosse frágil e preciosa, depois a cobriu com uma colcha fina. Duvidava que ela quisesse dormir de roupa, mas não tinha o direito nem permissão para despi-la, então se abaixou, lhe deu um beijo na bochecha, saiu do quarto na ponta dos pés e fechou a porta.

Também estava exausto e, apesar do cavalheirismo, não estava ansioso para dormir naquele sofá pequeno. Voltou para o lado de fora e observou o crepúsculo ser substituído pela noite. Em seu mundo perfeito, achariam o documento roubado rapidamente. Sua atração por Raven ainda precisava ser saciada, mas estava pronto para retornar a Boston. Sentia falta da cidade, do trabalho de alfaiate e da atuação nos projetos de caridade que apoiava financeiramente e em que também ajudava. Após voltar da guerra, tinha se jogado nas obras que a mãe e os avós patrocinavam e começou a contribuir não só com dinheiro, mas também dedicando seu tempo àqueles que necessitavam. Era como se portar armas em nome da cor da pele e da liberdade tivesse lhe mostrado seu propósito de vida.

Naquele momento, entretanto, seu propósito era achar a cópia furtada de um dos artigos fundadores da nação. Um artigo que, quando criado, tinha considerado que homens com a pele como a dele não mereciam ser mencionados. Era um tanto irônico que tal missão estivesse nas mãos de pessoas pretas. Brax afastou os pensamentos desse assunto enlouquecedor e escolheu pensar na Srta. Raven Moreau, recordando os talentos que ela demonstrara na busca. Nunca lhe ocorreria bater nas paredes ou observar o assoalho à procura de pistas de esconderijos. Ficara fascinado ao vê-la usar os dedos para localizar rugas despercebidas no gesso. Se o objeto que procuravam estava de fato na propriedade, ela o encontraria, e Brax não tinha dúvida disso. Até esse momento chegar, ele faria o melhor para não a atrapalhar, deixando-a livre para fazer seu trabalho, e iria apoiá-la de todos os modos, mantendo-a segura, sem fazer nada que pudesse estragar seus planos. Querer tê-la nos braços de novo e amá-la lenta e completamente não deveria estar na lista oficial, mas estava na sua lista pessoal. As lembranças da noite deles na varanda eram tão vívidas e potentes que ele as carregaria consigo para o túmulo, e queria muito acrescentar mais. Sorrindo, Brax se levantou, bateu num mosquito à procura de uma refeição noturna e entrou para dormir no sofá.

CAPÍTULO 10

Raven acordou antes do amanhecer com o som de um machado. Com os olhos turvos e desorientada, levou um instante para reconhecer onde estava. Depois, sentou-se devagar e passou as mãos pelos olhos sonolentos. Surpresa ao ver que estava totalmente vestida, tentou lembrar por quê. A última coisa que recordava da noite anterior era que estava na varanda com Steele. Devia ter adormecido, e ele a carregara para cama. E, apesar da natureza bastante descarada, ele mais uma vez provara ser um cavalheiro, o que deixou Raven grata. Não tinha levado muitas mudas de roupa e o que vestia no momento estava amassado e úmido da noite de sono, mas ele não tinha se aproveitado dela despindo-a num momento em que Raven não tinha como recusar.

O machado fez barulho de novo, e, como o som estava perto, ela presumiu que Brax estivesse cortando lenha. Ela saiu do quarto e andou até a porta dos fundos. Ainda estava escuro do lado de fora, e ele estava meio iluminado pelas chamas de duas tochas enquanto trabalhava. Como ele estava sem camisa, Raven conseguiu enxergar o tórax, os ombros e os braços esculpidos e esbeltos. Mesmo um pouco adormecida, gostou do que viu.

Brax desceu o machado mais uma vez e, na curta pausa silenciosa em que ele parou para desprender a lâmina, Raven o cumprimentou baixinho.

– Bom dia.

Ele ergueu o olhar, e as chamas ondulantes iluminaram seu sorriso.

– Bom dia. – Ele deixou o machado de lado e pegou a camisa na grama. Vestiu-a e foi até ela. – Dormiu bem?

– Dormi. E você?

– Vamos dizer que o chão acabou sendo uma opção melhor.

Raven se sentiu culpada ao ouvir que o sofá era inadequado. Ambos estavam exaustos da viagem, e ele merecia uma boa noite de sono também.

– Vou ficar com o sofá hoje. Devo caber melhor nele.

– Não ligo se ficar no chão.

123

Ele disse aquilo com tanta sinceridade que ela não sabia se acreditava ou não.

– Podemos falar disso mais tarde.

– Está bem. Estou quase acabando aqui. Há lenha na cozinha, mas achei que não era o bastante para o dia todo, e vai ficar quente demais para cortar depois. Também bombeei um pouco de água para você. Está num balde no banheiro.

A gentileza dele era tocante.

– Você fez bastante coisa.

– É o que um marido leal deve fazer.

Ela sabia que ele estava brincando, mas havia uma coisinha frágil ali que mexia com seus sentimentos de um modo que achava difícil entender.

– Vou levar a lenha para a cozinha. Você pode ir se lavar.

Raven assentiu e acrescentou:

– Obrigada por me colocar na cama ontem e por bombear a água.

– Não há de quê. É só um dos vários serviços maritais que ofereço.

Achando graça, ela balançou a cabeça e entrou para começar o dia.

Depois do café da manhã, a Sra. Stipe mostrou o andar de cima da casa para Raven. Ela conheceu o quarto grande e bem mobiliado da Sra. Stipe, com lareira e móveis de madeira escura impactante, e foi informada de que era seu trabalho arrumar a cama todo dia e limpar o banheiro. Também recebeu uma programação de outras tarefas a realizar, como trocar a roupa de cama, tirar o pó e passar pano no chão. Como Raven havia sido empregada doméstica pela maior parte da vida, não teria dificuldade com as tarefas, porém, durante a apresentação da casa, ficou atenta a qualquer coisa ou lugar que pudesse servir de esconderijo para o que tinha sido enviada para encontrar.

– Com que frequência a senhora quer que lave as paredes?

– Isso é feito duas vezes ao ano. Pouco antes do Natal e de novo antes do Quatro de Julho.

E então a Sra. Stipe a conduziu por um pequeno corredor. Ela parou perto de duas portas fechadas.

– Esta porta é do quarto da minha falecida mãe. Ela morou conosco por alguns anos depois da guerra. – A Sra. Stipe o abriu. O cômodo era sombrio e quente. As cortinas estavam fechadas, e havia uma cama, dois guarda-roupas, um baú e uma penteadeira com espelho. – A maioria das coisas dela ainda está guardada aqui. Eu deveria me livrar disso, mas ainda não consigo me separar delas.

– Ela faleceu há quanto tempo?

– Vai fazer uma década em novembro.

Raven se perguntou se o documento roubado estaria em algum lugar ali dentro.

– E o quarto do outro lado do corredor?

– É de Aubrey. Tenho prazer em deixá-lo trancado.

– A senhora não quer que eu o limpe?

– Não. Ele se chafurda em devassidão adúltera. Merece se chafurdar do mesmo jeito quando está aqui.

Raven precisava entrar naquele quarto.

– Quando foi limpo pela última vez?

A Sra. Stipe deu de ombros em resposta.

– Não faço ideia. Uns meses atrás, talvez. Dahlia cuidava da limpeza.

– Não quero soar desrespeitosa, mas a senhora mandou verificar se há pragas ali? – perguntou Raven. A Sra. Stipe se alarmou. – Se ratos entrassem de algum modo, manter o quarto fechado lhes daria um bom lugar para morar e se multiplicar. Qual a última vez que seu marido o usou?

– Há seis ou sete meses. Quando está na cidade, ele só passa aqui tempo suficiente para garantir que ainda estou viva para escrever os cheques que o bancam, mas dorme em outro lugar.

Raven olhou para a porta fechada.

– Só por precaução, eu deveria entrar e procurar pragas. A senhora não quer dividir uma casa tão linda como esta com ratos.

– Acho que você está certa. Vamos conversar sobre isso depois do baile.

– Baile?

– Que eu dou todo ano para beneficiar a associação das Filhas da Causa de Charleston. Estamos arrecadando dinheiro para erguer estátuas de heróis como o general Lee e o grande Stonewall Jackson. Associações por todo o Sul estão fazendo a mesma coisa. Será nosso modo de celebrar a bravura e os sacrifícios dos homens que lutaram para preservar nosso modo de vida.

– E o seu será quando e onde?

– Será aqui, é óbvio, em três semanas.

– E qual é o meu dever?

– Garantir que tudo corra bem.

Outro detalhe ausente nas informações reunidas por Welch.

– Quantos convidados a senhora costuma receber?

– Quinze, talvez vinte. Só convido os bastante ricos para contribuir.

– Entendo.

– Dahlia geralmente cuidava dos detalhes pequenos, como contratar servos e cozinheiros extras. Já que você não conhece ninguém aqui, vou pedir que a governanta de minha irmã, Eula, dê uma ajudinha. Ela passou a vida toda com nossa família e continuou leal depois da rendição, ao contrário de tantos outros miseráveis ingratos que fugiram e nos deixaram desamparados.

Raven detestava a ideia de a caçada ser adiada para que ela ajudasse a angariar fundos para monumentos a homens que quiseram manter pessoas da sua cor escravizadas, mas evitou que o desdém aparecesse em sua expressão.

– Estou ansiosa para ajudar – mentiu.

A Sra. Stipe sorriu.

– Que bom. Sempre é um evento muito elegante. Tiramos os vestidos mais chiques do armário e usamos nossas melhores joias. É uma noite para celebrar o que perdemos, quando todo mundo ainda sabia seu lugar.

– Tenho certeza de que será memorável, mas a senhora não quer que seja lembrado por algum rato penetra, então deveria deixar eu limpar o quarto do seu marido.

A Sra. Stipe suspirou.

– Acho que você tem razão. Constance Manning sempre está procurando um jeito de me superar, e ela nunca deixaria ninguém esquecer se algo assim acontecesse. Vou lhe dar a chave mais tarde.

– Obrigada.

Raven não sabia quem era Constance Manning nem se importava, mas celebrou a mulher por ser um meio para atingir seu fim. Com sorte, o item roubado estaria no quarto do marido, e Raven e Steele partiriam antes do baile.

Depois disso, eles foram ao mercado. A Sra. Stipe guiou o caminho acomodada no assento traseiro enquanto Steele conduzia com Raven ao seu lado na boleia. Quando chegaram, a Sra. Stipe ficou na carruagem enquanto Raven e Steele serpentearam pelo labirinto de vendedores e lojistas para comprar os artigos de que a casa precisava. Compraram batata-doce, arroz, mel, velas e fermento. Eram rostos novos para as mulheres que vendiam as mercadorias e foram recebidos com sorrisos e perguntas sobre quem eram e para quem trabalhavam. Algumas das mulheres, na maioria pretas, ofereceram o nome e a localização das igrejas, do melhor médico da região, da melhor costureira e do fabricante dos melhores chapéus dominicais. Muitas mulheres flertaram descaradamente com Steele de um jeito bem-humorado, e todos que estavam perto o bastante para ouvir riram quando algumas lhe disseram para lembrar delas se algum dia a esposa o botasse para fora.

Quando retomaram o trajeto, Raven parou por um momento numa banca que vendia sabonete perfumado. Ela pegou uma barra, e seu cheiro foi como o paraíso.

– Que cheiro é esse? – perguntou à mulher à mesa.

A mulher sorriu.

– Rosas Noissete.

– Obrigada. Tem um cheiro maravilhoso.

– Você quer? – questionou Steele.

Raven pôs o sabonete de volta no cesto.

– Queria, mas não tenho dinheiro e acho que nossa patroa não quer que eu compre sabonete com o dinheiro dela.

Ele pegou a barra e perguntou à vendedora:

– Quanto custa, senhora?

Ela informou o preço. Brax deu o dinheiro e passou a barra embrulhada para Raven, que olhou o sabonete e depois Steele com uma mistura de encantamento e confusão.

– Outro dever marital – explicou ele.

– Mas...

– O que mais há na lista da Sra. Stipe?

– Bem... – Ela parou. Do outro lado, avistou a mãe sentada em uma banca vendendo ovos e galinhas. Ao lado dela estava Maisie, uma prima Moreau. – Preciso de ovos.

– Vá em frente. Vi um óleo de lampião que quero comprar.

127

Os olhos verdes da mãe estavam escondidos atrás de óculos com lentes azuis. O cabelo estava embaixo de uma peruca grisalha e de um lenço branco. O vestido preto imenso que usava lembrava os vestidos usados pela maior parte da classe serviçal da cidade, e uma máscara fina de borracha, coberta com maquiagem teatral, alterava o formato e a idade do seu rosto. Não se parecia nem um pouco com ela mesma.

– Quanto custam os ovos, senhora?

Um preço foi dito numa voz que não era a de Hazel. Raven deu uma olhada casual pelo mercado a fim de ver se estavam sendo observadas, e lá estava Welch, a algumas mesas de distância, mexendo em cestas à venda.

– Estou vendo que o gato está aqui – disse ela baixinho, de modo que apenas sua mãe ouvisse, e acenou para Maisie.

– Passou quase a manhã toda aqui – respondeu a mãe num tom igualmente silencioso.

Raven pagou pelos ovos. Mantendo um olho em Welch, comentou:

– Preciso de alguns ratos.

Hazel ergueu uma sobrancelha.

– Quantos? Mortos ou vivos?

– Tanto faz. Dois, talvez três. – Em um tom mais casual, Raven perguntou: – Essas galinhas estão frescas?

– Foram mortas hoje de manhã.

– Vou levar duas.

A prima Maisie se levantou e, enquanto embrulhava as galinhas e colocava os ovos numa cestinha, comentou:

– Os ratos podem levar um ou dois dias.

– O mais rápido que conseguirem está bom. Vou tentar pegar alguns enquanto isso. – Erguendo a voz, falou: – Muito obrigada pelas galinhas.

– Não tem de quê – responderam as duas mulheres.

Raven andou até Steele.

– Precisa de mais alguma coisa? – perguntou ela.

– Não. E você?

Ela balançou a cabeça.

– Então vamos voltar para a carruagem A Sra. Stipe deve estar derretendo neste calor. – No caminho, ele perguntou: – Você viu Welch?

– Vi. Você viu mamãe?

Ele parou.

– Não.

– A moça dos ovos.

Raven ficou contente por ele ter disciplina suficiente para não se virar e olhar para trás com espanto.

– Vamos conversar sobre isso mais tarde.

E, em seguida, ele a ajudou a subir na boleia da carruagem e os conduziu para a casa.

Naquela noite, após terminarem as tarefas domésticas, eles se sentaram na varanda da cabana e conversaram sobre o dia, começando com o quarto do marido e o Baile de Causas Perdidas que a patroa planejava dar.

– Monumentos? – perguntou Brax, depois de ela explicar o propósito do baile.

Raven assentiu.

– Ela me contou que é parte de uma campanha para construir outros iguais por todo o Sul.

– Por que eles não conseguem reconhecer que perderam a guerra e deixam que o país siga em frente em vez de se agarrarem à esperança de recuperar o passado?

– Se eu conseguisse engarrafar essa resposta, seria uma mulher muito rica.

– De fato. Meu avô dava um baile todo ano para ajudar os necessitados em Boston e agora eu é que organizo a festa. – No lugar de se exaltar por causa dos celebrantes da Causa Perdida, Brax perguntou: – Você sabia que sua mãe estaria no mercado?

– Não. Sabia que nos encontraríamos em algum momento, mas não sabia quando nem onde.

– Acha que Welch a viu, apesar do disfarce? Eu com certeza não a reconheci.

– Não sei, mas ela disse que Welch passou quase a manhã toda lá. Já que Welch não sabia que estaríamos no mercado, fico imaginando se ela estava lá só para fazer compras ou para se encontrar com alguém. E, se fosse o caso, se encontrar com quem? E será que essa pessoa está ligada ao que estamos fazendo aqui?

– Dúvidas interessantes – notou ele. – Acha que o que procuramos está no quarto?

– Meu instinto diz que sim, mas preciso investigar para ter certeza. Helen prometeu me deixar limpar o lugar, então vamos ver se cumpre a promessa. Pedi à mamãe que me arrumasse uns ratos. Quero acelerar as coisas aqui.

– Ratos?

Ela explicou o plano impreciso que tinha concebido.

– Quero Helen convencida de que aquele quarto tem ratos. Se eu conseguir, talvez ela vá ficar com a irmã por, quem sabe, um dia, e nós poderemos entrar e procurar.

Ele estava achando graça da esperteza dela.

– Pode funcionar. Sua mãe ficou surpresa com o pedido?

– Ela ergueu uma sobrancelha, então, muito provavelmente, sim. Enquanto isso, vou fazer uma caçada eu mesma. Podem ser ratos vivos ou mortos. Admito que é bem absurdo, mas às vezes o absurdo funciona.

– Se eu vir algum, aviso.

– Agradeço.

Ele ainda ficava desconfortável com toda aquela intriga, mas também reconhecia que estava um pouco empolgado para ver como tudo se resolveria.

– Tento imaginar por que Stipe ficaria com algo que roubou há mais de dez anos. O que ele quer com isso? Será que pretende vender?

– Boas perguntas. Minha preocupação é se ele ainda sequer tem a cópia.

Braxton concordou. Ele não conseguia pensar em nenhum motivo racional para o documento ainda estar na posse de Stipe, embora Welch parecesse convencida de que estava.

– Pelo jeito, é Helen quem tem bens – observou Raven. – Os homens em geral não gostam de ter dívidas financeiras com a esposa, e o documento renderia um bom preço se fosse vendido, talvez mais do que o bastante para livrá-lo da dependência dela, se é isso que ele quer. Mas concordo com você. Por que mantê-lo escondido por mais de dez anos?

– Vamos torcer para que ainda esteja com ele.

– Que Deus o ouça.

Aquela era a segunda vez que acabavam o dia juntos, e ele estava gostando do tempo que passava com ela.

– Há algo que deseja que eu faça por você amanhã? Acho que para os próximos dias você tem lenha suficiente para o forno.

– Não, acho que vou ficar bem. Vou levantar cedo para lavar roupa, então me entregue qualquer roupa que queira que eu lave antes de ir dormir.

– Mesmo que eu tenha cortado lenha suficiente para o forno, você deve precisar de mais para esquentar a água. Quer que eu encha os caldeirões também?

A lavagem era feita em dois caldeirões de cobre enormes que ficavam em cima de fogueiras, as quais esquentavam a água.

– Não precisa. Você deve ter razão quanto à necessidade de mais lenha, mas posso bombear a água quando levantar e fazer a fogueira.

– Deixe que eu cuido disso. Você já vai ter bastante coisa para fazer.

– Obrigada por oferecer, mas lavo roupa desde os 9 anos, Steele. Consigo fazer o que é preciso de olhos fechados.

Ele a avaliou e imaginou se ela costumava ser tão decidida quando era nova como era atualmente. Quando ele tinha 9 anos, suas únicas tarefas eram lustrar os sapatos, fazer o dever de casa e garantir que a roupa da escola ou da igreja estava pronta antes de ir dormir.

– No que está pensando? – perguntou ela, calma.

– Em nada.

– Você não mente muito bem.

Ele achou graça.

– Acho que você está certa. Sinceramente, estava pensando em como minha infância parece ter sido fácil comparada com a sua. Só isso.

– Sua infância bem rica? – respondeu ela, zombando.

Brax assentiu, e então a encarou com seriedade.

– Minhas únicas preocupações aos 9 anos eram garantir que minhas botas estivessem brilhando e não deixar minhas meias sujarem na escola. Minha mãe era obcecada pela aparência e não me deixava esquecer que eu representava pessoas da nossa cor onde quer que fosse e que deveria agir de acordo.

– O que significava isso?

– Sempre me comportar muito bem e voltar da escola tão limpo quanto fui, toda manhã.

– É muita responsabilidade para uma criança.

– Eu não percebia na época, só que, vendo agora, você tem razão. – Uma lembrança surgiu. – Lembro que joguei bete-ombro depois da escola um dia. O campo estava com lama, e eu cheguei em casa coberto de sujeira e fuligem. Nunca vou esquecer a decepção nos olhos da minha mãe nem o sermão rigoroso que recebi sobre a imagem que passava para pessoas não pretas ficando tão sujo. Ela disse que estavam sempre procurando motivos para provar que éramos menos civilizados do que eles em todos os sentidos. Depois disso, nunca mais joguei bete-ombro depois da escola. – Ele viu a empatia no rosto de Raven. – Você deve achar que minha vida era muito triste.

– Minha opinião não importa, só a sua.

Brax admitiu que Raven tinha razão e imaginou se ela sabia como aquilo a tornava sábia.

– Acho que era, em alguns sentidos. Nunca fui encorajado a fazer coisas típicas de meninos, como subir em árvores, me ajoelhar na poeira para jogar bola de gude, pisar em poças. Você e seus primos provavelmente faziam tudo isso e muito mais.

– Fazíamos. Caçávamos sapos e desenterrávamos minhocas para usar na pescaria. Subíamos em árvores, construíamos casas em árvores e balanços de corda. Ficávamos muito, muito sujos quando brincávamos, e nossos pais nunca se importavam. Mas passávamos a maior parte do dia trabalhando. Cresci sem sapatos ou vestidos bonitos. Minhas mãos ficavam vermelhas e cobertas de bolhas o tempo todo por causa da barrela que usava para lavar a roupa das pessoas e passar pano no chão, mas me lembro de muita alegria, comida boa e celebrações familiares. Acho que compensavam as partes ruins.

– Você precisava de um pouco da minha vida, e eu precisava de um pouco da sua.

– Acho que você tem razão.

Uma parte dele queria deixar a vida dela mais fácil para que Raven nunca mais tivesse que lavar roupa ou passar pano no chão dos outros. Queria presenteá-la com armários cheios de sapatos e vestidos bonitos. Queria levá-la para navegar. Queria caminhar com ela pelas ruas de Madri e Roma e lhe comprar tortas francesas nas lojas parisienses que visitara com o avô. Mais uma vez, ele imaginou como seria tê-la em sua vida.

– Sua família fazia algo para se divertir? – perguntou ela.

– Nós íamos a palestras, a marchas abolicionistas e ao teatro. Meu avô fazia uma grande reunião todo ano em seu aniversário, e a maioria dos representantes da classe era convidada, mas era um evento nobre. As pessoas usavam suas melhores roupas, debatiam sobre coisas como política, a situação das pessoas pretas e acordos de negócios.

– Sem dança nem música?

– Sem nada disso. Eu geralmente aparecia quando os convidados chegavam e depois me escondia no sótão e lia até dar a hora de comer.

– Você gosta muito de ler.

– Gosto. É um dos meus passatempos favoritos, como disse antes. Meus livros são meus companheiros. – Quando ela desviou o olhar e olhou o nada, ele perguntou: – O que foi?

Ela não respondeu de primeira, depois falou:

– Nada. Só pensando em mais um exemplo da nossa incompatibilidade.

– Como assim?

– Se eu contar e você rir, nunca mais falo com você. Nunca mais.

O tom sério combinava com o brilho feroz em seus olhos.

Ele não conseguia imaginar o que aquele olhar significava, mas assentiu.

– Não sei ler – admitiu ela. – Quer dizer, sei, mas não muito bem. Saí da escola quando era muito nova para ajudar mamãe a nos alimentar.

O coração de Brax parou. Ele sabia que algumas famílias tiravam os filhos da escola para ajudarem com o plantio e a colheita, mas nunca teria associado isso a Raven, que era tão inteligente e confiante. Quando observou a postura ereta dela, o coração dele se encheu de emoção com a ideia de que ela confiava nele o suficiente para compartilhar algo tão pessoal e íntimo; só que não sabia bem como responder. A última coisa que queria era destruir sem querer aquela confiança dizendo algo lesivo ou desencorajante. Ele escolheu as palavras com cuidado.

– Já considerou voltar para a escola? Muitos lugares têm turmas à noite.

Ela balançou a cabeça.

– Não, acho que estou velha demais para aprender na minha idade.

– Isso não é verdade. Posso lhe ensinar, se quiser. Podemos usar momentos como agora, no fim do dia de trabalho. – Ela virou o rosto para o campo ao redor da cabana e não respondeu. – Deixe-me ajudar, Raven – pediu ele, suavemente. – Eu nunca gritaria com você ou a repreenderia. Pode até ser divertido.

Brax admitia que nunca tinha ensinado ninguém a ler antes, mas ainda assim sentia no âmago como isso era importante para ela. Talvez não conseguisse levá-la para Paris, mas isso ele conseguia fazer.

– Deixe-me pensar, tudo bem? – pediu ela.

– Sem problema. E obrigado por confiar em mim o suficiente para compartilhar algo tão pessoal.

Raven deu um aceno rígido.

Quando a noite caiu e eles entraram, Brax tentou convencê-la a ficar com a cama, mas Raven recusou.

– Você dormiu no chão ontem. Vou ficar com o sofá.

– Raven...

– Não. Você carregou água, cortou lenha, nos levou até o mercado e não dorme numa cama desde que saímos de Nova Orleans. Tínhamos um acordo, esqueceu?

– Tínhamos, mas...

Ela balançou a cabeça.

– Fique com a cama. É sua vez.

– A palavra "horrível" não é suficiente para descrever o que é dormir nesse sofá. Vou me sentir mal sabendo que você está se revirando nele.

– Eu lhe garanto que já dormi em coisa pior.

– Então que tal dividirmos a cama para que os dois durmam bem? Você vai lavar roupa amanhã. É melhor não começar o dia cansada, e é o que vai acontecer se tentar dormir nessa coisa que chamam de sofá.

– Não. Nós dois sabemos o que vai acontecer se dividirmos a cama. Nenhum dos dois vai dormir.

– E se eu prometer me comportar bem?

– Já vi você se comportando bem. Foi como acabei andando como um marinheiro bêbado naquela noite na varanda.

– Mas você se divertiu.

– Não é essa a questão, e pare de tentar mudar de assunto.

Brax cruzou os braços.

– É isso que estou fazendo?

– É. E tire esse sorriso do rosto.

– Vou ganhar uma recompensa se obedecer?

Ela deu uma risada suave. Brax gostou de saber que Raven não tinha conseguido segurá-la.

– Vou pegar minhas coisas de dormir no quarto – disse Raven. – Vejo você de manhã.

Ele não insistiu mais.

– Está bem, mas se decidir que o sofá é uma péssima escolha, pode vir se juntar a mim.

Enquanto eles se encaravam em silêncio, Brax se perguntou mais uma vez como conseguiria voltar para Boston sem ela.

Raven retirou as coisas do quarto, e, enquanto ela saía, ele falou baixinho:

– Boa noite, Raven.

– Durma bem – respondeu ela.

Mais tarde, deitada no escuro, Raven percebeu que ele falara a verdade sobre o sofá ser horrível. As almofadas sob ela só podiam ser de pedras, e o fedor de mofo que exalavam a levava a torcer o nariz. Tudo isso dificultava o descanso, mas seu maior desafio era o marido de fachada no quarto. Quanto tempo mais conseguiria mantê-lo longe, quando seu corpo não queria nada além dele? Ela se lembrou da conversa na varanda. Não tinha tido a intenção de confessar seu segredo. Sua dificuldade na leitura não era algo que compartilhava voluntariamente. Ainda assim, contara para ele e não sabia por quê. Sim, avisara a ele que não risse ou zombasse do que pretendia revelar, mas uma parte dela parecia saber que a ameaça não era necessária. O modo suave como ele pediu a ela que deixasse ajudar a fizera se virar para que Brax não visse as lágrimas em seus olhos, e só a lembrança da ternura na voz dele as trouxe de volta.

– Por Deus! – sussurrou, enxugando as lágrimas.

Por que ele a afetava tão profundamente? Durante o curto período desde que tinham sido apresentados, ele passara de um homem de quem não gostava a alguém a quem confiava seu segredo mais íntimo. Nada daquilo fazia sentido, e ela nem queria pensar em como tinha se deliciado ao ficar seminua no colo dele sob a luz do luar enquanto seus beijos e carícias a deixavam com as pernas arreganhadas num descontrole orgástico. Como aquilo tinha acontecido? As diferenças entre eles no que se tratava de formação, status social e visões de mundo eram diversas, e, ainda sim, havia certa gentileza radiante escondida sob o semblante aborrecido e sério dele que as anulava. Ele bombeara água para ela de manhã, cortara a lenha necessária para acender o forno e lhe presenteara com uma barra de sabão com perfume de rosas Noissete. Naquela noite, tinha se oferecido para ajudar a melhorar a leitura dela e tentado convencê-la a trocar de lugar com ele para que ela dormisse na cama. Ela sempre bombeou a própria água e cortou a própria lenha. Nunca houve ninguém que assumisse essas tarefas por ela, e Raven não sabia como lidar com uma pessoa que acreditava que deveria fazer isso. Tirando sua família, a vida não tinha sido muito gentil com ela. Se ela não tomasse cuidado, ele a teria comendo na palma da mão como as mulheres de Boston, que tropeçavam umas nas outras para chamar sua atenção. Mas era inegável a atração de Raven por ele. Inegável e infeliz, porque não tinha futuro. Porém, será que ela precisava de um futuro para aproveitar as carícias, os beijos e a gentileza de Brax? Se fosse sincera, a resposta seria não, desde que mantivesse o coração trancafiado e longe. Com base no que tinha vivenciado até ali, se apaixonar por ele a faria comparar os homens com Brax pelo resto da vida, e ela duvidava de que qualquer um deles estaria à altura.

CAPÍTULO 11

Após passar a noite naquele sofá desconfortável, Raven acordou com o corpo dolorido e a sensação de que não tinha dormido nada. Ela adoraria se arrastar para o quarto e dormir de verdade, mas a Sra. Stipe estava esperando o café da manhã, então Raven se forçou a se sentar e apoiou a cabeça nas mãos. Ouviu Steele e o machado ressonante e, embora estivesse toda dolorida, tentou não o invejar por ele ter tido uma boa noite de sono.

Depois de se lavar rapidamente com aquele sabonete perfumado maravilhoso, ela se vestiu e saiu. Visto que o sol ainda estava adormecido, Steele mais uma vez trabalhava sob a luz de uma tocha, e Raven dedicou um momento para apreciar os contornos fortes e pronunciados de seu corpo enquanto as chamas brincavam sobre ele. Quando a viu, Brax parou, pôs a camisa e caminhou até ela.

– Bom dia – disse ele.

– Bom dia. Dormiu bem?

– Dormi. E você?

– Nunca mais durmo naquilo de novo, e estou emburrada o suficiente para bater em você se disser que me avisou.

Ele sorriu.

– Vou ficar quieto então.

– Estou com dor no corpo todo e vou sentir o cheiro daquele mofo até o dia do Juízo Final. – Ela estremeceu com a lembrança. – Vou começar a preparar o café da manhã. Venha comer quando acabar isso. E obrigada pela lenha extra.

– De nada.

A Sra. Stipe preferia tomar o café da manhã na cama, logo, quando os ovos mexidos, o mingau e os biscoitos ficaram prontos, Raven colocou tudo numa bandeja e a carregou para o andar de cima. Ela olhou a porta fechada do quarto do marido da patroa e o vão entre a porta e o chão. Era um espaço mais do que suficiente para um rato entrar e sair, constatou.

Raven bateu de leve na porta fechada da Sra. Stipe.

– Trouxe seu café da manhã, Sra. Helen.

– Pode entrar.

Helen estava na cama com uma grande quantidade de travesseiros a escorando. A blusa de seda gasta por cima da camisola era rosa e enfeitada com renda desbotada. Ela usava peruca, maquiagem pesada e batom vermelho vibrante nos lábios finos. Depois de colocar a bandeja no colo da patroa, Raven perguntou:

– Posso trazer mais alguma coisa para a senhora?

– Não. Isso está bom por ora. Vou passar o dia com minha irmã, então avise a seu marido que estarei pronta para sair às nove. Ela mora a uns trinta minutos daqui, e ele deve voltar para me buscar pontualmente às quatro da tarde.

– Sim, senhora.

– Você vai lavar roupa hoje, correto?

– Vou, senhora.

– Se for lavar a sua roupa e a do seu marido também, desejo que as separe das minhas.

Raven não deixou transparecer sua reação.

– Como quiser. A senhora também quer que estenda a sua separada?

– Quero.

– Então, se não precisa de mais nada, vou sair para começar.

– Cuide para que o jantar esteja pronto às cinco.

– Farei isso. Aproveite o dia com sua irmã.

– Não vou aproveitar, mas agradeço a intenção.

Raven saiu do quarto. Ela separaria as roupas não para honrar o fanatismo de Helen, mas porque não sabia quais bichos moravam dentro daquela peruca surrada que ela usava na cabeça.

Brax deixou Helen na casa da irmã e, depois de ser lembrado pela terceira vez do horário no qual ela queria que ele fosse buscá-la, voltou para ajudar Raven na lavagem. Enquanto passava pelas ruas abarrotadas, lembranças de estar nas redondezas durante a guerra surgiram sem convite, trazendo junto clamores de batalha, sons e fumaças de canhões, armas e gritos dos feridos e moribundos. Ele e os homens do 54º Regimento foram inicialmente destinados a tarefas manuais, como cavar latrinas e similares. Muitos no país e no Exército da União nutriam dúvidas em relação à habilidade dos soldados pretos em mostrar valor sob fogo; entretanto, Brax e os colegas ansiavam por mostrar de que eram capazes. No dia 18 de julho, sob o comando do coronel Robert Gould Shaw, abolicionista de Massachusetts e graduado em Harvard, o 54º Regimento, junto a 5 mil soldados da União, começou a marchar no escuro em direção ao forte Wagner, na ilha Morris, na Carolina do Sul, que tinha sido tomado pelos rebeldes. Os comandantes e suas tropas estavam cheios de confiança. A União estivera batalhando a posse de Wagner com a artilharia da frota liderada pelo contra-almirante John Dahlgreen e presumira que venceriam a batalha com facilidade. O 54º Regimento liderou o ataque, e, quando avançaram, os sulistas abriram fogo. Os gritos dos moribundos e feridos perfuraram a escuridão. Brax se lembrou de estar em meio ao caos, de revidar, de ser ensurdecido pelas explosões dos armamentos, de tentar ficar vivo. A União tinha subestimado de forma terrível o tamanho das forças da Confederação. Dentro do forte havia 1.800 rebeldes, três vezes os 600 homens do 54º Regimento. Enquanto a artilharia dos rebeldes mantinha a barricada, a intensidade do contra-ataque obrigou Shaw a parar seus homens e mudar de direção. Brax e os outros o seguiram por uma vala e uma encosta. No pico, os rebeldes estavam esperando e, no combate corpo a corpo que se seguiu, Shaw, que tinha sido ferido antes na batalha de Antietam, foi um dos primeiros a morrer. Dos 600 soldados pretos que lutaram com Brax, 208 foram mortos, feridos ou declarados mortos por terem desaparecido. Ele relembrou os amigos perdidos no banho de sangue: Rogers, do Canadá; Jean-Pierre, que tinha vindo do Haiti para ajudar com a luta; Prince, um escravizado fugido de Charleston. Com a esperança de virarem a maré, uma segunda onda de tropas da União de New Hampshire, Maine e Pensilvânia avançou depois do 54º Regimento, mas os rebeldes estavam determinados a se manterem firmes – e foi o que fizeram. Na manhã do dia 19 de julho, depois de horas de luta, as forças da União se retiraram.

Brax e os outros ficaram devastados com a perda de Shaw. Ele os tinha defendido quando o exército pagou menos dinheiro a eles do que aos soldados brancos; e, na luta para tomar o forte Wagner, tinha liderado os homens para a batalha em vez de enviá-los na dianteira, como era o método de guerra convencional. Em uma demonstração miserável de desprezo, os

Confederados jogaram os corpos de Shaw e dos homens do 54º Regimento numa cova anônima e enviaram um telegrama aos generais da União que dizia: "Enterramos Shaw com os macaquinhos dele." Eles esperavam que aquilo fizesse com que alguns oficiais brancos pensassem duas vezes antes de liderar tropas pretas. Não foi o que aconteceu. As 180 mil tropas pretas sob comandantes brancos continuaram e ajudaram a União a ganhar a guerra. Brax só desejara que o coronel Shaw estivesse vivo para saborear a vitória.

Nos dias e meses após ser dispensado e voltar para casa, Brax sofreu ao questionar por que tinha sobrevivido e tantos outros no regimento não tinham. A culpa o atormentou. Numa noite, durante o jantar, ele conversou sobre esses sentimentos com o pai, que lhe disse que tal pergunta nunca seria respondida, mas que ter retornado inteiro para casa era um presente que Brax devia usar para honrar os que morreram, garantindo que a morte deles não tivesse sido em vão. O sábio conselho iluminou os cantos sombrios de sua alma, e, em resposta, ele assumiu o manto do trabalho de caridade deixado pela mãe e pela avó. Toda vez que ajudava uma escola local a pagar os professores, ou doava para famílias sem abrigo ou comida, ou empregava jovens aprendizes para ajudá-los a aprender uma profissão, Brax via isso como um tributo a Rogers, Jean-Pierre, Prince e todos os outros que haviam feito o sacrifício derradeiro.

Ele estava quase na casa de Stipe quando avistou uma placa numa cerca de madeira branca que dizia: COSTUREIRA SUZY. Atrás da cerca havia uma casinha pintada de amarelo-vivo, afastada da estrada. Ao ver algumas crianças pretas brincando no quintal, Brax imaginou se Suzy era uma mulher preta e se a placa indicava que havia uma loja no interior. Relembrando o encantamento no rosto de Raven quando a presenteara com o sabonete no mercado, ele presumiu que receber presentes não era algo recorrente na vida dela. Perguntou-se se Suzy teria alguma coisa que ele pudesse comprar. Parou a carruagem e andou até a casa.

Lá dentro, Brax conheceu a proprietária baixa e rechonchuda e, após rodar o pequeno cômodo organizado onde os produtos dela estavam expostos, encontrou o que precisava. Depois de pagar pela compra, ele lhe agradeceu, ela lhe agradeceu, e Brax retornou para a carruagem a fim de terminar a viagem.

Encontrou Raven do lado de fora lavando roupa. No campo aberto ao lado da cabana quatro lençóis já estavam pendurados em varais de corda estendidos entre estacas de metal altas. Havia dois varais vazios, que ele imaginou que seriam para o resto da roupa que ainda precisava ser estendida. Raven vestia um avental velho de couro para proteger a própria roupa e trazia nos pés um par de abarcas desgastadas no lugar das sandálias de couro que ela costumava usar. Parado a uma curta distância, Brax a observou usar o que aparentava ser um cabo velho de vassoura para tirar um amontoado de toalhas fumegantes do caldeirão fervente. Esforçando-se por causa do peso, ela pôs a carga no caldeirão para o enxague. Enquanto ela repetia o processo, ele andou até ela.

– Posso ajudar?

Raven deu um sorriso cansado.

– Obrigada por perguntar, mas já estou acabando.

Ela transferiu uma segunda trouxa para a água do enxague e lentamente remexeu o conteúdo com o cabo.

Ele olhou os dois barris com água.

– Eles são para quê?

– Um tem anil para roupas brancas, como lençóis. O outro tem amido. Nunca viu ninguém lavando roupa?

– O processo todo, não – admitiu ele. – Sempre mandamos lavar a nossa fora.

– Pessoas com dinheiro para pagar pelas coisas são espertas. É um trabalho exaustivo, ainda mais para uma família grande. Helen não tem muitas roupas, graças a Deus. Não estou ansiosa para passar lençóis e fronhas até o fim do dia, mas poderia ser pior. Eu poderia estar lavando e passando a roupa de uma família de seis pessoas em vez de só a dela e as nossas.

Embora seu conhecimento sobre lavagem fosse limitado, Brax sabia que a gerigonça ao lado dos caldeirões, com rodas e uma manivela sobre uma banheira, era um torcedor de roupa.

– Que tal eu rodar a manivela enquanto você coloca as roupas no torcedor?

– Pode ser.

As olheiras abaixo dos olhos e o abatimento dos ombros de Raven demonstravam a noite maldormida. Os efeitos cáusticos da barrela na água de lavagem quente tinham avermelhado suas mãos. Mais uma vez, ele desejou poder facilitar a vida de Raven, sobretudo de um modo mais impactante do que ajudar com o torcedor, mas um pequeno passo era melhor do que nenhum.

– Rode devagar – avisou ela, colocando uma toalha no torcedor. – Temos que evitar que as rodas rasguem as peças.

Focado na velocidade e no avanço, ele ficou com as palavras dela na cabeça. À medida que a toalha rodava, o excesso de água escoava na banheira abaixo. Assim que a toalha saiu do outro lado, Raven deu umas sacudidas no pano comprimido e o colocou no cesto com as outras peças que seriam penduradas.

– Posso ajudar a pendurar?

– Já pendurou roupa alguma vez?

– Não.

Ela pegou a cesta.

– Então vou ter que negar.

– Por quê?

Brax queria saber qual seria a dificuldade daquilo.

– Porque se você deixar uma peça cair sem querer no chão, vou ter que lavar de novo, depois matar você e enterrar debaixo daquelas árvores ali.

– Ah.

– Se quer ser útil, pode jogar fora a água dos caldeirões e encher de novo para eu lavar a nossa roupa.

– Isso eu posso fazer.

Ela se afastou com a cesta, e Brax começou a realizar sua tarefa.

Duas horas depois, estava tudo lavado e pendurado. Eles fizeram uma pausa para almoçar e em seguida, após esvaziarem os caldeirões pela última vez, Brax a ajudou a esfregá-los e colocá-los na grama para secar. O dia estava ensolarado e fresco, e, como resultado, os lençóis que foram pendurados primeiro estavam secos. Ele checou o relógio de bolso para ver a hora. Já eram duas e meia. Teria que buscar Helen em mais ou menos uma hora. Eles estavam na varanda da cabana, e Raven estava sentada de olhos fechados na cadeira de balanço. Brax a observou e perguntou baixinho:

– Está dormindo, pequeno *corvus*?

– Quem me dera – respondeu ela suavemente, e abriu os olhos devagar. – Estou reunindo forças para recolher o que está seco. Talvez eu tenha tempo de passar os lençóis antes de preparar o jantar. Eu queria sondar o quarto da mãe de Helen enquanto ela está fora, mas não vai dar tempo.

Ela trabalhava pesado demais, pensou ele.

Como se lesse sua mente, ela sorriu, cansada.

– Pare de parecer tão preocupado, Steele. Só estou sentindo os efeitos da noite maldormida, nada mais. É assim que ganho a vida, lembra? Vou ficar bem. Prometo.

No mundo perfeito de Brax, ela passaria o fim do dia se ensaboando com calma numa banheira com sais e bolhas em vez de passando lençóis e preparando comida para outra pessoa.

– Se eu prometer ser cuidadoso e não deixar nada cair no chão, você me deixa ajudar?

Ela assentiu e se levantou.

– Com certeza. Vem.

Contente por ela ter concordado, Brax a ajudou a despregar as peças secas do varal e, fiel à sua promessa, não deixou nada cair na sujeira. Eles carregaram as cestas de roupas limpas para a construção em que ficava a cozinha e as deixaram no quarto no qual ela passaria as roupas.

– Que horas são? – perguntou Raven.

Ele checou o relógio de bolso.

– Três e quinze.

– Passar roupa vai ficar para depois. Vá buscar Helen enquanto eu começo a preparar o jantar.

– Está bem.

– E obrigada pela ajuda.

A sinceridade nas palavras dela o tocaram.

– Só estou tentando ganhar uma recompensa.

– Está fazendo um trabalho tão bom que acho que terei que lhe dar uma.

Ele sabia que ela estava brincando, mas ainda assim foi bom ouvir isso.

– Sabe quanto gosto de ser recompensado. – Sem conseguir se segurar, ele deslizou o dedo devagar pela bochecha dela. – Mais tarde, depois das tarefas, vou trazer água para que você possa tomar um banho. Tudo bem?

– Seria bom. Obrigada.

Raven ficou na ponta dos pés e o beijou com uma lentidão doce que era ao mesmo tempo excitante e ansiosa.

– Sua recompensa pela gentileza de hoje – sussurrou ela.

Brax a puxou para perto de si, saboreando a maciez dela e o modo como os lábios dos dois se encaixavam perfeitamente. À medida que o desejo surgia e

143

aos poucos ganhava força, ele a apertou, degustando os convites provocantes e excitantes da língua de Raven e a sensação das mãos dela vagando com languidez pelas costas dele. As mãos de Brax faziam a mesma coisa, revisitando as curvas e as cavidades dela, a ponta dos mamilos, a elevação do quadril.

Ele roçou a boca no ouvido dela.

– E, depois do banho, vou lhe dar beijos e carícias que a farão gozar para que possa ter uma boa noite de sono. O que acha disso?

– Só se forem depravados.

Ele sorriu.

– Vou garantir que sejam.

Depois de alguns minutos, eles se separaram com relutância.

Raven pôs a mão em seu maxilar barbudo.

– Vá buscar Helen.

Naquele momento, observando o calor brilhando nos olhos escuros dela e os lábios inchados de beijos, a última coisa que Brax queria era deixá-la. Ele deslizou o dedo pela boca de Raven e se inclinou para uma última degustação do paraíso. E só foi embora quando ela ficou sem fôlego e gemendo com a prévia das carícias depravadas que ele prometera para mais tarde.

Após sua saída, Raven não se mexeu. Estava presa em um nevoeiro de paixão que a fazia querer chamá-lo de volta para continuarem. O toque e o beijo de Brax eram tão mágicos que cada parte dela estava viva e ansiava por mais. Só que ela não podia ficar parada ali para sempre. Helen esperava o jantar precisamente às cinco e não ficaria contente se houvesse atraso. Voltando à realidade com uma sacudida, Raven se forçou a ir fazer seu trabalho.

Enquanto esperava o fogão aquecer, Raven fez uma fornada de biscoitos e raspou o resto da galinha que tinham comido no dia anterior. Depois de ferver batatas-doces num pote e adicionar uma jarra de vagens em conserva em outro, o jantar estava quase pronto.

Steele entrou bem no momento em que ela estava retirando os biscoitos do forno. O modo como a encarou trouxe de volta a lembrança dos beijos que tinham compartilhado mais cedo, e ela sentiu que ele recordava isso também. Lembrando a si mesma de que tinha um trabalho a fazer, ela focou de volta no jantar e virou os biscoitos num prato. Quando ele surrupiou alguns e grunhiu de prazer após uma mordida, ela sorriu e começou a colocar o resto no prato de Helen.

– Com que humor ela está?

144

Ainda saboreando os biscoitos, ele respondeu:

– Reclamou da irmã o caminho todo. Não sei por que visitar se não se dão bem, mas isso não é da minha conta.

Raven não sabia também e, francamente, não se importava. Ela queria muito pular o jantar e passar a roupa, mas sua presença era esperada. Só torcia para não adormecer à mesa.

Ela colocou o prato de Helen junto ao seu na bandeja. Acompanhada pelo homem que lhe prometera beijos e carícias depois, saiu da cozinha para fazer a pequena caminhada até a casa principal.

Helen já estava sentada à mesa de jantar. Raven colocou o prato diante dela e removeu a tampa de metal que o mantinha aquecido.

– Obrigada – disse Helen ao ver a refeição.

Raven e Steele se sentaram, e o jantar começou.

– Falei do baile com a governanta da minha irmã – comentou Helen –, e ela aceitou ajudar. Ela pretende contratar um cozinheiro para cuidar da comida e coordenar os garçons. Eu disse a ela que só contrato pessoas que trabalhavam dentro de casa. Escravos da lavoura não sabem nada do que é necessário ou adequado num evento como esse. Ela virá conversar com você daqui a alguns dias.

– Estou ansiosa para conhecê-la.

– As roupas foram lavadas?

– Foram. Ainda preciso passar.

– Bom. Vou precisar dos lençóis e das fronhas limpos quando eu for dormir.

– Sim, senhora.

Raven só era sua empregada havia dois dias, mas já tinha dito "Sim, senhora" o suficiente por uma vida inteira.

A conversa durante o jantar tendia a consistir em Helen falando enquanto Raven e Steele ouviam. Aquela noite foi mais do mesmo.

– Vi no jornal que a febre amarela está passando por Nova Orleans de novo. Centenas de pessoas já morreram. Texas e Mississippi estão falando em impedir que trens de lá viajem pelos estados. Eu disse a minha irmã que a febre amarela é causada pelo tanto de miscigenação que fazem naquela cidade abandonada.

Raven sabia que havia muitas teorias controversas sobre a causa da febre, mas miscigenação não era uma delas. Porém, a notícia das mortes era preocupante. Ela torceu para que Vana, Eden e os outros na cidade não fossem afetados. A doença já tinha causado bastante sofrimento à família Moreau. Raven trocou um olhar preocupado com Steele. Helen, ainda tagarelando sobre os pecados da mistura de cores, era egocêntrica demais para perceber.

Gratos por terem acabado a refeição, Raven e Steele levaram a louça de volta para a cozinha. Enquanto ela lavava e ele secava, Brax perguntou:

– É comum os estados proibirem trens de Nova Orleans durante a febre amarela?

– Aconteceu algumas vezes no passado, mas tomara que não seja necessário dessa vez. Não quero ficar presa aqui.

– Nem eu.

– Você pode pegar um trem para o Norte quando acabarmos aqui.

– Verdade, mas o que você vai fazer?

Ela deu de ombros e pôs um prato na água do enxágue.

– Dar um jeito, eu acho.

– Você será sempre bem-vinda em Boston.

Raven sorriu.

– E vou ficar onde?

– Comigo. Tenho bastante espaço.

Ela balançou a cabeça, achando graça.

– Tenho certeza de que sua campeã não veria esse arranjo com simpatia.

– Quando meu pai se casar com sua mãe, você será da família.

– Não mesmo.

– Não?

– Não, Steele. Não vou morar num lugar onde a água congela.

– Talvez goste.

– Não. Sei que não vou gostar. Vamos acabar com essa louça, para que eu passe os lençóis antes de desmaiar.

– Você teve um dia longo.

– Tive.

Só que era esperado que mulheres como ela trabalhassem do amanhecer ao pôr do sol e agradecessem por terem um trabalho. Reclamações sobre estar sobrecarregada não eram toleradas ou sequer faladas, pois a mulher poderia facilmente ser substituída por outra com filhos para alimentar e dívidas para pagar.

Quando a última louça foi lavada e guardada, ele perguntou:

– Quanto tempo você acha que vai levar para passar a roupa?

– Talvez uma hora. Também tenho que colocar os lençóis na cama.

– Está bem. Enquanto cuida disso, vou começar a esquentar a água do seu banho.

Ela o observou, com um misto de emoções.

– Você não precisa mesmo fazer isso.

– Preciso, sim – respondeu ele, solene.

Raven desviou o olhar para esconder aquelas mesmas emoções que voltavam a brotar dentro dela. Como tinha pensado na noite passada, enquanto tentava dormir naquela coisa que chamavam de sofá, tantas demonstrações de gentileza eram novidade para ela, e Raven não sabia ao certo como reagir. Agradecer parecia inadequado, mas era tudo que tinha.

– Obrigada – disse ela. – Suponho que já lhe disse isso umas cem vezes hoje, mas sua ajuda foi muito importante.

– Foi uma honra.

Alguns dias antes, ela queria jogá-lo no baixio, e naquele momento...

– Vá passar a roupa – falou ele baixinho. – Seu banho estará pronto quando você terminar.

Tocada por tudo que ele era, ela partiu para cuidar do último fardo do dia.

Com a roupa passada e Helen no quarto dormindo em lençóis limpos e engomados, Raven voltou para a cabana. A noite tinha caído. A lua estava aparecendo, e podia-se ouvir os sons dos sapos e dos insetos. Quando chegou à cabana, Brax estava sentado no escuro da varanda. Por perto, as chamas do fogo que ele devia ter usado para esquentar a água do banho brilhavam, fraquinhas.

Sua voz quebrou o silêncio.

– Terminou?

– Sim.

– Seu banho a espera. Talvez a água ainda esteja bem quente, portanto tome cuidado.

– Guardou um pouco de água para você?

– Vou me lavar aqui na bomba. Vá em frente. Avise quando acabar.

Ela estava tão acostumada a tomar conta de todos que ser mimada daquele jeito era arrebatador.

– Está bem.

Assim que entrou na cabana, Raven sentiu cheiro de rosas. Intrigada, e ainda assim contente, andou até o quarto sob a luz da lua que passava pelas janelinhas e encontrou um lampião solitário aceso. O aroma doce permeava o ar. Ela não fazia ideia de onde vinha até adentrar o banheiro e passar a mão languidamente pela água quente da banheira que a esperava. Quando levou os dedos ao nariz, percebeu que o cheiro era de sais de banho. Mas como? Não tinha trazido nada disso de Nova Orleans. Será que o homem generoso lá fora era o responsável? Não desejando que a água esfriasse enquanto contemplava o mistério, Raven deixou as perguntas de lado, se despiu e entrou na banheira. O calor da água perfumada era um bálsamo depois de um longo dia atarefado, e ela suspirou de prazer. Aquilo era tão bom! Pensar que Brax se esforçara tanto para lhe oferecer aquele presente fez com que lágrimas brotassem em seus olhos. Enxugando-as, ela se permitiu alguns minutos de deleite antes de pegar o sabonete de rosas que estava à espera sobre uma toalha branca num banquinho ao lado da banheira. Ainda emocionada, ela começou a se lavar.

Quando terminou, puxou o tampão do cano que drenava a água para fora e saiu da banheira. Pegou a toalha de banho – outra novidade – e se enrolou nela antes de se secar, sem pressa. Andando em silêncio até o quarto para pegar uma roupa, Raven parou quando viu uma camisola em cima da cama. Intrigada mais uma vez, pois nunca tinha visto essa peça de roupa, ela a pegou e a observou sob a luz do lampião. Era azul-clara e feita de um algodão leve, perfeita para as noites de calor do Sul. Não era como as roupas de dormir chiques e sedutoras preferidas por mulheres como sua prima Lacie. Era funcional, mas ainda assim feminina, com mangas curtas e pregueadas nos ombros adornadas com uma linha delicada de laço que combinava com o laço do pescoço. Botões brancos pequenos desciam pela frente. Será que ele tinha comprado isso também? A camisola de Raven era velha e desbotada de tanto ter sido lavada, com a lateral remendada depois de ter sido rasgada pelo torcedor de roupa antigo da mãe. Aquela parecia novinha em folha, e Raven secou uma nova leva de lágrimas. Depois do banho maravilhoso, fazia sentido uma camisola nova, então, em vez de deixar o orgulho vencer e não a aceitar, ela rapidamente passou pelo corpo o óleo que trouxera de casa e vestiu o presente.

Quando ergueu o olhar da beira da cama, Brax estava na soleira da porta, sem camisa.

– Gostou? – perguntou ele.

– Gostei. Obrigada pela milésima vez hoje. E pelos sais de banho.

O quarto ainda tinha um aroma fraco das rosas.

– De nada.

Ele andou até a luz. Sua pele e seus cabelos úmidos demonstravam que ele também tinha tomado banho, e ela gostou de ver de perto a forma esplendidamente esculpida dele pela primeira vez.

– Está pronta para seus beijos e carícias?

Seus sentidos se incendiaram, e calor cintilou entre suas coxas.

– Estou.

Ele caminhou e se sentou ao seu lado na cama. Estendendo a mão, ergueu seu queixo com gentileza, e ela avistou o fogo no seu olhar.

– Então vamos começar...

Ele começou com um beijo lento, duradouro e convidativo que era tão talentoso quanto sedutor. Sua língua provocou a dela, e Raven respondeu com o próprio talento. Cada toque dos lábios dele, cada sussurro no ouvido dizendo o que pretendia fazer com ela – e como – atiçavam o fogo que surgia em seu sangue. As mãos dele vagavam, provocando, acariciando, bajulando, e os suspiros suaves dela em resposta se erguiam no silêncio.

Quando ele afastou a boca da dela, Raven já estava à beira de um orgasmo e nem tinha aberto a camisola ainda.

– Desabotoe para mim...

Envolvida por uma névoa familiar, ela deu o melhor de si para forçar seus dedos a trabalharem enquanto Brax observava com olhos brilhantes.

Ele lentamente deslizou dedos ardentes pelo caminho de pele exposta, depois pressionou os lábios ali.

– Você tem cheiro de paraíso – falou, rouco.

Raven nunca tivera um aroma preferido, mas sabia que, por causa de Brax, usaria rosas na pele pelo resto da vida.

Depois de a camisola estar aberta por completo, Brax a empurrou para o lado e direcionou sua magia para os seios expostos. Raven não tinha ideia de como foi parar deitada embaixo dele, mas não se importava, pois as sensações enquanto ele a saboreava depravadamente superavam todo o resto. Enquanto ele a lambia, mordiscava e provocava com a boca e as mãos ardentes, os suspiros dela logo se transformaram em lamentos e gritinhos. Brax beijou seu umbigo e deslizou um dedo pela linha de pelos logo abaixo, arrastando-o até os cachos. Quando tocou seu clitóris, ela gemeu alto e ergueu os quadris para ele.

– Quer que eu beije aqui, pequeno *corvus*? – Ele deu uma lambida rápida, e ela colocou a mão na boca para abafar um grito. – Preciso de uma resposta, Raven.

Mesmo falando, ele continuou a tocar e provocar o pedacinho de carne.

– Ah, meu Deus, Braxton...

Ele parou.

Sem saber o que tinha feito para fazê-lo parar, ela o encarou.

Ele sorriu.

– Sabia que essa é a primeira vez que falou meu nome? – Olhando-a nos olhos, ele voltou a brincar. – Era só isso que eu precisava fazer...?

Ele a provocou com uma maestria tão deliciosamente sensual que ela gemeu alto, erguendo os quadris.

– Qual é o meu nome, pequeno *corvus*?

– Ah!

Ela não conseguia lembrar nem o próprio nome.

– Errado.

Ele riu e deslizou dois dedos grossos para dentro dela. O ritmo erótico que se seguiu fez com que o orgasmo que estava próximo chegasse na velocidade de um furacão cruzando o Mississippi. Revirando-se na cama, ela abriu mais as pernas.

– Mais? Está bem.

Ele lhe deu tão mais que seu orgasmo explodiu como um estrondo de trovão. Gritando o nome dele, ela jogou um travesseiro no rosto para impedir que toda a população da Carolina do Sul ouvisse seus gritos roucos.

Quando por fim conseguiu recompor o corpo e a mente, ele estava deitado ao seu lado, apoiado sobre um cotovelo e sorrindo. Roçou um dedo pelo mamilo dela.

– Eu estava imaginando se você sabia meu nome.

Raven jurava que aquele orgasmo ecoaria dentro de si até a próxima celebração do Mardi Gras.

– Desculpe. Eu o conheço?

Sorrindo, ele se inclinou, abocanhou um mamilo e o provocou lentamente até ela ficar sem fôlego.

Um beijo levou a outro, e, quando viu, ela estava mapeando a extensão dos braços pronunciados dele, sentindo a pele do peito duro e dando umas mordiscadas calorosas também – no ombro escuro, nos discos planos dos mamilos –, tudo enquanto deslizava as mãos para cima e para baixo, provocando o cume rígido dele escondido sob a calça. Os beijos e as carícias que Brax lhe deu em retorno reacenderam sua chama interior. Ainda com a camisola desabotoada, ela sussurrou no ouvido dele, provocante:

– Será que agora você pode tirar essa calça, por favor?

Ele deslizou um dedo pelos lábios dela.

– Adoro uma mulher que sabe o que quer.

Ele parou por um momento para colocar o membro para fora, e Raven banqueteou os olhos em quanto era glorioso.

– Gosta do que vê?

– Gosto.

Agarrando-o, ela lhe mostrou quanto gostava, e foi a vez dele de gemer. Quando Raven lhe deu sua versão do prazer que Brax tinha dado a ela, só levou alguns minutos para ele erguer a cabeça dela.

– Não vou durar muito mais se continuar com isso.

Ela sorriu.

– Então deixe eu pegar a esponja.

E, assim que ela foi inserida, ele lhe deu tudo que tinha pedido numa dança lenta e sensual que deixou Raven balbuciando. Cada estocada, cada carícia de suas mãos reverentes sobre seus seios e cada beijo atormentador a abalavam mais. O rangido da cama aumentou na mesma medida que o ritmo e a vocalização da paixão deles. Brax agarrou o quadril dela, erguendo-o para recebê-lo com mais ímpeto e possessividade, e estocou com mais rapidez. O segundo orgasmo de Raven a despedaçou com outro grito, e o dele em seguida foi como um rugido. Perdidos, agarrados um ao outro como se a vida dependesse disso, eles cavalgaram a tempestade até o fim antes de voltar lentamente para a realidade, ofegantes.

Depois, Brax a rolou gentilmente para impedir que ela fosse esmagada pelo seu peso, e Raven repousou em cima dele, esperando que a respiração voltasse a algo parecido com o normal. Ela ergueu o olhar, e o sorrisinho nos seus lábios combinava com o que Raven ofereceu de volta. Quando ele passou a mão de leve pelas costas suadas dela, ela apoiou a cabeça no peito também suado de Brax. Ele a abraçou, e ela aproveitou a alegria.

– Deveríamos dormir – comentou ela depois de algum tempo.

– Provavelmente.

Ela se levantou de novo. O rosto barbudo e bonito dele provocou uma já familiar desordem de emoções e sentimentos que continuava sem explicação ou resolução.

Como se os pensamentos dele espelhassem os dela, Brax disse baixinho, com um olhar sério:

– Vamos deixar as coisas como estão por ora.

Raven concordou.

– Vou me limpar.

– Eu vou depois que você acabar.

Mais tarde, após tirarem o lençol suado da cama, eles apagaram o lampião e se deitaram, grudados, no silêncio da escuridão.

Brax beijou o cabelo dela.

– Na próxima vez que fizermos isso, que tal usarmos a varanda para não desperdiçarmos um lençol limpo? Eu adoraria vê-la tirando a roupa para mim sob a luz do luar.

O cenário reanimou seus sentidos.

– Durma.

– Ganho uma recompensa?

– Durma, Braxton.

Ele jogou um braço sobre ela, puxou-a para perto e murmurou:

– Tudo bem. Ouvir meu nome nos seus lábios é recompensa suficiente. Boa noite.

Achando graça do humor dele, Raven fechou os olhos e dormiu.

Numa pensão no centro da cidade, a detetive Ruth Welch estava aproveitando o último gole de uísque antes de dormir e se sentindo bem com o progresso da operação. Sara Caron – a agente da Pinkerton que fingia ser sua irmã, Adelaide Clarkston – tinha acabado de resolver o caso que estava investigando na cidade, um esquema fraudulento de ações ferroviárias. Uma das fontes de informações dela tinha sido um homem chamado Washington Lewis. Como ele tinha sido golpista quando era mais novo, usara suas habilidades para se infiltrar na gangue que estava vendendo as ações, e a evidência que tinha repassado para Sara resultara nas prisões. Durante os longos meses da investigação que levou às acusações feitas, Sara descobriu que Lewis tinha nascido em Nova Orleans e que seu nome verdadeiro era Tobias Kenny. Pensando no caso de Ruth, Sara lhe perguntou se ele conhecia a família Moreau. Ele conhecia. Kenny admitiu ter trabalhado com a família várias vezes antes de se mudar para Charleston. Sara repassou essa informação para Ruth, e combinaram um encontro. A princípio Ruth deveria ter se encontrado com o homem no mercado da cidade na manhã seguinte à sua chegada, mas ele não conseguira sair de casa, nas ilhas fronteiriças. Isso tinha sido bom, pois Raven Moreau e Braxton Steele haviam ido ao mercado naquela manhã. Ruth tinha certeza de que fora vista, e ter Kenny junto a ela poderia ter sido desastroso para seus planos futuros se ele tivesse sido reconhecido.

O próximo encontro fora marcado para a tarde do dia seguinte. Se o que ele fornecesse se mostrasse valioso o suficiente, em troca ela pretendia lhe oferecer uma porção da recompensa considerável prometida pelo joalheiro de São Francisco, Oswald Gant. Ela torcia para que Kenny pudesse expor o vasto número de crimes pelos quais tinha certeza de que os Moreaux eram responsáveis. Desse modo, ela teria evidências vitais suficientes para usar em um inquérito de denúncia do grupo de ladrões, tornando-se, assim, tão famosa quanto a dama da Pinkerton Kate Warne.

Se esse plano gerasse frutos, seus superiores não teriam escolha a não ser indicá-la como chefe da divisão feminina da empresa. Ruth também estava avaliando a possibilidade de criar a própria agência em razão da recente mancha na imagem, um dia ótima, da Pinkerton – um desenrolar que começara três anos antes após uma tentativa malsucedida de apreender os notórios criminosos Jesse e Frank James na casa da mãe, Zerelda Samuel. Os irmãos James foram avisados e não estavam lá, mas a agressão de uma força de agentes da Pinkerton junto a policiais locais resultou numa explosão que levou à amputação do braço direito de Zerelda e matou o meio-irmão de 8 anos deles, Archie. A indignação do público condenando a morte do menino ecoou por todo o país. Até aquele momento, a agência tivera status de heroína, caçando com sucesso as gangues que assaltavam bancos, visavam trens e aterrorizavam cidadãos todo dia. O incidente com os James mudou isso. O papel crescente da Pinkerton como fura-greve para grandes empresas também tinha manchado a imagem da agência aos olhos da classe trabalhadora dos Estados Unidos, então abrir o próprio escritório era algo a considerar seriamente.

Primeiro, ela teria que colocar as mãos na cópia roubada da Declaração de Independência. Depois, poderia se vangloriar de ter frustrado as tentativas dos Moreaux de vendê-la e ter reunido evidências de outros crimes deles e, assim, desfrutar da glória de ter o nome exibido na primeira página de todos os jornais da nação. Contente com esse pensamento, ela engoliu o restante do uísque, apagou o lampião e adormeceu com um sorriso no rosto.

CAPÍTULO 12

Brax acordou antes do amanhecer com uma Raven enrolada ao seu lado, roncando levemente. As lembranças do encontro íntimo da noite anterior ficariam com ele por um bom tempo. Ele olhou para a forma adormecida ao lado. Tudo em Raven o fazia querer acordar toda manhã pelo resto da vida com ela ao seu lado, bem daquele jeito. Será que ela iria querer o mesmo? Se quisesse, como algo assim funcionaria? Ele compreendia por que a família tinha escolhido uma vida de crime e, pela maior parte do tempo, já tinha deixado de lado os julgamentos morais aos quais um dia se agarrara firmemente. E o que restava era como superar a crença firme dela de que as diferenças de status econômico entre eles os tornavam incompatíveis, pois não pensavam assim. Era uma questão para a qual ele ficava voltando em seus momentos privados, e Brax sentia que ela talvez estivesse remoendo a mesma dúvida. As respostas, porém, estavam à espera de ser exploradas e resolvidas.

Torcendo para não a acordar, ele saiu com cuidado da cama. Inclinando-se, deu um beijo na bochecha dela e saiu do quarto para começar o dia.

Do lado de fora, depois de acender as tochas para que pudesse enxergar, ele começou. Podia muito bem cortar lenha suficiente e guardá-la, para que não tivesse que fazer isso todo dia, mas descobriu que gostava da solidão e de exercitar os músculos que mantinham seu corpo em forma.

– O senhor é Braxton?

Surpreso, ele ergueu o olhar e avistou uma mulher andando sob a luz da tocha. Ele conseguia ver que ela era preta e usava uma capa como proteção contra o frio do fim da madrugada. Seu cabelo estava amarrado, mas, de longe, ele não conseguiu ver seus traços com precisão. Sem saber como responder ao ser chamado por seu nome quando deveria estar se passando por Evan Miller, Brax respondeu:

– Quem quer saber?

– A prima Hazel mandou uma coisa para Raven.

– Então, sim, sou Braxton. Raven ainda está dormindo.

– Dê isso a ela, por favor.

Ela lhe entregou uma pequena sacola embrulhada e bem amarrada com um cordel. A movimentação dentro da sacola foi tão surpreendente que ele quase a deixou cair.

– Tome cuidado. Os ratos que ela queria estão aí dentro. São três e estão vivos, como pode ver.

Ele afastou a sacola de si.

– Estou vendo.

A sacola se revirava enquanto os bichos tentavam escapar.

Quando Brax ergueu o olhar, a mulher tinha sumido. Surpreso, procurou na escuridão, mas não avistou ninguém. Outra Moreau misteriosa. Segurando a sacola cuidadosamente pelo topo, para que não fosse mordido por acidente, ele a levou para dentro.

Raven estava acordada e vestida.

– O que é isso? – perguntou ela.

– Seus ratos.

Seu rosto se iluminou.

– Você pegou alguns?

– Não. Uma jovem acabou de entregá-los. Disse que foi sua mãe quem mandou.

– Dê aqui.

Ele lhe entregou com prazer.

Raven olhou para a sacola em movimento e então para o velho relógio na parede.

– Se eu for rápida, consigo colocá-los no quarto enquanto ela toma banho. Aprendi a rotina dela, e neste instante ela está no banheiro.

– Tome cuidado para não ser mordida.

– Eu sei. Vou levar uma tesoura da cozinha. Assim posso segurar a sacola de cabeça para baixo e cortar o topo, e eles cairão direto no chão. Ela nunca vai saber que estive lá. – Brax a observou pensar no plano. – Pode ser melhor eu os virar na cama e cobrir com a colcha. A escuridão vai fazer com que os ratos pensem que estão seguros. E depois, quando ela sair do banheiro e sentar na cama para tomar o café da manhã...

Ele sorriu.

– Você tem uma mente diabólica, Sra. Miller.

– Sim, tenho. Vou enfiar esses pequenos visitantes no quarto e depois vou para a cozinha preparar o café da manhã. Quando ouvir gritos, venha correndo.

Ele fez continência com vigor.

– Sim, senhora.

– E obrigada pela boa noite de sono. Dormi como um bebê.

Brax fez uma reverência.

– Sempre ao seu dispor.

Com um sorriso, ele a observou sair segurando a sacola com os ratos revoltados afastada do corpo.

Raven entrou no quarto vazio e vagamente iluminado da Sra. Stipe e percebeu que o plano de jogar os ratos na cama não funcionaria. A colcha estava revirada e com certeza chamaria atenção se estivesse esticada quando a Sra. Stipe retornasse. Pensando rapidamente numa alternativa, a opção que achou era seguir a ideia original e apenas soltar os ratos, torcendo para que fossem descobertos num tempo hábil, ou... Raven avistou a peruca na mesa de cabeceira. Ela a pegou com movimentos ligeiros. Segurando a sacola de cabeça para baixo, cortou o topo acima do cordel, jogou os ratos na peruca e, antes que pudessem celebrar a liberdade, virou a peruca com eles dentro. Rezando para que a escuridão os acalmasse, ela enfiou a sacola e a tesoura no bolso do avental e se moveu apressadamente para a porta. Ela a abriu e ouviu:

– Sra. Miller?

Raven paralisou, respirou fundo para se acalmar e se virou.

A Sra. Stipe estava de camisola e a encarava.

– O que está fazendo aqui?

Mentir como profissão veio a calhar.

– Queria avisar à senhora que a manteiga está acabando, então não será suficiente para os biscoitos e o mingau. Quando cheguei aqui e percebi que a senhora estava no banho, não quis perturbá-la, e estava voltando para a cozinha.

– Tudo bem. Obrigada por me avisar, mas compre mais da próxima vez – censurou ela.

– Sim, senhora. – Raven deu uma rápida olhada para a peruca na mesa.

Estava se mexendo. Ela desviou o olhar. – Volto logo com seu café da manhã.

– Está bem.

Raven saiu do quarto. Estava na metade da escada quando os gritos começaram.

Ela voltou correndo e escancarou a porta.

– O que aconteceu?!

A Sra. Stipe estava em cima da cama.

– Ratos! – gritou ela, pulando com as pernas magras. – Na peruca! Pegue! Pegue!

Raven olhou pelo quarto e avistou a peruca no chão.

– Para onde foram?

– Não sei! – choramingou ela. – Ah, meu Deus! Pegue eles!

Raven viu um correndo pelo chão.

– Ali! – exclamou a Sra. Stipe.

Ela começou a correr de um lado para outro na cama como se os ratos estivessem lá.

– Preciso da vassoura!

– Faça alguma coisa! Rápido!

Braxton chegou correndo.

– O que houve?

– Ratos! – gritou a Sra. Stipe.

– Traga a vassoura! – implorou Raven.

Ele saiu correndo.

– Ali, outro! – exclamou a Sra. Stipe, apontando e pulando.

Raven o observou escapar pela porta aberta.

– Quantos são?

– Não sei! Pegue logo eles!

A dança desesperada fazia com que a cama quicasse. Um segundo depois, as tiras sob o colchão cederam. A cama quebrou, e Helen caiu no chão. Um rato passou correndo pelas pernas dela. Ela guinchou, chutando e se revirando, e desmaiou.

Brax voltou com a vassoura. Ele observou Helen.

– O que houve com ela?

– Desmaiou.

Os dois se entreolharam.

– Deveríamos verificar se ela se machucou – sugeriu ele.

– Acho melhor. Deixe eu pegar a toalha.

Quando ela voltou com uma toalha úmida, Brax estava ajudando Helen a se sentar. Raven limpou o rosto enrubescido e suado.

– Foram embora? – perguntou Helen, com os olhos desesperados vasculhando o quarto.

– Acho que sim, mas devem estar em algum lugar da casa.

A Sra. Stipe se endireitou, os empurrou e se levantou com dificuldade.

– Me ajudem a arrumar a mala! – ordenou ela. – Sr. Miller, traga a carruagem. Vou para a casa da minha irmã.

Ela saiu, apressada, pelo quarto abrindo as portas do guarda-roupa e jogando as roupas por cima dos ombros.

– E o café da manhã? – perguntou Raven.

– Não fico nem mais um segundo nesta casa até os ratos irem embora. – Ela se virou para Brax e vociferou: – Vá logo! Pegue a carruagem!

Ele saiu do quarto.

Ela pôs uma grande mala de viagem sobre a cama e começou a enchê-la com roupas enquanto olhava ao redor do quarto com ansiedade.

Raven achou que o plano absurdo estava funcionando um tanto bem demais.

Helen abriu uma gaveta na mesa de cabeceira e retirou um conjunto de chaves numa corda. Entregou-o a Raven.

– As chaves do quarto de Aubrey e do outro. Limpe os dois! Vou mandar um exterminador quando chegar à casa da minha irmã. Quando ele garantir que é seguro voltar, retorno para casa.

– Sim, senhora.

Pouco depois, ajudaram a Sra. Stipe a subir na carruagem e ela e Brax partiram. De pé na varanda, Raven observou a carruagem sumir de vista, depois subiu a escada para começar a busca.

Ela procurou no quarto de Helen primeiro e, depois, no quarto fedorento e empoeirado que um dia fora ocupado pela mãe da patroa. Em seguida, foi para o quarto do marido. Quatro horas mais tarde, não tinha encontrado nada: nada de Declaração da Independência, nada de painéis escondidos na parede, nada de gavetas com fundos falsos, nada guardado nos armários, na escrivaninha ou nas bainhas de vestidos velhos no baú, e nada de esconderijos em lugares ocos na cama. Não havia nada no colchão do quarto da mãe nem dentro dos livros nas estantes ou dos poucos deixados na escrivaninha. Raven até varreu as cinzas das lareiras do quarto de Helen e da mãe, torcendo para encontrar um buraco secreto nos tijolos, mas isso também foi em vão.

Quando se sentou com Braxton para jantar, ela estava decepcionada e mal-humorada.

– E se não estiver mesmo aqui? – perguntou ela.

Ele deu de ombros.

– Não sei.

– Se Welch aparentasse ser uma pessoa sensata, eu não teria receio de compartilhar minhas dúvidas, mas nada nela é sensato. É por causa disso que estamos nessa confusão, para começo de conversa.

– Verdade. Mas você acabou conseguindo tirar Helen da casa, então se dê crédito por isso.

– Pode ser. – Mas esse pequeno sucesso não tinha levado ao resultado esperado para se livrar de Welch. – Ainda preciso olhar a lareira no quarto dele. Vou varrê-la depois que acabarmos de comer, mas duvido que o que procuramos esteja lá. – As ameaças de Welch de mandar suas famílias para a cadeia colocavam mais peso na frustração de Raven. – Helen disse o que pretende fazer com a cama quebrada?

– Sim. Ela falou que vai usar a que está no quarto da mãe até consertar a dela ou comprar uma nova.

– Está bem. Vai estar preparada quando ela voltar. Depois de varrer a lareira do marido, só quero passar o resto desta noite fazendo nada.

– Você também pode dormir durante o dia.

Raven arregalou os olhos.

– Meu Deus! Eu posso mesmo, não é? Não posso ficar sem fazer nada até o meio-dia, mas talvez eu possa levantar uma hora mais tarde.

– Você é quem sabe.

Raven não conseguia se lembrar de já ter tido tal opção como empregada.

– É pedir muito desejar que Helen fique com a irmã para sempre?

– Deve ser.

– Vou me contentar com o que tenho. Vamos lavar essa louça e partir para a lareira.

Quando as tarefas na cozinha acabaram, eles voltaram para a casa principal e subiram para o quarto de Aubrey Stipe.

Quando terminaram de varrer, seus sapatos, roupas e mãos estavam mais uma vez cobertos com uma fina camada de cinzas.

– Vou ter que varrer aqui amanhã e espanar tudo para me livrar disso – comentou ela, sacudindo a frente do avental.

O chão de pedra da lareira teria que ser varrido também, mas as lousas estavam visíveis. Raven pegou um lampião, regulou o pavio para emitir mais luz e engatinhou para dentro.

– O que está fazendo?

– Procurando um esconderijo. – Depois de apoiar o lampião ao seu lado, ela passou as mãos já sujas pela parede e se levantou, avançando o máximo que pôde para dentro com as costas curvadas. – Às vezes, essas casas velhas têm... – Suas palavras se esvaíram quando passou a mão pelo que parecia ser uma alavanca.

– Têm o quê? – perguntou Brax.

– Alavancas.

No Norte, onde as lareiras eram usadas diariamente durante o inverno, o calor das chamas teria derretido o metal. Sendo ali o Sul, onde as lareiras eram usadas com menos frequência, a alavanca girou com facilidade e o pedaço de pedra da parede ao qual estava conectada se abriu. Uma fumacinha de poeira saiu, fazendo Raven tossir, e ela saiu da lareira para limpar os pulmões.

– Deixe-me pegar um pouco de água – disse Brax, preocupado.

Diferentemente da cabana, a casa tinha encanamento. Depois de descer até a sala de jantar e pegar uma xícara, ele a encheu com água do banheiro de Helen e a entregou a uma Raven ainda um pouco atordoada. Ela bebeu.

– Melhor? – perguntou ele.

Depois de um momento, Raven assentiu e lhe devolveu a xícara.

– Agora vamos ver o que há aí dentro, se é que há alguma coisa – disse ela, rouca.

Dentro havia uma caixa de metal velha. Antes de puxá-la, ela usou o lampião para examinar o buraco e garantir que não havia nada conectado à caixa que pudesse indicar ao dono que tinha sido removida. Não enxergando nada e torcendo para que não tivesse ignorado alguma coisa, Raven retirou a caixa lentamente e se afastou.

Avaliando-a, estimou que não deveria ter mais do que 30 centímetros de profundidade e 8 centímetros de altura. Estava trancada com um pequeno cadeado que precisava de uma chave. Ela ergueu a caixa para estudar o peso. Não queria ter passado por tudo aquilo só para descobrir que ela estava vazia, mas concluiu que ninguém esconderia uma caixa vazia. O peso indicava que havia algo dentro. Duvidava de que a chave do cadeado estivesse no chaveiro que Helen lhe dera mais cedo. Pegando-o no bolso da saia, ela experimentou todas as chaves e viu que estava certa.

– Vamos limpar aqui e levar isso para a cabana. Acho que tenho um jeito de abri-la.

Após guardar as pás e jogar as cinzas na fogueira, Brax se juntou a Raven. Ela estava sentada no sofá procurando algo na mala de viagem azul desbotada. Por fim, ela tirou uma sacolinha vermelha de veludo e deu um sorriso triunfante.

– Achei.

– O que tem dentro?

– Gazuas.

Sem saber ao certo o que fazer com essa mulher e seus vários talentos, ele a observou em silêncio. E, apesar de seus sentimentos crescentes por ela, momentos como esse o faziam debater mais uma vez as ilegalidades em que os Moreaux se envolviam. Ele sabia que tinham sido originadas por necessidade, mas não podia apagar magicamente os valores com que tinha sido criado.

Ela o encarou.

– Está me julgando de novo?

– Você é muito perspicaz.

– E você não é muito bom em esconder os pensamentos. Estou tentando impedir que minha família e a sua vão para a prisão, Steele. Desculpe se isso incomoda você.

Apesar das palavras, não havia um tiquinho de remorso em sua voz. Ele a tinha ofendido e não sabia o que fazer em relação a isso também.

– É difícil mudar.

– Pelo menos você é sincero.

Depois daquela afirmação fria, ela se concentrou em encaixar as várias gazuas no pequeno cadeado. Na terceira tentativa, o cadeado abriu. Ela o tirou e abriu a caixa. Brax se aproximou para olhar melhor.

Havia vários itens apoiados numa bandeja de veludo. Joias, uma caneta-tinteiro de ouro e uma bolsinha de algodão cheia de objetos desconhecidos. Havia um broche que ele queria examinar, então estendeu a mão para pegá-lo. Raven bateu nela.

– Tudo tem que ser colocado de volta exatamente como estava. Vamos memorizar as posições primeiro.

Brax admitiu que aquilo nunca teria passado por sua cabeça. Ele afastou a mão e esperou. Raven ergueu a bandeja. E, quem diria, havia um rolo de papel marrom grosso ali, com algo escrito em letras cursivas do lado de fora. Ela lhe entregou o rolo.

– O que diz? – perguntou.

– Declaração de Independência. Dezessete e alguma coisa. O resto da data está desbotado, como se o papel tivesse sido molhado em algum momento.

Os olhos de Raven brilhavam com a mesma empolgação que ele sentia. O topo estava selado com um círculo de cobre.

– Acho que vamos precisar de um canivete para abrir isso – disse Brax.

– Eu tenho um.

Ele o encontrou nas suas coisas e retornou.

– Tome cuidado – alertou ela.

Ele assentiu e delicadamente usou a ponta do canivete para arrancar o círculo de cobre. Feito isso, sacudiu o documento que estava dentro do rolo. Com o mesmo cuidado, o desenrolou e sorriu.

– É isso.

– Aleluia! – exclamou ela, empolgada.

Ele riu e sentiu que queria gritar o mesmo. Eles observaram o documento por um instante e, dito e feito, as assinaturas dos signatários estavam fora de ordem, exatamente como Welch descrevera. Eles compartilharam um olhar de triunfo. Após devolverem a Declaração para o rolo e o selarem, colocaram-no de lado enquanto Raven olhava uma pilha de papéis na caixa. Brax tirou um momento para explorar os objetos na bandeja. O broche era encrustado de pedras preciosas: diamantes, rubis e esmeraldas. Ele se perguntou a quem tinha pertencido originalmente e por que estava ali. Então o colocou de voltar no lugar. A sacolinha tinha moedas que, pela sua estimativa, valiam centenas de dólares.

Raven ergueu um maço grosso de notas de 100 dólares Confederados.

– É a primeira vez que vejo uma mulher numa cinza. Sabe quem é?

As notas dos Confederados, conhecidas como cinzas, foram inicialmente distribuídas durante a guerra, assim como as notas da União, verdes. Brax estudou a nota e de fato reconheceu a mulher.

– É Lucy Holcombe Pickens. Ela foi a primeira esposa do governador da Carolina do Sul. Vi muitas dessas quando estive aqui com o 54º Regimento.

– Valem alguma coisa hoje em dia?

– Não que eu saiba. Não valiam muito durante a guerra também.

Ela lhe entregou os papéis que encontrara.

– Não sei bem o que são, mas me parecem cobranças de dívidas.

Ele leu algumas.

– Tem razão, e, se ainda são executáveis, o senador Stipe está atolado em dívidas. – Brax leu outra. – Acredito que a Sra. Helen não vai gostar de saber que ele perdeu a escritura deste lugar para alguém chamado Syvester Reed.

– Ela vai mesmo matá-lo.

Ele leu mais.

– De acordo com o que diz aqui, a dívida é do inverno passado, e ele tem até o final deste mês para recuperar a propriedade. Será que perdeu no jogo? – Brax leu mais algumas cobranças. – Você não vai acreditar nisso, mas ele prometeu a escritura para outras três pessoas.

Raven ficou olhando.

– Esta tem a assinatura de um homem chamado Warlock. Esta aqui, de um homem chamado Crenshaw, e esta é assinada por um tal de Phillip Davison. Todas têm prazo entre hoje e setembro.

– Ah, sim. Ela vai fazer picadinho dele.

– Você vai contar isso a Welch?

– Não. Meu instinto me diz que quanto menos ela souber, melhor. Mas eu queria mesmo saber se ele ainda deve dinheiro a esses homens e quem podem ser.

– Outros oficiais do governo?

– Talvez. Vou passar os nomes para mamãe e ver se ela consegue algumas respostas com os parentes daqui. Enquanto isso, vamos levar essa caixa de volta para o esconderijo. Vamos ficar com essas quatro cobranças e nosso prêmio. Quero passar o rolo para Welch o mais rápido possível, para podermos ir embora daqui. Vamos ficar com as cobranças. Tenho certeza que Renay pode achar uma utilidade para elas.

A missão estava quase no fim. Brax estava contente, mas não com a ideia de ir para casa sem ela.

Após devolverem a caixa ao esconderijo, eles trancaram a casa e voltaram para a cabana a fim de se livrarem das cinzas. Com o trabalho do dia terminado, eles se sentaram na varanda para relaxar.

– Quando quer entregar o rolo a Welch?

– Amanhã à noite, antes de sumirmos. Quanto mais cedo ela sair do nosso pé, melhor. Queria que pudéssemos partir hoje à noite, mas não é possível. Já está escuro e, embora eu saiba onde meus primos moram, nunca fui até lá tão tarde. O interior fica um breu à noite e não quero arriscar me perder ou me deparar com patrulhas de supremacistas à procura de alguém em quem praticar o ódio.

Brax concordou. Ela ficou quieta e pareceu perdida em pensamentos, fazendo ajustes finais no plano, supôs ele, então entrou para pegar os jornais que tinha comprado naquela manhã após levar Helen até a irmã. Quando voltou, se sentou na varanda e os examinou. Uma nota colocada de forma saliente chamou sua atenção.

– O número de mortos pela febre amarela está subindo em Nova Orleans – contou ele.

Raven desviou o olhar.

– Não é algo que eu queria ouvir. Torço para que consigam encontrar a cura. Sofremos com isso todo verão desde que me entendo por gente. Espero que minha família não tenha sido afetada.

–Também espero.

– Mais alguma coisa importante aí?

– Parece que não. A maioria das notícias são locais, como a matéria sobre o baile de Causas Perdidas para o qual Helen quer sua ajuda.

– Ela vai ter que achar outra pessoa. Vamos ao mercado de manhã para pedir a mamãe que envie alguém para nos buscar. Partir amanhã à noite vai lhe dar tempo para conseguir bilhetes de trem para nós também. Não quero ficar aqui mais do que o necessário.

– Se sua mãe não estiver no mercado, acha que devemos ir até onde ela e meu pai estão hospedados e conversar sobre nosso plano de saída?

– Eu gostaria de evitar levar a carruagem de Helen, para que ninguém lhe diga que nos viu em certo lugar. Se rastrearem a localização até meus primos, eles vão acabar sendo interrogados por qualquer motivo. Todo mundo parece conhecer todo mundo aqui, e as pessoas falam. E se Helen mandar avisar que decidiu voltar para casa amanhã enquanto estivermos fora? Ela talvez tolere um pequeno atraso para buscá-la na irmã porque fomos rapidinho ao mercado, mas não teremos desculpa se levarmos mais de uma hora para responder porque fomos até a casa da minha prima. Todo dia minha prima vai ao mercado, então vamos rezar para que mamãe esteja lá.

Ele não tinha considerado todas as variáveis.

– Verdade.

Não era de admirar que ela tivesse problemas para dormir.

O rosto de Raven assumiu uma seriedade que combinava com seu tom.

– Imagino que você esteja ansioso para ir para casa e se livrar de tudo isso.

Ele relembrou a conversa deles sobre ser difícil mudar.

– Por um lado, sim. Por outro… Não sei bem.

Baseado na conexão crescente entre eles e na intimidade que compartilharam, ele sentiu que ela tinha entendido o que quis dizer.

Mas não comentou sobre isso.

– Com sorte você estará a caminho de casa logo.

Ele também não comentou e apenas assentiu enquanto lembrava outra conversa que tinham tido – sobre o tipo de homem que Raven queria na vida, um que a amaria como se ela fosse o ar e a aceitaria como ela era, com defeitos e tudo. Ele gostava de estar com ela, e não só na cama. Admirava seu espírito, sua inteligência, sua devoção à família e, de muitos modos, seus defeitos. E ainda assim Brax não sabia como completar esse pensamento, ou se deveria. Em algum momento, talvez em breve, as respostas precisariam ser dadas.

– Já que estamos celebrando, e eu não tenho que acordar tão cedo de manhã, gostaria de ler para mim aquele livro, *Alice*, de que gosta tanto?

Ele sorriu.

– Eu adoraria.

– E talvez me ajudar a lê-lo também.

– Com certeza. – Ele admirava sua bravura e ainda estava tocado pela confiança que ela depositara nele. O crepúsculo tinha surgido, e os mosquitos estavam aparecendo. Ele bateu em um. – Que tal entrarmos para fugir desses mosquitos?

– Boa ideia.

Dentro, ele pegou o livro e se sentou ao seu lado na beira da cama.

– Qual é mesmo o título?

– *Alice no País das Maravilhas.* É um livro infantil escrito por um britânico chamado Lewis Carroll e publicado em 1865. O nome verdadeiro de Carroll é Charles Lutwidge Dogson.

– Acho que eu me chamaria Lewis Carroll também.

Isso o fez sorrir.

– Está pronta para eu começar?

– Estou.

A primeira página era uma ilustração do Rei e da Rainha de Copas.

– A rainha parece estar com muita raiva – observou ela, olhando a imagem. – De quem ela está com tanta raiva?

– De tudo e de todos, como veremos.

– Eu não sabia que teria imagens, mas faz sentido, se foi escrito para crianças.

– É bem isso. O livro começa com um poema sobre como e onde a história foi concebida. Dogson e um amigo reverendo estavam numa viagem de 13 quilômetros num barco a remo com três jovens irmãs.

– Eram filhas dele?

– Não. Acho que eram filhas de outro amigo de Dogson.

– Ele estava junto?

– Não, de acordo com as referências que li.

– Que tipo de pai deixa as três filhas num barco a remo por 13 quilômetros com dois homens adultos? A mãe estava lá?

– Acho que os homens eram os únicos adultos.

– Os Moreaux não deixariam Dorrie ou nenhum dos priminhos, menina ou menino, ir a lugar algum com dois homens. E um era reverendo? Já conheci alguns pastores e padres, e a única coisa sagrada neles era o buraco na sola do sapato.

– A excursão pode ter sido totalmente inocente.

Ela ficou impassível.

– Até que se prove o contrário. – Ele aguardou. – Desculpe minhas queixas. Só acho preocupante. Vá em frente e leia o poema.

– Tem certeza?

Ela assentiu.

Ele encarou o brilho mudo em seus olhos e precisou admitir que nunca tinha questionado a possível indecência da viagem em um barco a remo até aquele momento. De acordo com a literatura de referência, o grupo fez outra viagem de barco um mês depois, mas ele achou melhor não contar isso para Raven.

– Você deixaria suas filhas num barco com homens adultos sem você ou um parente lá? – perguntou ela.

– Não.

– Bom.

– Devo ler ou não?

– Leia, por favor. Parei. Prometo.

Então ele leu o poema. Quando acabou, ergueu os olhos para ver se havia mais objeções a caminho. Ela parecia calma, então ele virou a página.

– *Capítulo um. Pela toca do coelho.*

No topo do capítulo havia uma ilustração de um coelho.

– Que colete bonito esse que o coelho está usando. Você já fez um colete para um coelho?

– Até agora, não.

– O que ele está segurando?

– Um relógio de bolso.

– Um coelho que usa colete e tem relógio de bolso.

– Ele está atrasado.

– Para quê?

– Você vai descobrir logo.

Então Brax começou a ler sobre uma Alice de 7 anos encontrando o coelho pela primeira vez e o seguindo pelo buraco. Uma vez lá dentro, ela caiu, descrevendo o que via e o que fazia no caminho.

– Ela devia estar caindo muito devagar, se teve tempo de pegar o jarro de geleia, abrir, ver que estava vazio e devolver para outra prateleira – observou Raven.

– Concordo.

Conforme a lenta queda continuava, Alice ponderou se chegaria ao centro da Terra e que longitude e latitude poderia ser, mas admitiu não saber o que cada palavra significava.

– Não faço ideia também – confessou Raven.

– São linhas imaginárias na Terra para indicar uma localização. Vai encontrá-las na maioria dos mapas de marinheiros. As linhas de latitude vão de leste a oeste. As linhas de longitude cobrem norte e sul – explicou Brax.

– Entendi, obrigada. Você deve pensar que sou muito analfabeta.

– Não. Acho você muito adorável.

– Está flertando comigo para me convencer a tirar a roupa?

– Não, mas fico lisonjeado por pensar nisso. Nunca li para uma mulher sem roupa. Esse livro tem doze capítulos, com certeza podemos transformar isso na nossa própria jornada até o País das Maravilhas antes de acabarmos.

Raven sorriu.

– Só leia, Steele.

– Vejo que esqueceu o meu nome de novo. Devemos tirar uns minutos para refrescar sua memória?

– Não. Quero saber o que acontece com Alice.

– Estraga-prazeres.

– Não faça careta. As mães de Boston e suas filhas vão parar de fazer fila na sua porta se seu rosto emperrar.

Ele riu. Que mulher incrível. Alimentando a alma com os olhos divertidos dela, ele retomou a história.

Alice continuava a queda lenta. Ela achou que estivesse perto da Nova Zelândia àquela altura e se preocupou por não saber se a gata Dinah seria alimentada enquanto estivesse fora.

Brax ergueu os olhos e perguntou:

– Está pronta para assumir a leitura?

Ele torceu para que ela concordasse. Estava gostando do tempo juntos, e ela parecia também estar. Não queria que sua pergunta o estragasse ou encerrasse. Entretanto, ele tinha prometido ajudar, e o momento parecia bom como qualquer outro para começarem.

Raven fez um aceno tenso, e Brax lhe entregou o livro. Ele apontou onde tinha parado. Para aliviar o desconforto que percebeu que ela estava sentindo, disse gentilmente:

– Não há ninguém aqui além de nós dois. Não vou constrangê-la de jeito nenhum.

Ela olhou para a página e em seguida para ele.

– Está bem.

Ele tinha parado no momento em que Alice estava ficando sonolenta enquanto continuava a cair e debatia consigo mesma se gatos comiam morcegos.

Em voz baixa, Raven leu:

– *Ela sentiu que estava…* que palavra é essa?

– Cochilando.

– Ah. *Cochilando, e tinha começado a sonhar que estava… andando… de mãos dadas com…*

– Dinah – orientou ele.

– *E dizendo para si mesma muito…*

Ele olhou para a palavra na ponta do dedo dela.

– Seriamente.

Raven assentiu.

– *… seriamente. "Agora, Dinah, me diga a…*

– Verdade.

– *Você já comeu um morcego? Quando…* – Ela o olhou pedindo ajuda.

– De repente.

– *De repente…* – ela parou, impedida pela próxima palavra.

– Baque.

– *Baque! Baque! Ela se deparou com uma…* – Ela parou de novo, e ele pôde vê-la tentando descobrir a palavra.

– Pilha – ofereceu, calmo.

– *Uma pilha de gravetos e folhas…*

– *… secas.*

– *E a queda acabou.* Graças a Deus!

Ele sorriu.

– *Alice não estava nem um pouco… machucada?*

Ela perguntou com os olhos se tinha lido a palavra corretamente.

– Isso.

– *E ela… deu um pulo?*

Brax assentiu.

– *Ela deu um pulo na…*

– Hora.

– *Hora. Ela ergueu os olhos, mas estava tudo escuro… acima?*

– Isso.

– *Acima; diante dela estava outra grande…*

Ela parou e o encarou.

– Passagem – forneceu ele.

– ... *passagem e o Coelho Branco ainda estava...*

– Visível.

– É assim que se escreve *visível*? Por que não com *z* e *u*? Esse é o som que sai.

– Você tem razão. A língua pode ser muito confusa às vezes.

– Concordo. Deixe eu recomeçar essa parte. *O Coelho Branco ainda estava visível...* que palavra é essa?

– Apressando-se.

– Ah. Está bem. *O Coelho Branco ainda estava visível, apressando-se.*

Ela continuou lendo, se atrapalhando de vez em quando e parando para lhe perguntar sobre palavras desconhecidas e grafias que achava confusas, como a palavra *ensinar*.

– Aqui também tem o *s*, enquanto falamos como *c*.

Ele sorriu e preferiu não comentar sobre palavras com trocas similares, como *consentir*.

Ela leu mais alguns parágrafos e devolveu o livro.

– Vou deixar você terminar. Com a minha lerdeza, nunca vou saber para que o coelho está atrasado ou de quem a rainha está com raiva.

– Mas você foi bem. Acho que apenas precisa de mais prática, só isso.

– É gentileza sua dizer isso.

– É verdade. Quanto mais ler, mais confiante vai ficar e mais palavras vai aprender a pronunciar.

Ele passou alguns minutos explicando como pronunciar as palavras, como procurar sílabas dentro de uma palavra podia ajudar e como a letra *l* frequentemente tinha som de *u* em palavras como *mal* e *balde*.

– Está gostando da história?

– Estou.

Aquilo o contentou. Ele também estava feliz com os esforços dela. Queria que ela fosse tão confiante no mundo escrito como era na vida. Com tudo isso em mente, ele retomou a história de onde ela tinha parado.

No fim do capítulo um, ele fechou o livro e perguntou:

– E então? O que acha da aventura de Alice até agora?

– Garrafas com rótulos de "Me Beba" que fazem você encolher. Bolos com palavras "Me coma" que fazem você crescer. Parece um delírio febril.

Carroll fumava ópio? – Brax jogou a cabeça para trás e gargalhou. – Estou falando sério.

– Sei que está, eu só não esperava que perguntasse isso. Adiante na história nós veremos uma lagarta fumando narguilé.

– Eu sabia.

Ele riu. Ela era mesmo adorável.

– Esse livro é mesmo para crianças? – questionou Raven.

– É para quem foi supostamente escrito, mas acho que foi direcionado aos adultos também.

Ela escondeu um bocejo com a mão.

– Hora de irmos para a cama – comentou ele.

Ela assentiu.

Brax observou o rosto dela e disse:

– E, apesar de minha fascinação com você tirando a roupa, não quero que pense que precisa satisfazer a minha fascinação como pagamento por tê-la ajudado com a leitura.

– Não pensei isso.

– Está bem. Eu precisava dizer, só para você ter certeza.

– Tenho certeza absoluta.

– Bom.

Ela estendeu a mão e a apoiou na bochecha dele.

– Mas quero mesmo lhe dar uma recompensa por ser tão gentil e paciente. Isso é permitido?

Ele cobriu a mão com a dele.

– Se você insiste…

– Insisto – murmurou ela.

A doçura do beijo se moveu por ele como notas suaves de uma sonata, acrescentando ainda mais substância aos seus sentimentos por Raven. A pressão dos lábios dela contra os seus aumentou, fazendo com que ele a puxasse para o colo para responder com uma melodia própria. Eles eram amantes em todos os sentidos da palavra, apesar da ausência de um pronunciamento. Ela era dele. Ele era dela.

O beijo terminou com uma série de selinhos de despedida relutantes que apenas prolongaram as sensações. Ele mordiscou o seu lábio inferior. Ela provocou o canto da boca dele com a ponta da pequena língua quente. Suas mãos começaram a vagar e explorar.

– Devíamos ir dormir – disse ela, sem fôlego.

– Então afaste a boca da minha – retrucou ele, roçando os lábios na pele macia da orelha dela. – Se você parar, eu paro.

Mas não pararam. Botões foram abertos. Mamilos ficaram nus e foram lambidos e excitados. A saia dela foi levantada, e Brax brincou na sombra das coxas arreganhadas pela paixão até que Raven gritasse, abalada pelo orgasmo. Para aumentar a recompensa, ela abriu a calça de Brax, ficou de joelhos e se encaixou lentamente no membro ereto dele. Conforme ela subia e descia num ritmo lento e provocante, ele preencheu a mão com o traseiro dela e perdeu o fôlego e a mente até que o orgasmo o rachou como um raio.

Quando voltou a si, ela sorria.

– Agora podemos ir para a cama.

Ele riu de como ela era totalmente chocante.

– O que vou fazer com você?

– O que acabou de fazer está ótimo.

Ela lhe deu um selinho breve nos lábios, depois desemaranhou seus corpos. Raven o deixou e foi ao banheiro.

Ele se jogou na cama para se recuperar e se perguntou, pela milésima vez, como iria deixá-la quando chegasse o momento de voltar para casa.

CAPÍTULO 13

N a manhã seguinte, enquanto estavam se preparando para ir ao mercado, o exterminador chegou. Na empolgação por encontrar a caixa, Raven se esquecera dos ratos. O nome do exterminador era Willie Samson. Era um homem preto de meia-idade calvo e com costeletas. Um adolescente que o acompanhava foi apresentado como seu filho, Peter.

– A Sra. Helen disse que há ratos na casa – disse ele a Raven, que tinha atendido à batida dele na porta da frente.

– Sim. Pode entrar.

Ele entrou e olhou ao redor.

– Eles estavam aqui embaixo ou lá em cima?

– Lá em cima.

Raven sentiu um pouco de remorso pelo Sr. Samson fazer um trabalho por causa de algo que ela havia instigado, mas ele ser pago pelo trabalho fez com que ela se sentisse melhor.

– Sabe quantos eram?

– Só vi três.

Ela o levou até o quarto de Helen. A cama quebrada ainda estava no chão. O Sr. Samson ergueu uma sobrancelha. Raven explicou:

– Quebrou quando ela ficou pulando enquanto os ratos corriam.

Ele segurou a risada.

– Tudo bem. Vou olhar ao redor para ver se descubro para onde podem ter ido. Viu algum desde ontem?

– Não.

– Vou colocar algumas ratoeiras. Se ainda estiverem na casa, as ratoeiras vão cuidar deles.

– Obrigada.

Ela os guiou de volta ao térreo para que pegassem as ratoeiras na carroça e os deixou trabalhar. Estava ansiosa para chegar ao mercado e contar a boa notícia à mãe, mas sabia que não poderia sair antes que o Sr. Samson terminasse o serviço, então rezou para que ele fosse rápido. Estava ansiosa para voltar à sua casa em Nova Orleans; se a sorte continuasse, sua mãe estaria no mercado e ela e Brax partiriam da casa de Helen antes do anoitecer. Como a febre amarela assolava Nova Orleans mais uma vez, ela torceu para que os trens ainda estivessem passando por lá. Queria saber como estavam as tias, Dorrie e o restante da família. Tentou não pensar em quanto sentiria falta de Brax.

Ele estava do lado de fora cuidando da jardinagem, então ela subiu para o segundo andar com a intenção de começar a organizar o outro quarto para o retorno de Helen, já que a viagem até o mercado tinha sido adiada temporariamente. O plano deles de irem embora mais tarde tornava a tarefa no quarto desnecessária, mas ajudava a passar o tempo enquanto o Sr. Samson e o filho trabalhavam. Ela estava desfazendo a cama para colocar lençóis novos quando Brax apareceu na soleira da porta.

– Há um homem lá embaixo que diz ser representante da Montgomery Ward. Quer um catálogo?

Seu queixo caiu.

– Quero!

– Sério?

– É o Renay. Vendedor da Montgomery Ward é um dos disfarces dele.

Brax pareceu confuso.

Balançando a cabeça, ela passou correndo por ele, que a seguiu pela escada. Dito e feito: sob sobrancelhas, bigode e cavanhaque marrom-claros aparentemente reais, porém falsos, estava o primo dela, Renay. Ela o deixou entrar e lhe deu um forte abraço de boas-vindas. Ele e Brax trocaram um aperto de mãos.

– Como vai? – perguntou ela.

– Vou bem. Tia Hazel me mandou para ver como você e Brax estão.

– Achamos o prêmio e estamos prontos para partir. – Ele estava posando de vendedor, o que significava que ela não podia tê-lo na casa por mais do que alguns minutos, então foi direto ao ponto. – Queremos ir embora hoje à noite. Você e mamãe conseguem arranjar isso?

– Com certeza. O sol se põe por volta das oito e meia. Vou estar por perto, à espreita. Use os fósforos como sinal para mim e eu pego vocês.

– Também preciso entregar o pacote a Welch. Você tem lápis e papel? – Ele tinha. Ela recitou o endereço, e ele o anotou. – Vá até a pensão e avise a ela que vou passar lá à noite. Não precisa contar quem você é.

– Isso não deve ser um problema. Onde a coisa estava escondida?

Ela lhe deu os detalhes e contou das cobranças de dívidas.

– Esperto – comentou ele –, mas não é páreo para um Moreau mais esperto ainda. Vou ver como a tia Hazel quer lidar com as dívidas. – Ele se virou para Brax. – Como está, Brax?

– Como Raven, estou pronto para ir embora.

– Preciso terminar a ronda neste bairro para manter o disfarce – avisou Renay. – No caso de surgir algo sobre eu estar aqui... – Ele entregou a ela um catálogo da Montgomery Ward. – Volto hoje à noite.

– Estaremos prontos.

Ele foi embora.

– Agora não temos que nos preocupar com a presença de mamãe no mercado – falou Raven para Brax.

Ela estava aliviada. Eles podiam passar o resto do dia guardando suas coisas e torcendo para que nada adiasse a partida.

– Só temos que aguentar até hoje à noite.

– Sim – respondeu ela, tentando não se preocupar com algo que talvez atrapalhasse o plano deles.

– Vou verificar o exterminador – disse ele.

– Vou com você. Depois eu volto para terminar aquele quarto.

– Colocamos algumas iscas no alicerce da casa – informou o Sr. Samson. – Se me deixar entrar, vou colocar algumas ratoeiras no térreo e no quarto dela, no andar de cima. Voltarei em dois dias para checar. Se as ratoeiras pegarem os malandros antes disso, basta colocá-las com os ratos mortos na lixeira.

Raven o levou para dentro. Ele espalhou as ratoeiras e partiu com um aceno e um sorriso.

Com a ajuda de Brax, Raven terminou o que precisava fazer para aprontar o quarto de Helen. Eles então almoçaram na mesa da cozinha.

– De algum modo vou sentir falta deste lugar – contou ela enquanto comiam os sanduíches de geleia.

Ele sorriu.

– Sério?

– Sim. Mesmo que tenhamos ficado aqui menos de uma semana, vou embora com algumas lembranças boas. Dos sais de banho, de desabotoar a roupa... – Ele deu uma risada. – De *Alice*. Podemos ler mais no trem a caminho de casa – afirmou ela. E então, como se tivesse lembrado que casa significava lugares diferentes para eles, disse: – Ou não.

– A não ser que vá para Boston comigo.

Raven balançou a cabeça.

– Tenho que ir para Nova Orleans ver como minha família está.

No dia seguinte, o tempo deles juntos terminaria. Ela o veria de novo no casamento dos pais, mas, depois disso, com irregularidade, na melhor das hipóteses, e provavelmente ele estaria com a mulher que escolhera para ser sua esposa, uma que se encaixava no mundo de Boston de todos os jeitos que Raven não se encaixava.

Uma voz alta masculina os assustou.

– O que estão fazendo aqui?! Quem são vocês?

Eles se viraram. Raven o reconheceu imediatamente pelo retrato na parede da casa principal e presumiu que Brax também reconhecera. Era o marido adúltero de Helen, Aubrey Stipe.

Brax se levantou.

– Trabalhamos para a Sra. Helen. Sou Evan Miller. Esta é minha esposa, Lovey. Reconheci o senhor pelo retrato na parede. Prazer em conhecê-lo.

O cumprimento não foi retribuído. Em vez disso, ele os encarou com desconfiança. Será que encontrara a caixa vazia? Raven sugerira que Brax escondesse os papéis na latrina por segurança e estava contente por isso.

– O que aconteceu com Dahlia e Sylvester?

– O marido dela está com um parente doente – respondeu Brax. – Eles foram para casa, no Texas. Sua esposa nos contratou há alguns dias.

– Cadê Helen?

– Está na irmã. Vai voltar em alguns dias. Queria fugir dos ratos.

A confusão dele ficou evidente.

– Parece que a casa está infestada – continuou Brax. – Um exterminador veio aqui mais cedo e colocou algumas ratoeiras. A Sra. Helen pediu à minha esposa que limpasse os quartos do andar de cima, porque achamos que os ratos vieram de um deles.

Ele se endireitou.

– Limparam meu quarto?

177

– Sim.

– Tocaram em algo?

– Só na poeira – respondeu Raven.

A aparição repentina de outro homem, mais velho, alto e muito maior do que o baixo e magro Aubrey chamou a atenção deles.

– Por que que está demorando tanto? – indagou ele.

Como Stipe, usava um terno caro.

– Só me dê um minuto – replicou Stipe, ainda observando Raven e Brax seriamente.

– Já dei tempo suficiente. Dê logo essa coisa de que se gabou ser tão valiosa ou cobro a dívida.

Naquele momento, Raven teve uma pista do que se tratava. Aquele devia ser um dos homens nomeados nas dívidas.

– Só precisava saber quem eram esses dois – disse Stipe. – Os antigos criados foram embora. Eu queria checar se não eram invasores. Vou pegar agora. Vamos voltar para a casa.

Stipe partiu, e o outro homem disse:

– Desculpem pela interrupção.

Brax fez um aceno de agradecimento em resposta, e o homem saiu para se juntar a Stipe.

Quando ficaram sozinhos, Brax se aproximou dela.

– Acho que vai ser um caos se Stipe tiver lhe prometido o que estava na caixa.

– Concordo.

Um arrepio de medo passou por ela.

Como se tivesse sentido, Brax lhe disse:

– Não se preocupe, vamos ficar bem.

Ela assentiu, torcendo para que a aparição de Stipe não fosse adiar a partida deles. Ir embora naquele momento era mais imperativo do que nunca.

Estavam voltando para a cabana quando ouviram o homem mais velho gritar:

– Você tem até o meio-dia de amanhã, Stipe! Nem um segundo a mais!

Eles se entreolharam e continuaram andando.

Minutos depois, Stipe apareceu na varanda da cabana e, após escancarar a porta, gritou para eles:

– Cadê?

– Cadê o quê? – perguntou Brax, com raiva.

– Minha propriedade, droga! Sei que está com vocês!

– Não sabemos do que está falando – exclamou Brax.

Em resposta, Stipe agarrou algumas das roupas dela e de Brax no pequeno armário e as jogou no chão. Ele então pegou as malas e revirou os itens lá dentro, enquanto prometia:

– Se eu achar algo meu aqui, vou enforcar os dois antes de o sol se pôr.

Embora enraivecidos, Raven e Brax não tiveram escolha a não ser assistir enquanto ele procurava pelas gavetas da cômoda. Como não achou nada ali que acalmasse sua fúria, ele correu até a cama. Depois de arrancar os lençóis, tirou o colchão da armação da cama, pegou um facão de caça fino e rasgou o tecido para procurar no interior. Em seguida rasgou o sofá, depois as almofadas. Marchou até o banheiro e começou a jogar o conteúdo do kit de barbear de Brax no chão antes de pegar a sacolinha com produtos de higiene. Raven prestou atenção especial no local onde um conta-gotas pequeno caiu. A arruaça de Stipe destruiu o lugar, mas ele não encontrou nada. Virando-se para eles, com o rosto vermelho de suor, rosnou:

– Volto em uma hora! Quero o jantar pronto!

E saiu.

Raven olhou a bagunça deixada para trás. Havia penas da cama e dos travesseiros por todo lugar. O colchão e o sofá iam para o lixo. Suas roupas estavam esparramadas no chão, e as malas, jogadas do lado. A fúria no rosto de Brax partiu seu coração, pois, como seu marido, de fachada ou não, ele não tinha interferido; fazer isso poderia ter lhe custado a vida.

– Violência e terror são tudo que homens como ele conhecem – disse ela baixinho. – Eu prefiro ter você vivo a vê-lo morto. Roupas podem ser consertadas. Você, não.

Os olhos raivosos dele se cruzaram com os dela, e, fossem lá quais fossem seus pensamentos, não foram expressos. Ela respeitou isso. Diante do desprezo, ele tinha o direito de sentir o que sentia de forma privada.

– Sugiro deixarmos essa bagunça como está – disse ela. – Vou começar a fazer o jantar e podemos focar em preparar nossos pertences para quando formos embora. Mas primeiro preciso pegar uma coisa.

Ela entrou no banheiro. Após procurar entre os objetos no chão, pegou o conta-gotas caído. Quando voltou para junto de Brax, ela lhe mostrou o que tinha pegado.

– Stipe vai tirar um cochilo bem longo.

– O que é isso?

– Láudano.

Ele sorriu.

Raven sempre viajava com láudano, pois nunca sabia quando poderia precisar colocar alguém para dormir. Também era um bom supressor de dor. Para esconder o gosto amargo, ela o colocou nos inhames açucarados que tinha empilhado no prato de Stipe e acrescentou só mais uma pitada de açúcar. Também colocou algumas gotas na couve. Por causa do sabor amargo tradicional, ela duvidava que ele notasse. Ela estimava que ele estaria prestes a dormir um pouco depois de terminar a refeição. O relógio na parede indicava que eram três e meia. Ele provavelmente acordaria ainda grogue antes do anoitecer, então ela pretendia lhe dar mais gotas até que chegasse a hora de Evan e Lovey Miller desaparecerem.

Ele retornou para casa na hora prometida, e Raven levou o prato para onde ele estava sentado, impaciente, na sala de jantar. Ela se sobressaltou ao ver a sala de visitas em total desordem, mas supôs que não deveria demonstrar surpresa. Ele precisava da cópia da Declaração e parecia a estar procurando em cada centímetro da casa. As poltronas e o sofá estavam revirados, suas almofadas, jogadas no chão. Alguns dos tapetes estavam parcialmente enrolados. Na sala de jantar, o armário que guardava a louça tinha sido movido e estava virado com as portas abertas e o conteúdo empilhado ao lado. Ela imaginava o estado dos quartos no andar de cima. Enquanto olhava ao redor, ele ordenou:

– Quando eu acabar aqui, limpe esse lugar.

– Sim, senhor – mentiu ela, e imaginou o que Helen pensaria quando voltasse para casa e a encontrasse virada de cabeça para baixo, e o que Stipe pretendia dizer a ela quando o novo dono tomasse posse ao meio-dia do dia seguinte. Mas Raven não perdeu muito tempo pensando nisso; não era da sua conta.

– Precisa de mais alguma coisa?

– Não.

– Volto para checar o senhor daqui a pouco.

– Faça isso.

Pensando em como ele era um homem asqueroso horrível, Raven o deixou e voltou para a cozinha.

Brax se juntou a ela alguns minutos depois. Não conseguiu dizer se ele tinha feito as pazes consigo mesmo, mas decidiu não se preocupar com isso. Ele estava vivo. Era só isso que importava.

– Como ele está? – perguntou ele.

– Vou checar daqui a pouco.

Ela lhe contou da bagunça que a busca de Stipe tinha deixado nas salas de jantar e de visitas.

Brax apenas balançou a cabeça.

– Helen não vai ficar feliz.

– Não, mas estaremos longe a essa altura. – Ela o encarou, e ele sustentou seu olhar. Que homem maravilhoso ele era: cuidadoso, inteligente, orgulhoso. Raven se perguntou se o país algum dia valorizaria os homens pretos do modo que seus entes queridos faziam. – Você tem sido um grande parceiro, Braxton. Obrigada por tudo.

– De nada.

Havia muito mais que ela queria dizer. Mas revelar que tinha se apaixonado por ele não serviria para nada. Ele iria para casa, em Boston, e ela, para Nova Orleans.

– Vamos ver como Stipe está.

Quando entraram na sala de jantar, puderam ver que a droga estava fazendo efeito: ele cochilava sobre o prato. Mas estava lutando contra isso. Quando os viu, havia ira nos olhos sonolentos. Numa voz gaguejante, ele perguntou:

– O que você me deu?

Ela sorriu falsamente.

– Não faço ideia do que quer dizer.

Ele tentou se levantar, mas as pernas cederam e ele se sentou de volta na cadeira. Seus olhos foram se fechando, e ele os forçou a se abrirem.

– Vou matar vocês – ameaçou ele, fraco.

Alguns segundos depois, a droga fez efeito total, e ele caiu de cara na comida.

– Que bagunça ele faz comendo – zombou ela.

Brax deu um sorriso.

– Devíamos movê-lo para que não se afogue na couve ou seja sufocado pelos inhames.

– Acho que sim.

Ambos os resultados estavam bons para ela depois de como o homem os aterrorizara mais cedo.

No fim, eles o deitaram no chão. Raven limpou o rosto dele, e eles o deixaram lá para dormir.

Durante as horas seguintes, ela e Brax guardaram seus pertences e checaram Stipe. Em um momento, Raven entrou na sala de jantar e o encontrou se sentando, mas ainda estava tão grogue que ela poderia ser uma lagosta falante que ele não notaria. Ela se ajoelhou ao seu lado. Os olhos confusos e drogados dele a encararam.

– Onde estou? – perguntou, ríspido. – Quem é você?

– Cleópatra, não se lembra? Aqui. Beba isto. Vai ajudar a clarear a mente.

Ela colocou o copo nos lábios dele, e Stipe bebeu devagar. Um pouco do líquido desceu por seu queixo, mas ele bebeu o suficiente para mandá-lo de volta aos braços de Morfeu. Raven se levantou.

– Bons pesadelos.

Assim que o sol se pôs e caiu a noite, ela lhe deu uma última dose grande. Feito isso, ela e Brax retiraram os itens escondidos na latrina, pegaram as malas e escapuliram para encontrar Renay.

A noite estava tão escura sem a luz do luar que Raven não conseguia ver se Renay estava esperando num veículo por perto, então fez um sinal para ele acendendo três fósforos, um após outro. Segundos depois, um cabriolé se aproximou. Marshall, o filho mais velho de Maisie, a prima de sua mãe que estivera vendendo os ovos e as galinhas com Hazel no mercado, segurava as rédeas. Ao lado dele estava Renay, ainda usando a barba falsa e posando como branco, para o caso de serem parados e questionados sobre suas intenções ou seu destino.

– Obrigada por nos conduzir, Marshall – disse Raven, baixo.

– De nada. Mamãe não queria vocês todos perdidos no escuro. Para onde?

Renay falou o endereço da pensão que ela lhe dera mais cedo, e o cabriolé partiu.

– Avisei a Welch que você entregaria a encomenda dela hoje à noite – disse Renay.

Braxton estava sentado ao lado de Raven no banco de trás. Ele jogou um braço sobre o topo do assento, e ela se aninhou e relaxou a cabeça em seu ombro. Aquilo estava quase acabando.

Havia algumas luzes acesas dentro da pensão quando chegaram, e Raven torceu para que uma delas fosse do quarto de Welch. Não tinha ideia do que faria se a detetive não estivesse lá. Não duvidava de que Welch fosse capaz de estar em outro lugar como forma de prolongar a servidão deles de propósito. A proprietária, uma mulher branca mais velha, atendeu à porta. Ela deu uma olhada em Raven e disse:

– Muito tarde para visitas.

– Não vim visitar. Tenho alguns papéis para entregar a Annabelle Clarkston. Ela está me esperando.

A mulher pareceu cética, mas respondeu:

– Espere aqui.

Ela voltou logo.

– O quarto dela é a segunda porta no corredor. Você tem cinco minutos. Nada mais.

Raven agradeceu, andou até a porta designada e bateu.

– Quem é?

– A pessoa que a senhorita está esperando.

Raven não quis dar o nome, caso a proprietária ou outra pessoa estivesse ouvindo. O melhor modo de desaparecer era não deixar rastros, pistas ou conexões para trás.

A porta se abriu. Raven entregou o rolo a Welch e se virou para partir.

– Espere! – exigiu Welch.

Raven parou.

– Preciso ter certeza de que não está vazio. Entre.

Era a última coisa que Raven queria fazer, mas se com essa pequena concessão ela nunca mais precisasse ver Welch de novo, valeria a pena.

Dentro do quarto, Raven esperou e observou Welch abrir o rolo e extrair o documento. Após desenrolá-lo e o analisar com atenção sob um lampião, Welch sorriu.

– É isso.

Raven queria censurá-la verbalmente por forçar sua família a seguir suas ordens, mas decidiu que não servia para nada. Em vez disso, pôs seu desprezo no olhar de despedida que disparou para Welch ao sair.

A viagem até a casa de Maisie levou uma hora. Ficava no interior, e a noite sem luar estava tão escura que Raven ficou contente por Marshall ter concordado em levá-los. Quando chegaram, sua mãe, Harrison e os primos de Charleston estavam dentro da casa. Abraços e sorrisos foram trocados antes de começarem a conversa séria.

Braxton ficou afastado com o pai e assistiu e ouviu enquanto Raven relatava os eventos dos últimos dias, a descoberta do rolo escondido e o encontro com Aubrey Stipe. Ela passou as cobranças de dívidas para Renay, que disse:

– Conheço um editor local de jornal republicano. Talvez ele fique interessado.

Com isso arranjado, Hazel falou:

– Recebi um telegrama de Eden ontem. Ela e a família mais próxima estão a caminho da casa da prima Dane, no Texas. O número de mortos em casa está agora perto de dois mil, e ela achou melhor eles irem para outro lugar.

Braxton ficou espantado e, pelo semblante dos outros no cômodo, não estava sozinho.

– Desde hoje de manhã – continuou Hazel – o Mississippi não está mais permitindo a passagem de nenhum trem vindo ou indo para a Louisiana, e alguns estados fronteiriços estão considerando o mesmo. Há mortes até em Memphis. Por isso, vou para o Norte com Harrison e vou ficar em Boston até o fim de agosto. Raven, comprei bilhetes para Boston para você também. Nenhuma de nós precisa ir para casa agora. É muito arriscado. Isso também se aplica a você, Renay. Quando acabarmos aqui, vá para Cuba e fique com meu irmão ou vá para St. Augustine ou Savannah e fique com os parentes de lá, mas não vá para casa em Nova Orleans. Não quero enterrá-lo. Todos nós já choramos o suficiente em funerais por causa da febre.

Braxton se recordou de Raven contando dos membros da família que tinham sucumbido à doença no passado. Ele voltou a atenção para ela. Será que ela se negaria a ir para Boston e escolheria ir para Cuba ou para os outros lugares que Hazel mencionou? Ele tampouco queria que ela fosse para casa. Se decidisse não ir para Boston, Brax ficaria decepcionado, mas era melhor do que se preocupar com o risco de ter que enterrá-la. Como se tivesse ouvido os seus pensamentos, ela o encarou e sustentou o olhar por alguns minutos antes de se voltar para a mãe. Ele imaginou o que ela faria. Era egoísta o suficiente para querê-la consigo ainda que não fosse mais do que por um mês. Brax tinha acordado com ela ao seu lado nos últimos dias e queria mais. Queria mais disso, mais sorrisos, mais beijos, mais daquele aroma de rosas encantador de sua pele.

– Quando Stipe despertar, vai ficar furioso – disse Raven. – Ao perceber que partimos, provavelmente vai estar de manhã na estação nos procurando.

– Concordo – falou Hazel. – Eu trouxe nossos hábitos de freiras, caso precisássemos, e estou contente por ter feito isso. Podemos alegar que somos da Ordem de casa ou da que há em Baltimore. Harrison e Braxton podem desempenhar o papel de funcionários da Ordem nos ajudando na viagem.

Braxton estava impressionado. A família parecia sempre estar um passo à frente, e, naquele caso, ele estava agradecido. Stipe ficaria mesmo furioso e moveria mundos e fundos para encontrá-los. Mas ele procuraria um casal, não duas freiras.

– Stipe não vai reconhecer o senhor, pai, mas vai me reconhecer, então acho melhor me barbear – sugeriu Brax.

– Boa ideia – respondeu Raven.

A conversa continuou por mais um tempinho e, depois de debaterem todos os detalhes, era hora de dormir.

Brax cobriu um bocejo com a mão. Ao vê-lo, Maisie gentilmente disse:

– Brax, há uma tenda lá atrás com uma esteira. Pode usar.

– Está ótimo, obrigado. Mas quero me barbear primeiro.

– Quer que eu corte seu cabelo? – perguntou Harrison, e Brax assentiu. – Então vamos começar. Há um lampião no quarto que eu e Hazel estamos usando.

Raven imaginou como ele ficaria de rosto limpo. A barba e o bigode elegantes faziam parte dele tanto quanto sua gentileza. Ela estava ansiosa para ver o resultado.

A voz de Maisie interrompeu a especulação.

– Raven, você pode se esticar aqui no sofá. Vou pegar roupas de cama para você.

– Vem, filho – chamou Harrison. – Vamos dar um jeito nessa barba.

Pouco tempo depois, Harrison removeu o pano jogado sobre os ombros de Brax. Antes de levá-lo para o lado de fora e sacudir os pelos nele, entregou a Brax um espelho de cabo longo emprestado de Maisie para que ele visse o resultado.

– Como está? – perguntou ele.

Brax sorriu.

– Gostei e, mesmo que não tivesse gostado, era necessário me barbear. Estou carequinha.

Harrison riu.

– Está mesmo.

Brax examinou a versão muito aparada de sua barba e o pouco de cabelo que restou para acentuar seu maxilar. Levaria algum tempo para se acostumar com o novo rosto. Estava quase irreconhecível para si mesmo e com certeza estaria para Stipe. Brax não ficava sem barba desde o aniversário de 18 anos.

– O que será que Raven vai achar disso? – questionou ele ao passar a mão pela cabeça macia.

– Importa? – rebateu seu pai.

– Não muito, já que precisava ser feito, mas eu realmente valorizo a opinião dela.

– Gosta dela, não é?

Ele encarou os olhos gentis do pai.

– Gosto. Muito. Verdade seja dita, provavelmente estou apaixonado por ela. Não foi algo que planejei.

– As mulheres Moreau fazem isso com os homens. Já contou a ela?

Ele balançou a cabeça.

– Ela não acredita que somos compatíveis, nem do ponto de vista social nem economicamente.

– Parece a mãe dela e eu algumas décadas atrás, mas estamos juntos agora, e se o destino for gentil, e se você ama mesmo Raven, vocês ficarão juntos também.

Brax sorriu.

– Promete?

– Já menti para você?

– Não, pai. Nunca. E obrigado pela barba e pelo corte de cabelo.

– De nada.

Ele saiu do cômodo e entrou na salinha onde as mulheres estavam sentadas.

– Meu Deus! – arfou Raven em reação à nova aparência dele.

– Muito bonito – afirmou Hazel, sorrindo. – Você está muito majestoso. Tudo de que precisa é uma capa comprida sobre os ombros e um cetro real na mão.

– E talvez um ou dois leopardos postados ao seu lado – acrescentou Raven, com um sorriso. – Stipe definitivamente não vai reconhecê-lo.

– Vamos torcer para que esteja certa.

Ele só tinha olhos para Raven. Havia se acostumado a ficar apenas com ela no fim do dia, só que, naquela noite, para sua decepção, tinham sido separados. Brax se consolou ao saber que ela viajaria para Boston com ele, o que lhe dava algo pelo que esperar.

– Boa noite, senhoras.

– Durma bem, Brax – desejou Raven, baixinho.

– Bons sonhos – respondeu ele.

Na manhã seguinte, eles chegaram à estação de trem de Charleston e encontraram uma gangue de homens armados amedrontando os poucos presentes. Stipe parecia ser o líder. Estava parando casais para olhar seus rostos antes de permitir que seguissem em frente. Com o hábito e o véu de freira e os óculos azuis falsos da mãe, que disfarçavam seus olhos, Raven se sentiu culpada por ser a razão pela qual ele estava abordando e assediando pessoas inocentes. Ela então percebeu que não era culpa sua. A culpada era a detetive Welch, por desencadear esses eventos. Mas a cena era tensa. Ninguém sabia quem Stipe e seus homens procuravam ou por que e, mais importante, o que poderia acontecer se as pessoas fossem ou não encontradas. Em consequência, o povo estava mantendo a cabeça e os olhos baixos e fazendo o melhor para ficar fora do caminho. Ninguém queria perder a vida.

O trem finalmente chegou. Stipe e seu pessoal ainda estavam agarrando mulheres com raiva para que pudesse ver seus rostos, mas deu apenas uma olhada rápida nas freiras e em seus acompanhantes maltrapilhos.

O condutor fez a chamada de embarque. Como ali era a Carolina do Sul, todos sabiam que os passageiros seriam segregados, então as pessoas pretas foram para a parte de trás, e as brancas, para a frente.

O condutor parou o pequeno grupo deles.

– Irmãs, as senhoras podem se sentar no vagão comum, só que terão que ficar na última fileira. Seus acompanhantes terão que viajar com o resto de pessoas da sua cor.

– Que Deus o abençoe por ser tão atencioso, mas iremos viajar com nosso povo – respondeu Hazel.

– Tem certeza? Não quero enviar mulheres de Deus para o vagão de jogos.

– Vamos ficar bem. Nossa fé cuidará de nós.

Ele não pareceu convencido, mas seguiu em frente.

A caminho do vagão de jogos, Raven avistou Stipe montado num cavalo marrom próximo ao trilho, observando a procissão. Seu rosto estava distorcido de raiva, e os olhos brilhavam de ódio. Esse era o primeiro trem do dia, e outros partiriam para vários destinos até o anoitecer. Ela se perguntou se ele pretendia examinar os passageiros embarcando em cada um, embora só tivesse até o meio-dia, antes que o relógio batesse em seu purgatório.

A vantagem de o trem partir tão cedo era que o vagão de jogos estava bastante limpo, e o ar ainda não se tornara asqueroso por causa da fumaça de cachimbos e cigarros. Apesar disso, os assentos eram limitados. Os jogadores já estavam reunidos nas mesas e nos bancos do bar. Pessoas com famílias e crianças pequenas tinham ocupado a maioria das outras mesas; restava apenas uma mesinha desocupada, com duas cadeiras disponíveis. Brax e Raven deixaram os pais ficarem com elas. Sem mais assentos, eles escolheram um lugar num canto não muito longe e se acomodaram no chão.

– Conseguimos – falou Raven com alívio.

O véu esquentava, e ela estava suando por baixo dele, mas teria que aguentar, pelo menos até trocarem de trem.

– Stipe não parecia nada feliz – comentou Brax.

– Não. Em vez de ficar assediando pessoas na estação de trem, ele deveria se preocupar com o que vai acontecer em casa quando o homem aparecer ao meio-dia para buscar o que lhe pertence.

– Concordo.

Apesar do problema com Stipe, Raven gostava de estar com Brax de novo. Tinha sentido falta dele na noite anterior. Ela olhou para a mãe e Harrison. Estavam conversando e pareciam contentes. Ela não tinha como saber quanto tempo a sós os dois tiveram enquanto estavam hospedados com Maisie, mas teriam bastante nos próximos dias durante a longa viagem de trem até o Norte.

– Quer dar uma olhada em *Alice* enquanto viajamos? – sugeriu Brax.

Ela sorriu.

– Quero. Vai ajudar a passar o tempo. Ainda não sei para o que o coelho está atrasado e de quem a rainha está com tanta raiva.

Ele pegou o livro na bolsa e abriu no capítulo dois. Brax lhe mostrou a ilustração.

– Pobre Alice – falou Raven. – O pescoço dela parece mesmo um telescópio. Bebeu aquela poção e comeu o bolo, e não sabe se está indo ou vindo.

Ele concordou.

– Qual é o título do capítulo? – perguntou, esperando que ela respondesse.

Ela olhou as palavras.

– *A piscina de lágrimas*?

– Correto.

– Ah, meu Deus, o que vem agora?

Brax começou a ler, e Raven o ouviu descrever como Alice continuou crescendo tanto que sua cabeça batia no teto e ela não conseguia mais ver os pés. Depois de se perguntar quem calçaria seus sapatos e se os pés ainda a obedeceriam, Alice começou a chorar. Suas lágrimas inundaram o lugar em que estava, e ela achou um leque e voltou ao tamanho normal. Raven ergueu os olhos e avistou um menininho de pé diante deles. Ela tocou de leve no braço de Brax. Ele parou e ficou surpreso também.

– Olá – cumprimentou Raven.

– Oi. Licença. Posso ouvir a história?

Raven ficou ainda mais surpresa. Não tinha percebido que a voz de Brax se estendera até onde o menino estava sentado. Ele parecia ser um pouco mais novo do que Dorrie. Suas roupas eram velhas, mas limpas, e, como a maioria das crianças mais pobres do Sul, tanto pretas quanto brancas, ele estava muito magro.

– Você está com a sua mãe?

Ele assentiu.

– Vá perguntar a ela se ela deixa. Se ela disser que sim, você é mais do que bem-vindo a ouvir.

O rostinho marrom dele se iluminou e ele se apressou até uma mulher sentada no chão a uma curta distância. Raven sorriu com a partida veloz dele. O menino tinha o andar de uma criança que fora ordenada a não correr em lugares fechados, como igrejas ou, naquele caso, vagões de trem.

Ele voltou com a mãe. O cabelo dela estava amarrado, e suas roupas já tinham visto dias melhores, mas havia um sorriso em seus olhos.

– Olá, irmã – cumprimentou ela. – Senhor – disse para Braxton. – Desculpem se ele estiver incomodando os senhores.

– Não está – assegurou Raven.

– Nem um pouco – acrescentou Brax. – Se ele tiver sua permissão, é mais do que bem-vindo a ouvir.

– A história é sobre o quê?

Raven viu que ela era uma boa mãe. Seu filho era educado, e ela o estava protegendo ao interrogá-los sobre o que ele escutaria. Raven escolheu deixar Brax dar a explicação, já que ele conhecia a história muito bem.

Quando acabou com o pequeno resumo, ele acrescentou:

– É um livro infantil.

– Está bem, ele pode ouvir, desde que não incomode. Eu gostaria de ouvir também, se puder. Gosto de ler, mas não temos condições de comprar livros.

Raven sentiu um aperto no peito com a confissão.

– Por favor, junte-se a nós – pediu Brax.

Ela se apresentou como Ellen, e o filho se chamava Aaron. Eles se sentaram e se acomodaram, e Brax continuou a ler o capítulo dois.

Durante as horas seguintes, a audiência deles cresceu. Outras famílias se sentaram por perto ou puxaram as cadeiras. Hazel e Harrison se aproximaram, e até alguns jogadores pararam para escutar. Quando Brax cansou, passou o livro para Ellen, e ela tinha lágrimas nos olhos quando assumiu o conto. Era uma excelente leitora, e seu filho sorria de orelha a orelha. Quando se cansou, um dos jogadores, um homem branco, assumiu a contação da história. Quando chegaram à baldeação, a maioria das pessoas no vagão de jogos estava escutando, sorrindo e debatendo as aventuras de Alice.

Quando todos se despediram de Brax e Raven, ainda vestida de freira, ela notou como Aaron parecia triste. Aparentemente, Brax também.

190

– A senhora tem um endereço para me dar? – perguntou ele a Ellen. – Eu gostaria de mandar alguns livros para a senhora e o seu filho.

Ela o encarou por um longo momento, como se estivesse tentando determinar a intenção dele, antes de responder:

– O senhor não precisa fazer isso.

– Eu sei – rebateu ele, com um sorriso suave. – Mas quero. Ele está sendo bem-criado. Eu ficaria honrado em ajudá-la desse pequeno modo.

A mulher pôs a mãos na boca, e seus olhos brilharam com lágrimas. Muito tocada para falar no momento, apenas assentiu. Raven também tinha lágrimas nos olhos, assim como a mãe, Hazel.

Ellen escreveu o endereço no diário de Brax.

– Estou a caminho de Boston – explicou ele. – Vou enviá-los por correio assim que puder. Pode levar um tempo, mas não vou esquecer. Prometo.

– Está bem – murmurou ela.

Ela pegou na mão do filho, e eles partiram. Aaron se virou para lhes dar um aceno, e eles acenaram de volta.

Raven encarou os olhos do extraordinário homem ao seu lado.

– Você foi tão, tão gentil, Braxton Steele.

– Foi um pequeno gesto. Um dia, em algum momento do futuro, um menininho como Aaron pode crescer e ser presidente.

– Sonhar não custa nada.

– Se não tiver sonhos, eles não se tornam realidade.

O gesto dele a tinha emocionado muito. Ela não lhe contou, mas ele ganharia a maior e melhor recompensa em que ela pudesse pensar assim que tivessem um tempo a sós e sem pressa.

Seu pai deu tapinhas nas costas dele.

– Você é um bom homem, filho.

– Fui bem-criado.

CAPÍTULO 14

Dois dias depois, às três horas da tarde, eles desembarcaram do trem em Baltimore. Harrison e Brax conheciam bem a cidade, então alugaram uma charrete para levá-los à pensão onde sempre se hospedavam quando visitavam a cidade. A dona, uma mulher escultural de pele marrom radiante chamada Freddie England, sorriu quando os viu entrar no estabelecimento.

– Ora, ora. Se não são o pai e o filho mais bonitos da Costa Leste. Como vão, Harry e Brax? Cadê sua barba? E o que é que estão fazendo com duas freiras? A alma deles não pode ser salva, irmãs. É tarde demais.

Todos riram, e as apresentações foram feitas.

Eles lhe contaram que Raven e Hazel não eram freiras de verdade, mas ninguém acrescentou mais nada.

– Tenho dois quartos vagos. Aqui estão as chaves – disse Freddie. – Decidam quem dorme onde. O jantar começa a ser servido às cinco.

Eles subiram a escada para o segundo andar e encontraram os quartos. Harrison e Hazel pegaram um e deixaram Brax e Raven com o da porta ao lado.

Raven ficou contente com o quarto quando entraram. Além da cama confortável com uma colcha azul-marinho que combinava com as cortinas, havia uma pequena área de estar com uma lareira flanqueada por duas poltronas estofadas cor de creme.

– Gostei.

– Freddie tem uma boa pensão. Meu pai e eu sempre nos hospedamos aqui quando estamos na cidade. Ela tem uma equipe de cozinha excelente também.

– Que bom. Estou cansada da comida de beira de trilhos que estamos comendo há o que parecem ser meses.

Ela pôs as bolsas no chão e se jogou, cansada, em uma das poltronas.

– Isso é muito melhor do que o trem. Não vou saber como lidar com a possibilidade de me esticar numa cama de verdade.

– Tenho certeza que podemos dar um jeito nisso juntos.

Ela riu e se lembrou da última vez que ficaram sozinhos.

192

– Senti falta de nós sendo nós.

– Eu também.

Ele se aproximou e se sentou no braço da poltrona. Ela observou seus traços. Embora se conhecessem por um curto tempo, a ligação entre eles era tão profunda que parecia ter sido forjada durante anos.

– Sua barba aparada realmente deixa você muito majestoso.

– Majestoso o bastante para ganhar um beijo?

Ela se ergueu e se aproximou, e o beijo que lhe deu foi profundo e receptivo. Ao ouvir um som rítmico de algo rangendo, Raven se afastou e olhou ao redor, curiosa.

– Que barulho é esse?

– Nossos pais.

Percebendo o que ele quis dizer, seu queixo caiu e seus olhos se arregalaram. O barulho aumentou.

– Pelo amor de Deus. Faz só cinco minutos que eles estão no quarto.

– Devem estar brincando de freira e faz-tudo.

– Pare! – ordenou ela numa voz cheia de humor. – Você é tão sem-vergonha...

– Parece que eles também são.

A gargalhada encheu de lágrimas os olhos dela.

– Onde fica o banheiro? Quero mudar de roupa e ir caminhar ou algo assim. Ficar no quarto ao lado do deles vai me traumatizar pelo resto da vida.

– O banheiro é no fim do corredor.

Ela lhe agradeceu com um beijo e saiu do quarto.

Após trocar o hábito de freira por roupas comuns, os dois saíram. Era um dia quente de julho. Não estava tão quente como em casa ou em Charleston, notou Raven, mas a luz do sol era gostosa. Havia também uma brisa com aroma de água. Ela supôs que viesse do porto. O cheiro parecia mais arejado e leve do que os do Mississippi. Enquanto caminhavam, ela percebeu que o tráfego de bondes e carroças era bem menos congestionado do que em Nova Orleans; e, embora os homens usassem os ternos marrons tradicionais que todos pareciam vestir, não importando a localização, as mulheres vestiam roupas de duas peças sob medida com jaquetas confortáveis, diferentes das costuradas de forma imprecisa que Raven estava acostumada a ver em casa. Todas as mulheres usavam chapéus, alguns chiques, outros simples. Não havia um único *tignon* à vista.

– Tenho uma amiga que é dona de uma loja não muito longe daqui – comentou Brax. – Vamos passar por lá para que você possa conhecê-la.

A placa acima da porta dizia: LOJA DE ROUPAS FEMININAS DE ROSETTA. Na vitrine da frente, um manequim exibia um traje feminino de duas peças verde-oliva. A jaqueta sob medida tinha detalhes em preto e bainhas largas. Raven a achou muito bonita.

– É uma roupa bem bonita – comentou Brax ao seu lado.

– É linda.

– Parece ser do seu tamanho também.

– Mas tenho certeza que não cabe no meu bolso.

Ele sorriu e a deixou passar pela porta e entrar primeiro.

A mulher no balcão, uma senhora idosa de pele bem escura, ergueu o olhar quando eles entraram e sorriu. Ao ver Brax, ela parou por um momento. De repente, como se o tivesse reconhecido, seu rosto se iluminou como uma chama.

– Ah, Braxton, meu querido – disse ela, com a voz cheia de emoção. Ela se apressou até eles e o cumprimentou com um abraço. – Como vai? Quase não o reconheci sem o cabelo.

– Estou bem, Sra. Wells. E como vai a senhora?

– Estou bem também. E quem é essa bela jovem?

– Raven Moreau, uma amiga de Nova Orleans que está de visita.

– Que nome bonito para uma mulher bonita. Sou Rosetta Wells. Bem--vinda a Baltimore. Prazer em conhecê-la.

– Prazer em conhecê-la também, Sra. Wells.

– A mãe dela e meu pai vão se casar – explicou Braxton.

A Sra. Wells bateu as mãos na bochecha de choque e surpresa.

– Harry vai se casar? – Ela se virou para Raven. – Sua mãe é tão linda como a senhorita?

Raven sorriu.

– Na minha mente, ela é a mulher mais bonita do mundo.

– Ah, aquelas velhas ranzinzas de Boston vão cair de cama quando souberem que Harry está fora do mercado. Elas têm tentado agarrá-lo há anos.

Enquanto os dois amigos conversavam, Raven se afastou e observou os itens da loja. Havia roupa para o dia e roupa para a noite. Ela passou por chapéus, luvas chiques e mais manequins com trajes iguais aos da vitrine.

194

Quando avistou a Sra. Wells retirando o traje da vitrine e o colocando sobre o balcão, Raven ficou curiosa.

– Linda Srta. Raven, pode vir aqui atrás comigo e experimentar isto? Quero olhar o caimento – pediu a Sra. Wells.

Raven olhou para Brax. Ele virou os olhos para o teto e começou a assobiar como se não fosse responsável pelo que ela supôs que ele estivesse aprontando. Mas a Sra. Wells tinha sido gentil, e se a compra do traje fosse adicionar alguns dólares à loja dela, Raven colaboraria. Deixaria para brigar com ele quando estivessem sozinhos.

O traje realmente coube. Mas a bainha estava um pouco comprida.

– Só peça para Braxton ou uma das mulheres da loja dele encurtar alguns centímetros e vai ficar perfeito – sugeriu a Sra. Wells. – Há quanto tempo conhece Braxton?

– Não muito.

– Bem, eu o conheço há dez anos, e ele é muito especial para mim.

– Ele é muito especial para mim também – respondeu Raven, com sinceridade.

– Bom ouvir e bom saber. Vamos lá, tire o traje, vamos registrá-lo e mandá-lo para casa com a senhorita.

Depois de vestir as próprias roupas de novo, Raven carregou o traje até o balcão. Pelo jeito, Braxton tinha feito algumas compras enquanto ela estava nos fundos, pois a Sra. Wells registrava uma pequena pilha de outros itens e os colocava numa sacola de lona: luvas, duas saias – uma marrom, uma preta –, blusas e um lindo camisolão de seda. Quando ela acabou, Brax sorriu para Raven e pagou pelo que devia.

A Sra. Wells e Brax deram um abraço de despedida.

– Se cuide – disse ele. – Venho ver a senhora na próxima vez que estiver na cidade.

– Eu adoraria. – Ela se virou para Raven. – Foi um prazer conhecê-la.

– Foi um prazer também. Obrigada.

Eles partiram, e, uma vez do lado de fora, Brax olhou para Raven e perguntou:

– Vou levar sermão?

– Ainda estou decidindo. Conte como conheceu a Sra. Wells.

– William, o filho dela, estava no 54º Regimento comigo e nos tornamos bons amigos. Ele foi gravemente ferido durante uma das nossas últimas campanhas e acabou sucumbindo. No leito de morte, ele me pediu que cuidasse da mãe dele. Era filho único, e ela não tem marido. Prometi que cuidaria. Toda vez que estou aqui, eu passo para vê-la. Às vezes a levo para jantar, às vezes apenas nos sentamos e conversamos. Ela ainda sente muita saudade do filho.

Tocada pela história e por outro exemplo da natureza atenciosa dele, Raven decidiu não brigar. Conforme caminhavam, eles se depararam com uma livraria.

– Vamos comprar os livros para Aaron e a mãe dele – comentou Brax.

Contente por ele manter a promessa, ela o acompanhou para dentro. Sob os olhos do dono do estabelecimento, Brax achou uma cartilha para Aaron, um livro que o ajudaria com aritmética e outro que focava na arte de dominar a caligrafia. Também pegou a autobiografia de Frederick Douglass para Ellen, a mãe de Aaron, e dois exemplares de *Alice no País das Maravilhas*. Após pagar pelas compras, ele arranjou com o dono para que os livros fossem enviados ao endereço que Ellen dera. Mas Brax ficou com um exemplar.

– Você precisa de um novo exemplar? – perguntou Raven.

– Não, você é quem precisa.

E o entregou a ela.

Emocionada, ela disse:

– Obrigada. Vou prezar isso para sempre.

E iria, por causa do papel que desempenhara na conexão deles.

Voltaram para a pensão bem na hora do jantar. Quando se juntaram a Hazel e Harrison em uma das mesas na salinha de jantar, Raven riu mentalmente da paixão burlesca deles e torceu para que, se e quando ela se casasse, fosse com um homem que ainda faria a cama ranger com ela naquela idade.

Brax tinha tido razão quando elogiou a equipe da cozinha de Freddie; a comida servida naquela noite incluía caranguejos recheados, cenouras ao mel, vagem bem temperada e pãezinhos de leite macios e quentes com manteiga. Tudo tinha sido preparado com excelência. Era a primeira refeição de verdade que Raven não tivera que cozinhar ela mesma desde que partira de Nova Orleans, e estava tudo tão delicioso que ela queria se empanturrar até o Natal.

Depois do jantar, os pais se recolheram para o quarto. O trem para Boston partiria no primeiro horário da manhã, e eles queriam descansar um pouco. Nem Braxton nem Raven acreditaram naquilo por um minuto sequer, mas lhes deram boa-noite.

– Freddie tem um gazebo nos fundos – comentou Braxton. – Gostaria de um pouco de ar fresco depois dessa comida maravilhosa?

– Qualquer coisa para não ouvir nossos pais através da parede.

Ele riu.

– Então vamos.

O fim de tarde estava gostoso, e Brax torceu para que o gazebo já não estivesse ocupado. Não estava, e ele e Raven se sentaram juntos no banco no interior. Ele pôs um braço nas costas do banco e, quando ela se apoiou nele, com a cabeça em seu ombro, Brax sorriu, contente. Embora o tempo deles juntos e a sós naquele dia tivesse sido limitado, ele tinha se divertido.

– Então, já decidiu se vou levar sermão por causa das compras na Sra. Wells?

– Decidi. Sem sermão.

– Estou aliviado.

Ela sorriu para ele.

– Deus sabe que não tenho muitas roupas para vestir, e você ajudou a colocar dinheiro nos cofres dela, então não tenho nada mesmo com que ficar chateada.

– Que bom. Gosto muito dela e espero que ela continue trabalhando pelo tempo que quiser.

Ele se perguntou se o que sentia por Raven era amor. Como nunca tinha se apaixonado antes, não tinha nada em que se basear. Se querer ficar com alguém do modo que queria ficar com ela fosse algum indício, ele supôs que estava completamente apaixonado. Seu pai o tinha encorajado a contar a ela. Brax temia que isso pudesse alterar a relação deles. Por ora, guardaria seus sentimentos para si, sobretudo porque não fazia ideia de como ela se sentia ou como reagiria a tal pronunciamento.

– É gostoso aqui fora – disse ela, olhando para ele.

– Concordo.

O gazebo ficava no meio de um campo vasto. Bem distante, árvores grandes balançavam com a brisa. Era um espaço silencioso e calmo.

– Vamos levar quanto tempo para chegar a Boston?

– Uma viagem perfeita leva entre doze e quinze horas. Baltimore fica a cerca de 650 quilômetros de distância.

– Entendo. Então provavelmente amanhã a esta hora você já vai estar em casa.

– Sim.

– Estou ansiosa para ver sua cidade.

– Está?

– Estou. Nosso lar nos molda. Pelo menos, é nisso que acredito. Eu não seria quem sou se não tivesse nascido em Nova Orleans. Quero ver a cidade que formou você... mas não durante o inverno.

Ele riu.

– Então vou gostar de lhe mostrar.

Ele se recordou de Dorrie e do sonho dela patinando no gelo. Será que aquilo realmente aconteceria? Mais importante, ele se casaria mesmo com a incrível mulher ao seu lado? A lógica apontava que as previsões não poderiam de jeito nenhum ser verdádeiras, mas, ao que parecia, a lógica não conhecia bem Nova Orleans.

– Na última noite em que estivemos em Nova Orleans, sua mãe disse que a família deixaria os negócios.

Raven ficou surpresa.

– Disse. Será que ela esqueceu que você estava no cômodo? Porque não deveria ter ouvido isso.

– Talvez sim. – Ele não contou que sabia do Plano de Fanny; em vez disso, perguntou: – Você tem um plano para o que quer fazer no futuro?

Ela deu de ombros.

– Não sei. Minha avó me deixou uma pequena herança que posso usar para comprar uma casa própria, então vou me concentrar nisso primeiro. Não vai ser grande ou chique, mas vai ser minha, e eu talvez consiga deixar de ser doméstica, pelo menos até escolher outro tipo de emprego. Não que eu tenha habilidade para outra coisa.

Ela ficou quieta, como se estivesse pensando antes de continuar.

– Quem sabe talvez eu encontre um homem que goste do meu dom de provocar derrames e nós teremos um bando de bebês, e serei mãe pelo resto dos dias. Há valor nisso. Precisamos de todas as crianças pretas obstinadas que conseguirmos criar. E vou garantir que saibam ler também, desde pequenos. Acho que eu seria uma ótima mãe.

– Também acho que você seria uma ótima mãe.

– Eu tive um grande exemplo.

Ele concordava. Mas não concordava com a parte de ela ter bebês de outro homem. Queria que esses bebês fossem dos dois: dela e dele.

198

Raven sorriu.

– E quando você e sua campeã forem para Nova Orleans visitar mamãe e Harrison, você vai ser o tio Brax e ela vai ser a tia Lottie dos meus filhos, e eu vou ser a tia Raven dos seus. Para os Moreaux, não existem primos numerosos demais.

Brax já tinha decidido que teria uma conversa com Lottie. Talvez fosse difícil, mas ele não se casaria com ela; não depois de ter estado com Raven. Por causa dela, Brax aprendera que paixão, espontaneidade e diversão eram muito mais importantes do que se acomodar com alguém compatível. Ele presumiu que Lottie ficaria desapontada e Brax se desculparia bastante pelos boatos que essa decisão poderia causar. Já que não tinha feito o pedido oficialmente à mãe dela, talvez a fofoca não durasse e Lottie conseguisse seguir a vida dela.

Quando a tarde se transformou num crepúsculo e a temperatura caiu, ele sentiu Raven estremecer de leve.

– É melhor irmos para dentro.

– Acho que sim – respondeu ela, soando decepcionada. – Está gostoso aqui com a paz e a calmaria. Isto me lembra das nossas noites em Charleston. – Ela o encarou. – Eu tinha intenção de aproveitar bem a cama hoje à noite, mas mudei de ideia.

Brax se endireitou. Aquele tinha sido seu plano também.

– Posso perguntar por quê?

– Pode me chamar de puritana, mas não consigo ser depravada sabendo que minha mãe pode e vai nos ouvir através da parede fina como papel. – Ele riu. – Você se importa se tiver que esperar até chegarmos à sua casa?

Brax se abaixou e lhe deu um beijo leve.

– Vou esperar o tempo que quiser.

– Desculpe.

– Você não tem por que se desculpar. Quero que se divirta, não que fique preocupada com o que nossos pais estão pensando, mesmo que pareçam não dar a mínima para o que pensamos deles.

– Espero ser tão livre assim na idade deles.

– Eu também.

E ele queria que essa Raven livre estivesse com ele.

Às nove horas da noite seguinte, o trem parou na estação de Boston. Pelo bem das aparências, era para Hazel e Harrison passarem as primeiras noites na mansão de Brax, mas os pombinhos escolheram ir para a casa de Harrison.

– Vamos para a sua casa amanhã – informou Harrison ao filho.

Eles alugaram uma carroça e foram levados.

– Lá se vai a tentativa de evitar um escândalo – disse Brax a Raven, divertido. – Vamos achar uma carroça para nós.

Conseguiram uma com um condutor branco. Quando partiram, Raven perguntou:

– As carroças não são segregadas aqui?

– Alguns condutores fazem isso. Outros, não. Boston é bem conhecida por suas raízes abolicionistas, mas há preconceito aqui também.

A viagem não durou muito. Depois que ele pagou o condutor, eles subiram os poucos degraus até a porta da frente da alta casa de tijolos. Raven olhou as várias janelas e achou que a estrutura parecia mais a de uma empresa do que a de uma casa. Brax usou sua chave e convidou Raven a entrar primeiro em um dos maiores átrios que ela já tinha visto. Havia um candelabro grande pendurado no teto branco alto sobre sua cabeça, e ela estava admirando o tamanho e a beleza do lustre quando Brax se aproximou por trás.

– Vá em frente – disse ele baixinho.

A sala era tão espaçosa quanto o átrio. Nem os lampiões apagados escondiam o rico tapete no chão ou os móveis de qualidade que ornavam o cômodo. Raven já tinha visto o interior de algumas casas dos *creoles* ricos em Nova Orleans, mas nem aquelas conseguiam competir com esse luxo.

– Você mora bem – comentou ela, observando a beleza dos lampiões, das sancas e da madeira lustrosa dos móveis. Na parede sobre a lareira grande de pedra havia uma moldura dourada com o retrato de um homem de aparência firme, com barba grisalha e roupa de marinheiro azul. – É seu avô?

– É. Nelson Rowley. Conhecido como Capitão.

– Bem-vindo de volta!

Raven se virou e viu uma mulher branca de meia-idade com um robe branco sobre a camisola entrar no cômodo. Ela era pequena e etérea, como a prima Etta de Raven.

– Ah, meu Deus! Cadê seu cabelo?! – indignou-se ela.

Brax riu.

– Oi, Kate. Sim, estou em casa. Raven, essa é minha governanta, Kate Dublin. Kate, Raven Moreau.

Kate fez uma pequena reverência.

– Prazer em conhecê-la, senhorita.

– Igualmente – respondeu Raven, escondendo o choque de descobrir que Brax tinha uma criada branca.

– Obrigada por mandar o telegrama mais cedo avisando que provavelmente chegaria em casa hoje – falou Kate. – Eu estava começando a me preocupar por não ter notícias suas ou do Sr. Harry.

– Ele está em casa, também, e trouxe sua prometida, a mãe de Raven, Hazel.

Os olhos dela se arregalaram.

– O Sr. Harry vai se casar?

Brax assentiu.

– Vai haver muito luto na cidade de Boston quando a notícia se espalhar. O senhor volta para casa sem cabelo. O Sr. Harry tem uma prometida. Parece que viveram uma bela aventura. Mal posso esperar para ouvir os detalhes.

– Contarei amanhã de manhã.

– Estão com fome? – perguntou Kate, olhando para os dois.

Raven balançou a cabeça. Estava cansada de tanto viajar. Só queria dormir, e relembrar a descrição de Brax da comida sem graça de Boston não a deixava ansiosa para experimentá-la, pelo menos não naquele momento. Ela esperaria. Raven percebeu que o olhar da governanta ficava indo na direção dela, como se tentasse determinar se Raven era mais do que a filha da mulher que se casaria com Harrison. Raven pretendia deixar Brax lidar com qualquer resposta que precisasse ser dada.

– Pode ir para cama, Kate – disse Brax. – Obrigado por esperar acordada. Vou acomodar Raven no quarto de hóspedes. Vejo você de manhã. Estamos os dois exaustos, então vamos só dormir. Tomaremos café da manhã na sala de jantar.

– Tudo bem. Bem-vindo de volta mais uma vez. Foi um prazer conhecê--la, Srta. Moreau.

– Prazer em conhecê-la também.

Após a partida dela, Brax disse:

– Vamos acomodar você. Vou lhe mostrar a casa amanhã.

– Quantos dias isso vai levar?

Rindo, ele pegou as malas deles.

– Venha.

Ele a guiou até uma escada que só podia ser descrita como grandiosa e os dois subiram para o segundo andar. Um corredor pequeno e estreito, delineado por pinturas de vista do mar em ambas as paredes, levava a um corredor muito maior horizontalmente.

– Os quartos ficam nesta ala – explicou Brax. – Por hoje, vou colocar você em um dos quartos de hóspedes, pois nós dois precisamos dormir. Amanhã você pode se mudar para o meu quarto, se quiser. E não se preocupe com Kate saber, ela não faz fofoca.

Raven ficou feliz em saber daquilo, mas, quando o escândalo estourava, a depreciação geralmente era direcionada à mulher. A reputação do homem quase nunca sofria.

Ele abriu uma das portas de madeira brilhantes.

– Esse aqui vai ser seu.

Raven entrou atrás dele e se encontrou em outro cômodo muito bem equipado. A cama de quatro colunas estava coberta por um azul rico que a lembrava do tecido de seda que ele comprara de Etta. A lareira era enorme e feita de pedras elegantes. O pequeno sofá de dois lugares ao lado combinava com o azul da cama, e as janelas estavam escondidas atrás de cortinas azul-claras.

– O banheiro é naquela porta ali. Tem encanamento e uma banheira.

Ela sorriu, pensando que conseguiria usar os sais de banho com perfume de rosas que ele tinha comprado em Charleston.

– Precisa de mais alguma coisa?

– Só de um beijo de boa-noite.

Ele abriu os braços, e Raven foi até ele. Brax satisfez o pedido com um beijo que foi tão calmo e apaixonado que a fez querer mudar de ideia sobre ir direto para a cama. Quando seus lábios finalmente se afastaram, ela foi deixada em uma neblina familiar. Ele deu um beijo terno em sua testa.

– Boa noite, pequeno *corvus*.

– Boa noite – sussurrou ela, e o observou partir.

CAPÍTULO 15

Na manhã seguinte, quando Raven acordou, levou alguns minutos para lembrar onde estava. A linda cama com um dossel anil opulento e lençóis de seda a levou a imaginar se ainda estava sonhando ou se tinha sido transformada magicamente em membro da nobreza, pois o quarto e seus itens pertenciam a uma rainha.

Ela saiu da cama, andou até a janela do tamanho de uma parede e espiou através das cortinas. Ainda estava escuro. Normalmente, àquela hora do dia, estaria preparando o café da manhã enquanto listava mentalmente as tarefas que demandavam atenção. Entretanto, nada daquilo era necessário. Na casa de Braxton, outra pessoa fazia os preparativos e as listas. Como sua hóspede, ela podia se abster e deixar o dia correr, despreocupada, só que Raven não sabia como fazer isso. Era um problema maravilho de se ter, é óbvio, mas parecia estranho saber que ninguém esperava que ela trabalhasse.

Logo, decidiu fazer algo próprio de rainha e entregar-se a um banho.

Quando acabou, vestiu a nova roupa que Brax lhe comprara e ficou surpresa ao achar mais itens na sacola do que tinha visto inicialmente. Supôs que tinham sido colocados enquanto ela estava nos fundos se trocando antes de se unir a Brax e à Sra. Wells no balcão. Havia roupas íntimas, ligas e dois belos pares de luvas femininas.

Após calçar os sapatos, ela arrumou o cabelo e se deliciou com o aroma prolongado das rosas no ar do quarto e em sua pele, fruto do banho com sais. Isso a lembrou do banho que ele tinha lhe preparado em Charleston e da união lenta e cheia de luxúria que se seguiu. Ela esperava em breve ter oportunidade de ser depravada com ele mais uma vez.

Tinha acabado de fazer a cama quando ouviu uma batida leve na porta. Foi até a porta e a abriu. Quando viu Braxton, sorriu.

– Bom dia.

– Bom dia. Dormiu bem?

– Dormi. E você?

– Senti falta de dormir com você ao meu lado.

– Também senti falta de estar lá.

E sentira mesmo.

– Vamos consertar isso hoje à noite, o que me diz? – propôs ele.

– Eu adoraria.

Ele observou o quarto atrás dela.

– Estou sentindo cheiro de rosas.

– Do meu banho mais cedo.

– Ah. O cheiro me faz querer jogar você na cama e procurar por ele lentamente na sua pele.

– Eu também gostaria disso.

Seus sentidos despertados clamavam por ele. Mesmo que o último encontro íntimo deles tivesse sido apenas alguns dias antes, ela sentia como já tivessem se passado meses.

– Gostaria de um orgasmo rápido antes do café da manhã? – perguntou ele, com os olhos brilhando de calor e malícia.

– Tem que ser rápido?

Ele riu.

– E você me chama de depravado.

Brax se curvou e lhe deu um beijo delicado e caloroso.

Depois, entrou no quarto e fechou a porta suavemente.

O que ela avistou em seu olhar poderia ter ateado fogo na sua saia.

– Abra seus botões para mim. Adoro ver você tirar a roupa.

Sustentando o olhar fumegante dele, ela começou a se libertar com lentidão. Brax se curvou e passou aqueles belos lábios quentes na base nua da garganta dela.

– O seu cheiro está divino.

Ele abaixou o corpete e roçou o dedo num mamilo rígido. As lambidas que se seguiram a fizeram se apoiar na porta para evitar que se dissolvesse no tapete. Ele alternou entre provocar sua boca com beijos e saborear seus seios.

– Levante a saia, por favor – pediu ele, com a voz rouca. – Eu a comprei precisamente para momentos como esse.

As sensações dela aumentaram.

– Como você é um homem mau.

Ele beijou a clavícula dela e a mordiscou gentilmente.

– Você faz com que eu a queira meia nua toda vez que a vejo. Abra as pernas.

Ela abriu, e ele a acariciou, a provocou e brincou com ela através da abertura da roupa íntima nova. O tempo todo ele a assistiu reagir à sedução silenciosa, como se ver sua resposta desinibida ao prazer que ele lhe dava alimentasse o próprio prazer de Brax.

– Prometi que seria rápido.

Ele deslizou dois dedos talentosos e se curvou com possessividade para tomar com a boca um mamilo escuro úmido. Ele a mordeu com paixão suficiente para fazer com que o orgasmo explodisse por ela como um raio. Raven sufocou o grito no ombro ainda vestido dele para impedir que fosse ouvido.

– Pelo jeito, você gostou – provocou ele com a voz rouca, continuando a mover os dedos avidamente para dentro e para fora. Trêmula, ela gemeu com aspereza. – Aguarde até a noite – prometeu ele.

Quando ela voltou a si, abaixou a saia com mãos fracas e lutou para recuperar o fôlego. Os últimos repiques do orgasmo ainda ressoavam como um sino distante. Ela não sabia se um dia conseguiria sair daquele quarto.

Brax lhe deu um beijo final e murmurou:

– Bem-vinda a Boston.

No térreo, à mesa de jantar, Raven observou a refeição desconhecida em seu prato. Era composta de batatas e cenouras e o que ela presumiu talvez ser linguiça. Não tinha certeza do que eram os outros ingredientes. Brax estava sentado à sua frente e, quando ela lhe dirigiu um olhar interrogativo, ele respondeu:

– É *hash*, um tipo de picadinho.

– Ah – respondeu ela, desconfiada.

Kate saiu da cozinha com xícaras de café. Raven pegou o garfo e espetou. Não queria insultar a governanta ou ser desrespeitosa. Para uma menina do baixio que crescera comendo bacon, ovos e mingau, aquele prato era bem ruim, mas ela impediu que sua aversão se expressasse em seu rosto.

– Como está, Srta. Moreau? – perguntou Kate.

– Está bom.

Kate se virou para Braxton.

– Ela está mentindo?

A pergunta pegou Raven de surpresa, e ela olhou para Braxton. Ele sorria por cima da xícara de café erguida.

– Pode dizer a verdade, Raven.

Kate aguardou com paciência a resposta.

Raven não queria magoar a mulher.

– Digamos que não estou acostumada a comer isso no café da manhã.

A governanta sorriu.

– Agradeço a gentileza. Sinceramente, não sou muito boa na cozinha, nunca fui.

Raven ficou ainda mais surpresa.

– O avô de Braxton, que Deus abençoe seu coração mesquinho, se recusava a contratar uma cozinheira, então ele obrigava sua bela esposa e todos os outros a se sentarem a esta mesa e comerem minha comida ruim – explicou Kate. – Poucas pessoas que ele conhecia voltaram a aceitar seus convites para jantar depois da primeira visita.

Raven passou de surpresa a estupefata.

– Raven é uma excelente cozinheira, Kate – comentou Brax.

– É mesmo?

– É o que faço para viver. Sou doméstica.

– Não me diga – falou Kate, pasma. Ela perguntou a Brax: – Ela está brincando comigo?

Ele balançou a cabeça.

– A senhorita cozinha e limpa também?

– Sim.

– Bem, estou ferrada. Ah, desculpe minha língua.

Raven riu.

– Saiba que este aqui é um príncipe mimado – disse Kate, apontando para Brax. – Nasceu em berço de ouro.

– Ei! – exclamou Braxton, defendendo-se, divertido. – Achei que você me amasse.

– Eu amo. Isso não muda quem o senhor é. – Ela virou-se para Raven. – Mas ele é um príncipe bom. Não tem uma gota de ruindade no corpo.

Raven gostava de Kate.

– Então pode me ensinar uma ou duas coisinhas? – pediu Kate. – Meu pobre marido, Tom, vive ameaçando me trocar pela cozinheira do bar onde ele geralmente come quando está em casa. Eu gostaria de lhe fazer uma comida que o fizesse sorrir em vez de grunhir. Ele está fora, no mar, agora.

– Eu adoraria ajudar. Quando eu tiver uma chance, vou dar uma olhada em sua despensa e sua caixa de gelo e ver de que vamos precisar.

– Case com ela – disse Kate a Brax.

E voltou para a cozinha.

– Primeiro Dorrie, agora Kate – comentou Brax. – Parece ser um assunto comum por aqui.

Raven revirou os olhos.

– O que vamos fazer hoje, Vossa Alteza?

– Quero mostrar a área para você e depois levá-la até minha loja.

– Eu gostaria disso, mas podemos jantar em outro lugar?

– Podemos. É o que costumo fazer. A comida não é tão boa quanto a sua em Nova Orleans, mas supera a de Kate.

– Você não se importa se eu ajudá-la?

– Vou ganhar um gombô?

– Só se você for um príncipe bom e depravado.

Ele sorriu.

– Desafio aceito.

⌒

Eles partiram de casa a pé para conhecer os arredores da casa dele.

– Chamamos esta parte da cidade de Beacon Hill – contou a ela. – Nosso povo vive neste bairro desde os primeiros dias do país. Na verdade, esta casa aqui foi de George Middleton, líder de um grupo de milicianos pretos conhecido como Bucks durante a Guerra da Revolução.

Raven ficou surpresa com aquilo.

– Acho que nunca ouvi ninguém falar de pessoas pretas que lutaram nessa guerra.

Andando ao seu lado, Brax respondeu:

– Muitas colônias naquela época tinham unidades pretas. O governo se recusou a deixar homens pretos se alistarem no início, mas mudou de ideia depois.

Ele lhe mostrou a Philips School, que se tornou uma das primeiras escolas integradas na cidade em 1855. Eles então pararam na casa do abolicionista e barbeiro John J. Smith e de sua esposa, Georgiana. Continuando o passeio, passaram também pela casa de Lewis e Harriet Hayden. A pensão deles era famosa por prover abrigo a escravizados fugitivos.

Continuaram pela Smith Street até a Causa de Reunião Africana, considerada a igreja preta mais antiga do país.

– Estudei aqui por alguns anos – contou Brax. – E também foi aqui que assinei meus documentos do recrutamento quando me juntei ao 54º Regimento.

– Esse prédio deve ser muito importante para você.

– É, sim. Ele começou como uma Igreja Batista, depois se tornou uma Igreja Metodista Episcopal Africana. A Sociedade Antiescravidão da Nova Inglaterra foi formada aqui por abolicionistas pretos e por William Lloyd Garrison, editor do famoso jornal *Libertador*. A casa de reuniões era o centro da comunidade livre aqui. Então muita coisa histórica aconteceu entre essas paredes. É um dos meus lugares mais estimados.

Raven ficou tocada pelo relato dele sobre o propósito do prédio e pela reverência em sua voz.

– Para onde agora?

– Para minha loja, para avisar a minhas funcionárias que voltei. Quero que você as conheça.

– Mostre o caminho.

A loja não ficava muito longe de onde passeavam. Ficava ao lado de uma barbearia e de uma lanchonete. As palavras LOJA DE ARTIGOS MASCULINOS DE STEELE estavam pintadas na janela com uma letra dourada elaborada que Raven achou muito impressionante. Quando entraram, foram recebidos por gritos empolgados das duas costureiras dele, que o abraçaram como se fossem parentes havia muito perdidos. Ele as apresentou como as irmãs Hattie e Alberta "Bertie" Clemons. Pareciam ter a idade de Raven e sorriram para ela quando foram apresentadas. Raven não conseguia determinar quem era mais velha. Fez um lembrete mental para perguntar a Brax depois. As duas irmãs usavam óculos, tinham a pele marrom e eram corpulentas, mas Bertie era mais alta.

Hattie observou a aparência barbeada de Brax e perguntou:

– Em nome de Fred Douglass, o que o senhor fez consigo mesmo?

– Pensei em experimentar algo diferente.

– Eu gostei – disse Bertie.

Sua irmã não parecia concordar e disse:

– Eu não. Deixe crescer de volta.

Raven achou a troca divertida.

– Foi para essa mulher que comprou a seda azul? – perguntou Hattie.

Raven arregalou os olhos. Ela encarou Braxton.

– Hat! – exclamou Bertie, em um tom de repreensão. – Acho que era para ser surpresa.

– Bem, não é mais. Venha comigo, jovem. Preciso tirar suas medidas para garantir que minha linda criação caiba.

E, antes que Raven conseguisse responder, Hattie a pegou pela mão e a puxou. No pequeno provador, Hattie pegou suas fitas e fez com que Raven virasse para todos os lados enquanto anotava as medidas num pedaço de papel. Raven, impactada com a ideia de que ele tinha comprado a seda para ela, fez o que a baixinha e firme Srta. Hattie mandava.

– A senhorita me lembra das minhas tias – comentou Raven.

– São forças da natureza?

Raven deu uma risadinha.

– Sim, senhorita.

– Bom. Alguém tem que comandar o mundo, já que quem alega estar no comando está fazendo um trabalho terrível. Fique parada para eu medir sua cintura.

Depois de todas as medidas tiradas, Raven foi liberada. Quando ela e Hattie voltaram para a frente da loja, Brax estava conversando com duas mulheres bem-vestidas: uma jovem, outra mais velha. Ambas tinham pele escura e eram extremamente bonitas. A semelhança entre elas levou Raven a acreditar que deviam ser mãe e filha. Atrás de si, Hattie sussurrou:

– Isso vai ser interessante.

Raven se virou, curiosa, esperando que Hattie fosse explicar, mas a costureira não falou mais nada.

Braxton apresentou Raven às mulheres.

– Raven Moreau, essas são Lottie Franklin e sua mãe, Sra. Pearl Franklin.

A campeã. Finalmente achou ter entendido o comentário de Hattie.

– Prazer em conhecê-las.

– Que sotaque inusitado – disse a mãe, empolgada. – De onde a senhorita é?

– Nova Orleans.

– Prazer em conhecê-la, Raven – disse Lottie.

Ela pareceu sincera, então Raven respondeu com gentileza.

– Igualmente.

Pearl, com um vestido cinza que provavelmente lhe serviria melhor anos antes, avaliou a saia e a blusa de Raven e perguntou:

– É costureira nova aqui?

– Não. Minha mãe vai se casar com o pai de Braxton. Ele quis me mostrar sua loja.

– QUÊ?!

Raven supôs que Pearl estaria no grupo das enlutadas.

– Sim, eles se apaixonaram antes de eu nascer.

As irmãs costureiras expressaram surpresa também.

– Por que não nos contou antes? – perguntou Hattie a Brax.

– Porque, quando cheguei aqui, você estava ocupada espalhando segredos, e eu não tive a oportunidade de falar.

Hattie abaixou a cabeça, fingindo estar envergonhada.

– Ele é seu pai? – perguntou Pearl a Raven.

Que mulher rude.

– Isso não é da conta da senhora, mas não.

Pearl se retraiu.

Braxton encarou Pearl com olhos furiosos.

– Raven – chamou Hattie. – Eu soube que há muitas mocassins d'água em Louisiana.

Raven decidiu que amava Hattie Clemons.

– Tem razão, Srta. Hattie. Na verdade, temos uma no brasão da família.

– A sua família tem um brasão? – indagou Pearl.

– A sua não?

Um sorriso fraco apareceu nos lábios de Lottie, o que disse bastante sobre quem ela era e qual relação tinha com a mãe. Raven falou:

– Braxton fala muito bem da senhorita, Srta. Lottie. Estou feliz por finalmente conhecê-la.

Lottie se virou para Brax, que ainda encarava Pearl com olhos enfurecidos.

– É bom saber disso.

Ele fez um aceno para ela.

– É, a comunidade espera que eles se casem em breve. A mãe de Braxton e eu erámos grandes amigas – comentou Pearl.

– Ele também me contou isso – respondeu Raven.

Pearl a olhou de cima a baixo de novo.

– Tenho um compromisso. Alberta, preciso que termine o colete do meu filho a tempo de ele usá-lo no Baile do Capitão. Vou passar por aqui na semana que vem para ver se está pronto.

– Estará, Sra. Franklin.

– Bem-vindo de volta, Braxton – disse Pearl a ele. – Por favor, me informe quando o senhor e o seu pai estarão livres para jantar. Eu adoraria conhecer a noiva dele. Vamos, Lottie.

– Só um momento, mãe. Raven, meus amigos e eu estaremos na Casa Africana amanhã à tarde. Eu adoraria que a senhorita viesse e conhecesse todo mundo.

Raven olhou para Brax.

– A senhorita é quem decide – respondeu ele. – Vou estar aqui trabalhando. Se sair com Lottie, não vai ficar entediada.

– Prometi a Kate que a ajudaria com as compras – disse ela a Lottie. – Se já tivermos acabado, eu gostaria de conhecer seus amigos. A que horas?

– Às duas.

– Tudo bem.

– Vamos nos atrasar, Charlotte – disse a Sra. Franklin, impaciente.

– Estou pronta agora.

Pearl partiu com a filha nos calcanhares.

Depois que ela saiu, Raven falou:

– Se Pearl acha que mamãe vai tolerar esse comportamento rude e condescendente dela, vai acabar sem sobrancelhas.

– Bertie e eu pagaríamos para ver isso – disse Hattie.

– Com certeza.

⌒

Após prometer voltar à loja em breve para que Hattie pudesse dar os toques finais no vestido, Raven se despediu das irmãs Clemons.

– Está com fome? – perguntou Brax quando estavam do lado de fora.

– Então você comprou aquela seda para mim?

– Não deveria ter comprado? – indagou Brax.

Ele ainda estava fervendo por causa da conduta rude de Pearl Franklin e ficaria feliz se nunca mais precisasse ver a mulher. Muitos indagavam como alguém tão doce como Lottie podia ser filha de uma rabugenta tão asquerosa como Pearl.

– Estou tentando decidir.

– Você me contou uma vez que nunca teve vestidos bonitos.

– Isso não significa que eu queria que você me comprasse algum.

– E é por isso que comprei a seda. Tenho a impressão de que você raramente pede coisas para si mesma, Raven, e eu quero enchê-la de presentes por causa disso. Você merece coisas boas.

Eles estavam de pé do lado de fora da loja, e as irmãs Clemons estavam na porta assistindo e ouvindo como se ele e Raven estivessem num palco.

– Temos plateia.

– Não ligue para nós – disse Bertie. – Continuem. Você estava dizendo que ela merece coisas boas. E ele tem razão, Raven.

Brax balançou a cabeça e guiou Raven até a lanchonete ao lado.

– Vamos deixar Shirley nos alimentar e podemos conversar sobre isso enquanto comemos.

– Quem é Shirley?

– Charley Shirley, o dono.

Quando entraram, Brax escolheu uma mesa perto dos fundos. As outras poucas mesas na frente do pequeno lugar estavam ocupadas.

– É você, Brax? Cadê seu cabelo?

Quem perguntou foi o dono. Brax suspirou. Estava se cansando da pergunta.

– Pensei em experimentar algo diferente.

– Está diferente mesmo. Tanto que tive que piscar algumas vezes para reconhecer você. Quem é essa bela moça?

Brax fez as apresentações.

– Raven Moreau. Charley Shirley, o dono.

– Prazer em conhecê-lo, Sr. Shirley.

– Igualmente. Obrigado por iluminar meu estabelecimento.

– Não há de quê.

– A mãe de Raven vai se casar com o meu pai – contou Brax.

– Ela deve ter problema de vista. – Raven gargalhou. – Estou falando sério. Leve sua mãe a um bom médico para checar a vista. Há algo errado se ela acha que vale a pena se casar com aquele sapato de couro velho.

Com um sorriso, Brax perguntou:

– Quais são as opções no cardápio? Que veneno está dando para os clientes hoje, Shirley?

– Viu? Nenhum dos homens Steele vale uma moeda confederada – disse o grisalho Charley a Raven, depois falou o que tinha para oferecer.

212

– Vou querer um sanduíche de presunto, por favor – pediu Raven.

– E você, Sr. Careca?

Brax o encarou.

– O mesmo.

– Está bem. Trago para vocês em breve.

Depois que ele saiu, ela disse:

– Então, sobre o vestido. Você já me deu sais de banho e roupas. O que virá em seguida?

Para si mesmo, Brax pensou: *meu nome, meu amor, uma casa grande e um bando de bebês.*

– Não sei. De que mais gostaria?

Ela sorriu e suspirou.

– Deixe para lá. Obrigada pelo vestido. Não que eu tenha onde usá-lo.

– É claro que tem. O Baile do Capitão do meu avô é em umas duas semanas.

– Eu não frequento bailes, Brax. Sou a mulher que limpa depois que todos os convidados bêbados foram embora.

– Não desta vez. Outra pessoa vai limpar. Você vai poder usar seu vestido e fascinar cada homem no salão.

Ela o observou, em silêncio.

– O que eu faço com você?

– Vou lhe contar hoje à noite. Acho que talvez possamos começar lendo um capítulo de *Alice* com você sentada no meu colo. O que acha?

Ela riu, e ele amou o som.

Naquela noite, dentro dos limites do quarto de Brax, ele amou os outros sons que ela fez: os suspiros quando a beijou; os gemidos quando lentamente se deliciou com seus seios e depois com o espaço entre as coxas arreganhadas; o sibilo apaixonado quando ele a penetrou; e, sobretudo, os sons que fez quando os orgasmos que ele lhe deu a fizeram gritar seu nome. Eles nunca chegaram a terminar o próximo capítulo de *Alice*, mas nenhum dos dois se importava.

CAPÍTULO 16

Brax chegou à loja na manhã seguinte e se surpreendeu com Lottie sentada no banco na frente da lanchonete de Shirley.

– Bom dia, Lottie. Ele só abre às dez.

– Eu sei. Estou esperando para falar com você.

Ele achou aquilo curioso.

– Está bem. Pode entrar.

Ele pôs a chave na fechadura e entrou. As irmãs Clemons não tinham chegado ainda, então ele a guiou até o pequeno escritório.

– Sente-se.

Enquanto ela se acomodava, ele se sentou à mesa.

– Como posso ajudá-la?

Ela não respondeu de imediato. Ele sentiu que ela procurava o melhor modo de começar fosse lá qual assunto sobre o qual tinha ido conversar com ele, então esperou.

– Acho que não devemos nos casar.

Por causa de seus sentimentos por Raven, ele ficou aliviado, mas ainda assim surpreso.

– Posso perguntar por quê?

– Vi o jeito como olhou para Raven quando ela saiu dos fundos com a Srta. Hattie. Você a ama, não é?

– Admito que tenho sentimentos fortes por ela, sim.

– Vi em seus olhos. Você nunca me olhou assim, Braxton.

Ele não sabia como responder.

– Não o estou culpando. Só que... percebi que quero que meu marido me olhe do jeito que você a olha. Eu o observei olhar para Raven o tempo todo em que minha mãe e eu estivemos aqui e a invejei.

– Até conhecê-la, eu não achava que amor era necessário, Lottie. Desculpe se a magoei.

– Ah, não. Não estou magoada. Por favor, não pense isso. Você me ajudou a ver o que eu poderia perder ao me acomodar com o que nós iríamos ter. Você é um homem incrível, Braxton, e um amigo excepcional, mas agora sei que quero mais.

– E não há nada de errado nisso, Lottie.

– Minha mãe vai achar que sim.

– Você não vai se casar com ela.

Lottie sorriu.

– Raven com certeza a colocou no lugar dela ontem. Essa sua Raven é muito corajosa, não é?

– Sim, ela é.

– Depois que saímos daqui ontem, minha mãe só ficou reclamando dela. Eu gostaria de ser corajosa assim um dia.

– Você provavelmente tem mais coragem do que pensa.

– É muito gentil da sua parte dizer isso, mas ainda falta muito para eu me ver nesses termos. – Ela se levantou. – Obrigada, Braxton. Não quero ocupar mais o seu tempo. Sempre gostei de conversar com você, e eu precisava lhe dizer o que estava pensando. Espero que continuemos amigos.

– Com certeza.

– E se você e Raven realmente se casarem, eu gostaria de ser amiga dela também, se ela concordar.

– Acredito que ela gostaria disso.

– Que bom. Vejo você em breve, e obrigada de novo.

– De nada.

Ela saiu e o deixou sozinho ponderando os jeitos incríveis como as coisas se resolviam na vida.

Naquela noite, quando estavam deitados na cama de Brax após outro entardecer fazendo amor, ele lhe contou sobre a visita de Lottie. Deixou de fora a parte do motivo que levou Lottie a decidir que não queria se casar. Em vez disso, falou que ela queria se casar por amor.

– Bom para ela – respondeu Raven. – Mamãe e seu pai passaram aqui mais cedo. Amanhã de manhã vão visitar uns velhos amigos na Filadélfia. Talvez voltem a tempo do baile, talvez não.

Brax balançou a cabeça, achando graça.

– Eles estão se divertindo bastante.

– Concordo.

– Você e Kate foram ao mercado?

– Fomos. Vamos ter comida de verdade nesta casa amanhã. Ela concordou em me deixar fazer o café da manhã.

– Você é hóspede, Raven.

– Você quer comer gombô no jantar ou não?

– Vou calar a boca.

Ela riu.

– Homem esperto.

– Como foi o encontro com os amigos de Lottie? – perguntou ele.

– Não foi bom. A líder do grupo, esqueci o nome dela, estava tentando me tratar como Pearl Franklin tratou. Ela andou pelo cômodo perguntando a cada mulher o que elas consideravam ser sua maior conquista. Uma nos contou da poesia que escreveu. Outra se gabou de todos os livros que já leu. Uma mencionou ter conhecido Frederick Douglass. Então a líder me olhou e me perguntou na melhor imitação da voz de Pearl Franklin se eu tinha alguma conquista.

Brax começou a rir.

– Consigo imaginar sua resposta.

– Eu disse que tinha aprendido a degolar e esfolar um coelho aos 12 anos. Lottie riu tanto que espirrou o chá que bebia pelo nariz. As outras só me encararam, de boca aberta. A líder ficou tão transtornada com a minha resposta de garota do interior que suspendeu o encontro, e todos foram embora. Eu disse a Lottie que ela talvez precisasse encontrar amigos melhores. Quando ela parou de rir, concordou comigo.

– Você é incorrigível.

– E tenho orgulho disso.

Durante as três semanas que se seguiram, Raven e Brax passaram o máximo de tempo que conseguiam juntos. O tempo dele era limitado por causa do seu papel como anfitrião do baile do pai, do trabalho na loja e das muitas organizações que apoiava e ajudava como voluntário. Com a orientação de Raven, Kate se tornou uma cozinheira melhor e seu marido parou de grunhir e ameaçar trocá-la quando voltava para casa do mar. Raven e Lottie se tornaram boas amigas. Faziam compras juntas e conversavam, e Raven lhe ensinou como fazer um *roux* perfeito para gombô e esclareceu todas as dúvidas que a jovem tinha sobre os aspectos físicos do casamento que sua mãe se recusava a apontar, pois mulheres decentes não precisavam saber de tais coisas.

Mas na maior parte do tempo Raven passava bons momentos com Brax, sobretudo no dia em que saíram com o barco dele para uma das muitas ilhas na costa e fizeram um piquenique. Enquanto estavam lá, ele lhe contou sobre como o avô e outros marinheiros abolicionistas ajudaram escravizados fugitivos.

– Os escravizados de lugares como Maryland e Virgínia embarcavam em navios que vinham para o Norte com a ajuda de marujos ou clandestinamente e pulavam do navio à noite perto dessas ilhas. Meu avô e os amigos revezavam patrulhando a área e, se achassem alguém aqui, levavam para Boston, para um lugar onde pudessem receber ajuda. Os fugitivos se mudavam para o Canadá ou se inseriam na comunidade de Beacon Hill.

– Outra coisa que eu nunca soube.

– Era uma rota de fuga marítima. Muitos fugitivos encontraram liberdade desse modo.

Alguns dias depois, uma matéria no jornal reportou algo que ambos acharam interessante. Brax leu em voz alta para Raven:

– *Aubrey Stipe, senador da Carolina do Sul, foi encontrado morto em sua casa. O Sr. Stipe foi mutilado até a morte por sua esposa, Helen, com um machado. Ela foi encaminhada para um centro de mulheres histéricas e, de acordo com a polícia, não será julgada. Não há mais detalhes até o momento.*

Raven balançou a cabeça e perguntou:

– Você prefere pudim de pão ou bolo como sobremesa amanhã?

– Pudim de pão.

Na noite do baile, Kate a ajudou a se vestir e, quando estava pronta, Raven ficou de pé na frente do espelho e se olhou na linda criação de seda anil da Srta. Hattie. Ela amou o corpete ajustado, as mangas curtas, a cauda caída nas costas e a plissagem delicada de cada lado. Era o vestido mais bonito que Raven já tinha usado na vida.

– Braxton vai ficar tão fascinado quando a vir que talvez nunca saia de casa – comentou Kate.

– Obrigada pela ajuda.

– De nada. E se alguma daquelas bruxas tentar menosprezá-la, só as xingue baixinho por mim e se afaste.

Ela e Kate tinham se tornado boas amigas também, e Raven não poderia agradecer o suficiente pela sua gentileza.

– Farei isso.

Com os cabelos presos, luvas combinando e brincos de ouro na orelha – outra surpresa de Brax –, ela se sentia mesmo como uma rainha.

Quase flutuou quando desceu a escada até onde ele, vestindo um terno e uma casaca formais pretos, a esperava.

Observando-a, ele murmurou:

– Meu Deus, Raven. Olhe para você.

Ele parecia maravilhado.

– Está bastante imponente também, Sr. Steele.

Ele continuou a encará-la.

Do alto da escada, Kate disse:

– Brax, o senhor vai se atrasar.

Ele se sacudiu para se recompor, ofereceu o braço a Raven e a escoltou até a carruagem.

O baile era dado na Casa de Reunião Africana. As ajudantes lideradas por Lottie tinham ficado responsáveis pela decoração, e o interior estava cheio de flores. Quando Raven e Brax foram anunciados, aplausos os receberam e olhos se arregalaram por todo o salão com a visão de Raven no vestido. Mas nem todo mundo estava contente. Enquanto ela e Brax caminhavam pelo lugar, Raven percebeu algumas mulheres que sabia serem amigas de Pearl Franklin sutilmente virarem de costas. Raven não tinha participado de muitos eventos formais, mas tinha trabalhado em alguns e sabia reconhecer uma rejeição quando a via. Brax não parecia ter notado, o que a deixou feliz. Não queria que aquelas bruxas estragassem o humor dele. Mas as rejeições continuaram. Lottie também percebeu e se aproximou para dar apoio moral, assim como algumas boas amigas dela. O tratamento era enlouquecedor, constrangedor e, sim, doloroso. Raven disse a si mesma que não se importava, pois, quando voltasse para Nova Orleans, não passaria um minuto pensando nelas, mas Brax vivia ali, trabalhava ali, socializava ali. Raven não queria que os sentimentos dessas mulheres em relação a ela afetassem Brax ou a posição dele na comunidade que ele tanto amava.

Após o jantar, precisando de ar, Raven saiu para a escuridão. Sua mãe e Harrison retornariam para Nova Orleans no dia seguinte, visto que as mortes por febre amarela pareciam estar em declínio. Mas não tinham ido ao baile. Harrison disse que preferiam passar a última noite na cidade com seu amigo Charley Shirley e outros. Raven desejava ter se juntado a eles. Ela e Brax planejavam viajar de volta para Nova Orleans dali a uma semana para o casamento dos pais. Mas, depois do que enfrentara lá dentro, Raven imaginou que talvez devesse voltar mais cedo.

Quando Raven por fim tomou uma decisão – voltaria para casa mais cedo, o que seria melhor para todos os envolvidos –, outros convidados do baile também tinham saído. Ela escolheu aproveitar a brisa fresca só por mais alguns minutos antes de voltar para dentro. Estava parada num lugar que não podia ser visto da porta e, por causa da escuridão, estava quase invisível. Foi quando ouviu a voz de Pearl Franklin.

– Não acredito que ele está exibindo aquela meretriz por aí como se ela valesse algo. Minha filha terminou com ele por causa da associação com ela.

– Soube que Harrison está se exibindo por aí com a mãe dela – acrescentou outra mulher com uma voz que Raven não reconheceu. – Sabe como dizem, tal mãe, tal filha. Os homens Steele têm tal mãe meretriz, tal filha meretriz.

Elas riram.

– Espero que Braxton não esteja planejando se casar com ela – comentou Pearl. – Se eles casarem, vou dar o melhor de mim para que ela receba a pouca consideração que merece. Consegue imaginá-la à sua mesa de jantar com pessoas decentes?

– Não. Nunca. E com aquele sotaque horrível.

– Concordo – acrescentou Pearl. – É óbvio que ele está tão apaixonado que não se importa com a reputação. Seu avô e minha grande amiga, Jane, a mãe dele, devem estar se revirando no túmulo.

Raven escutara o suficiente. Furiosa com elas e de coração partido por ouvi-las menosprezar Brax daquele jeito, ela saiu da escuridão e as abordou. Ambas pularam de susto quando a viram.

– Sim, ouvi cada palavra – disse Raven. – Espero que não cantem louvores no domingo com essas línguas asquerosas e odiosas. Aproveitem o resto da noite.

Ela pôs um falso sorriso engessado no rosto e aguentou até o fim do baile. Quando ela e Brax foram para casa, não lhe contou o que acontecera. Em vez disso, deixou os beijos dele suavizarem sua mágoa enquanto removia a camisola lentamente. Deixou as mãos adoradoras dele acalmarem sua raiva, e a sensação do corpo nu contra o seu aliviar seu desejo de desafiar as bruxas para um duelo. Depois de Brax fazê-la atingir o clímax sobre ele, abaixo dele e em toda superfície plana do quarto, ela nem se lembrava do nome de Pearl Franklin.

Uma rápida batida na porta fez Raven tirar os olhos da mala.

– Pode entrar.

Era Brax. Ele tinha passado o dia trabalhando na loja e o começo da noite dispensando parte dos fundos arrecadados pelo baile da noite anterior para algumas instituições de caridade que o evento apoiava. Raven viu os olhos dele passarem pela mala antes de ele perguntar:

– O que está fazendo?

Ela pôs as camisolas na mala.

– Vou voltar para Nova Orleans de manhã para ajudar mamãe nos preparativos do casamento.

– Achei que iríamos juntos na semana que vem.

– Tenho que ir agora.

– Por quê?

– Porque meu lugar não é com você, Brax.

No momento, ela desejava que tivesse escolhido o caminho covarde e desaparecido mais cedo enquanto ele estava fora; assim, pouparia a si mesma a dor de cabeça. Mas ele merecia saber que ela ia embora. Ela lhe devia pelo menos isso – e muito mais.

– Você deveria ficar com uma mulher mais compatível. – Ela sorriu, lembrando-se das conversas frequentes deles. – Mais parecida com Lottie.

– Mas você sabe que não é isso que quero.

– Você diz isso agora. E se você perceber, no futuro, que ficar comigo foi uma má ideia? E se alguém ou algo do meu passado vier à tona? A última coisa que quero é que minha vida atrapalhe sua posição social. Você é a base da comunidade. As pessoas o respeitam, o admiram. Sou só uma garota do baixio de Nova Orleans. Não tenho sandálias chiques, não uso vestidos elegantes, nem sei como me comportar como uma dama. A última coisa que quero é constrangê-lo de algum modo.

Ela se recusava a contar o que tinha entreouvido no baile na noite anterior.

– Raven...

Ela balançou a cabeça para esconder as lágrimas que derramava por dentro.

– É melhor assim. Passamos um bom tempo juntos, Brax. Você me ensinou muito.

Se ela algum dia quisesse outro homem, ele tinha elevado bastante o nível de exigência.

Havia dor nos olhos escuros que a encaravam.

– Fique, por favor. Os outros problemas não importam para mim. Você é a mulher que quero na minha vida. Fique. Case comigo.

Ela fechou os olhos para impedir que as lágrimas transbordantes escorressem pelas bochechas.

– Não posso – sussurrou ela, emocionada. – Não vou dizer que você merece alguém melhor, porque sei do meu valor. Você merece alguém diferente. Uma mulher que fique confortável no seu mundo.

– Eu nunca me envergonharia de você, pequeno *corvus*.

O apelido apunhalou seu coração.

– Eu gostaria de pensar que nunca faria nada para envergonhar você, Braxton Steele. E posso garantir isso se eu estiver em Nova Orleans, e você, aqui.

– Querida, por favor, fique e me deixe passar o resto da vida amando você.

As palavras potentes quase a derrubaram.

– Eu também te amo, então, por favor, não torne isto mais difícil do que já é. Pode ser? – Suas lágrimas, que se recusavam a obedecer, escorriam livremente. Ela as enxugou. – É por causa do meu amor por você que estou indo para casa. Não quero que seja ridicularizado por ficar comigo.

– Por quem? Alguém disse algo que a magoou? Foi no baile?

– Não importa. Eu não deveria ficar na sua vida, e o amo o suficiente para perceber isso. Como eu disse, você deveria ficar com alguém diferente.

Eles se olharam em silêncio. Ele abriu os braços, e Raven correu para ele e o agarrou com a mesma intensidade que os braços fortes de Brax a agarraram.

– Você está me matando, mulher – murmurou ele.

– Eu sei. Sinto muito.

E ela sentia mesmo, mas não podia ficar.

Ele ergueu seu queixo com gentileza, e ela o fitou através dos olhos úmidos.

– Nunca vou esquecê-lo, Braxton Steele.

Inclinando-se, ele a beijou. Era um beijo amargo, cheio de perda e amor, que se tornou intenso, um adeus desesperado a algo que nunca teriam de novo. Ela o saboreou e deixou que a preenchesse, pois seria a última vez. Quando acabou, ela apoiou o rosto contra o seu coração, e se deixou abraçá-lo e ser abraçada por mais alguns minutos antes de se afastar. Então enxugou as lágrimas.

– Vou inundar este lugar igual a Alice. – Ele deu um pequeno sorriso. – Eu preciso terminar de fazer a mala.

– Tudo bem.

Ele a olhou como se precisasse memorizá-la, e ela fez o mesmo.

Por fim, Brax se virou, saiu do quarto, e Raven ficou sozinha.

Sentado em seu quarto iluminado pelo brilho oscilante do lampião invertido, Brax tentava entender o que tinha acontecido. Tinha se preparado para voltar a Nova Orleans para o casamento, mas presumira que a convenceria de algum jeito a voltar com ele para Boston. Aparentemente, isso não aconteceria, e ele queria abrir a janela e gritar sua dor para a noite. Quem a tinha magoado a ponto de fazê-la sentir que precisava deixá-lo quando tudo de que ele precisava era ela? A pergunta provavelmente nunca seria respondida, adicionando fúria à sua dor. Na semana seguinte, ele viajaria para Nova Orleans para o casamento. Como deveria reagir ao vê-la de novo? Ele nunca forçou seus galanteios nela, mas como poderia ficar perto de Raven e não querer seu sorriso, sua insolência, seu amor? Ela ter professado seu amor por ele tinha levado seu coração a cantar e dado a esperança de que poderiam encontrar uma solução. O homem que a amava como se ela fosse o ar não queria que eles terminassem assim. Ele conversaria com ela pela manhã.

Quando Brax desceu para o café da manhã, Raven não estava à mesa. Ele entrou na cozinha e encontrou Kate retirando do forno uma bandeja de biscoitos.

– Bom dia.

– Bom dia, Braxton.

– Raven não desceu ainda?

Ela parou, e ele avistou tristeza em seus olhos.

– Ela lhe mandou adeus e disse que o senhor a veria no casamento.

– Ela já foi?

Kate assentiu.

– Uma carroça a levou para o trem um pouquinho depois do amanhecer.

Ele foi abatido pela decepção.

– Lamento muito – disse Kate, suavemente. – Ela estava bem infeliz.

Ele imaginou se poderia ir até a estação e alcançá-la antes que embarcasse, mas não tinha ideia de a que horas o trem partiria. Considerando sua sorte, ele já estaria partindo ou teria partido uma hora atrás.

– Obrigado, Kate.

– Vai querer seu café da manhã na mesa ou numa bandeja para que possa levar para o quarto?

– Pode ser na mesa.

– Levo em breve.

– Obrigado.

Ele se sentou à mesa de jantar e observou o sol surgindo pela janela. Pela primeira vez em semanas, Raven não faria parte do seu dia. Nem dos dias seguintes.

Raven conduzia o cabriolé, e Hazel estava sentada ao seu lado no banco. Elas iam olhar uma cabana que uma amiga da família chamada Viola Bing estava vendendo. Não ficava muito longe da casa de Hazel e se o imóvel fosse tão bom quanto alegavam, Raven pretendia usar parte da pequena herança de Fanny para comprá-la. Quando retornara para Nova Orleans três dias antes, ela esperara que o desejo por Brax diminuísse, mas isso não aconteceu. Toda manhã acordava sentindo falta da presença dele ao seu lado na cama, da voz dele e da sua parceria. Nem a empolgação dos planejamentos do casamento a impedia de imaginar o que ele estava fazendo, como estava passando o tempo, se Kate tinha jogado fora seus temperos e estava lhe servindo comida sem sal de novo. Ela ansiava muito por ele, e seu coração ansiava ainda mais.

– Vai ficar deprimida por quanto tempo, querida?

Raven olhou para a mãe.

– Não estou deprimida.

– Então está com essa cara triste por que…?

Raven suspirou. Sua mãe sempre fora muito perspicaz.

– Sinto saudade dele, é só.

– E vai sentir pelo resto da vida se não resolver isso.

– Mamãe. Ele precisa de alguém compatível.

– Você acha que não é boa o suficiente para ele?

– Só acho que ele precisa de alguém diferente.

– Porque você não sabe arrumar uma mesa chique?

Raven focou o olhar no cavalo que as conduzia pela estrada para não responder de um modo que atraísse a ira da mãe.

– Não são só as mesas chiques.

– Mais o quê então?

– É difícil explicar.

– Satisfaça uma velha senhora e tente.

– Só não quero que meu pouco conhecimento sobre coisas como mesas chiques reflitam mal nele.

– Pegue aquela saída ali – indicou sua mãe.

Quando alcançaram a saída, Raven guiou o cavalo e o cabriolé para fora da estrada e pegou uma menor.

– Você foi um camaleão a vida toda – continuou a mãe. – Está dizendo que não pode ser um para aquele homem doce?

– O que quer dizer?

– Quero dizer que você é esperta o suficiente para ter se passado por várias pessoas. Realizou trabalhos que exigiram coragem e astúcia. Alguma vez Brax não a deixou ser você mesma?

– Não. Ele me aceitou, com meus defeitos e tudo.

– Ele comparece ou dá eventos sociais todo fim de semana?

– Não sei, mas acho que não. Pelo menos, não enquanto estávamos lá.

– Então você passaria a maior parte do tempo com ele e uma pequena parte com as pessoas do círculo dele.

– Sim, suponho que sim.

– Então, se você o quer, vai aprender as coisas que precisa aprender, fingir, como se fosse um trabalho, quando tiver que se reunir com o círculo dele, e então voltar para casa e ser você mesma pelo resto do tempo. Parece bem simples para mim. Ali está Viola. Essa deve ser a cabana.

Por um momento, Raven parou para assimilar o conselho da mãe. Nunca tinha visto o problema daquela forma. Pensando melhor, percebeu que sua mãe estava certa. Era mesmo simples.

– Está tendo uma epifania, não é?

Raven riu.

– Eu amo muito a senhora.

– Acho bom. Agora vamos comprar uma casa para você.

O interior era pequeno. Havia apenas um quarto, mas era só do que precisava. De muitos jeitos, o tamanho e a disposição de tudo a lembravam da cabana que ela e Brax compartilharam em Charleston. Tinha até uma varanda para a cadeira de balanço e os vasos de plantas que ela queria ter. Quando Viola citou um preço perfeitamente acessível, Raven entregou o dinheiro, feliz, e Viola lhe deu a chave.

Mais tarde, após o jantar, ainda feliz com a casa nova e uma possível solução para seu dilema com Brax, o bom humor de Raven sumiu quando a detetive Welch chegou acompanhada de dois policiais uniformizados.

– Nós temos um mandado de prisão para Raven Moreau – anunciou um dos policiais.

– Sob qual acusação? – perguntou a mãe, irada.

– Roubo e apropriação indébita.

– Graças à minha investigação, agora tenho toda a evidência necessária para colocá-la atrás das grades por anos – explicou Welch.

Furiosa, Raven não retrucou. Ela foi algemada e levada na frente da mãe e das tias desorientadas. Tinha fé em que a mãe moveria mundos e fundos para libertá-la, e que Welch iria para o inferno por aquela traição. Antes que colocassem Raven na carroça policial, Welch ostentou:

– Isso vai me tornar a detetive mais famosa do país. Vejo você nos tribunais.

Dito isso, ela andou até uma carroça que a esperava, entrou e partiu.

O interior da carruagem policial sem janelas fedia a urina. Um dos dois bancos de metal que serviam de assento estava ocupado por um grupo de cinco homens cujos rostos ensanguentados e raivosos carregavam os sinais de uma briga. No banco oposto estavam sentadas três mulheres quase nuas usando ruge e um homem bêbado que recepcionou Raven gritando numa voz arrastada:

– Bem-vinda à festa, moça bonita.

E, em seguida, prontamente desmaiou no chão. Algemada, Raven passou por cima dele e buscou um lugar vazio perto das mulheres. Uma delas segurou gentilmente seu cotovelo para ajudá-la a se sentar. Raven agradeceu.

– De nada, querida. Por que pegaram você?

– Supostamente, por apropriação indébita.

As três ficaram impressionadas. Uma delas, com uma peruca vermelha tão longa quanto o rabo de um cavalo, disse:

– Eles nos prenderam por sermos boas samaritanas.

A que estava sentada ao lado dela, usando um *tignon* dourado desgastado no cabelo, falou:

– Sim, nós oferecemos ajuda e conforto aos homens necessitados.

O humor delas era contagioso, e Raven sorriu.

Ela e as outras mulheres foram levadas diante de um magistrado no tribunal. Welch estava sentada no fundo da sala, mas Raven a ignorou. Ordenaram que as boas samaritanas pagassem uma multa e as liberaram. Quando foi a vez de Raven, o promotor que representava a cidade argumentou contra fornecerem a Raven algo semelhante. Ele a queria na cadeia até que o juiz chegasse.

– Ela está sendo acusada de liderar um grupo de golpistas que se aproveita de pessoas por todo o país há anos. Um joalheiro de São Francisco é sua vítima mais recente, e ele vai enviar seu depoimento ao tribunal com os detalhes.

Welch se levantou e anunciou:

– Ela vai fugir da cidade se lhe derem fiança.

O magistrado, um homem mais velho de cabelo grisalho, olhou para ela.

– E a senhora é?

– Detetive Ruth Welch, da Pinkerton. Sou a pessoa responsável pela captura dela.

– Entendo. E também é a advogada dela?

Welch riu.

– É óbvio que não.

– Então, por favor, permaneça em silêncio. Só quero escutar os advogados.

Welch ficou vermelha e se sentou. Raven manteve escondido o sorriso presunçoso.

No fim das contas, o promotor e Welch conseguiram o que pediram. Raven foi mandada de volta para a cadeia até o juiz chegar para ouvir seu caso.

Em Boston, Brax estava em sua loja quando um jovem chegou do correio com um telegrama. Brax deu uma gorjeta ao mensageiro e abriu o papel selado. Era do pai. *Raven na cadeia.* Seu sangue correu frio.

Duas horas depois, ele estava a bordo de um trem para o Sul.

Na tarde seguinte, Ruth Welch almoçou no quarto da pensão onde estava hospedada e perguntou a si mesma, presunçosa, se Raven Moreau tinha aproveitado a primeira noite na cadeia. De acordo com o magistrado, o juiz chegaria à cidade em dois dias. Ruth tinha esperado que fosse demorar semanas para abater a soberba da mulher Moreau, mas se conformava em saber que ela estava na cadeia. O depoimento juramentado do joalheiro de São Francisco tinha chegado mais cedo. Eles vinham trocando correspondências sobre o caso havia duas semanas. Ele não vira o rosto da princesa falsa que o tinha roubado, mas a crença inabalável de Welch em que Raven Moreau era mesmo a culpada o convenceu a mentir para o tribunal e dizer que tinha visto. Ela pretendia apresentar o depoimento dele na audiência com o testemunho de Tobias Kenny.

A Declaração da Independência que só tinha sido recuperada com seu auxílio fundamental fora devolvida ao dono, e resolver o caso a fizera ganhar muitos elogios do seu superior. No momento, o caso de Raven estava se resolvendo também, e ela estava contente. Tobias Kenny também estava em Nova Orleans. Tinham se encontrado na noite anterior, e ele trouxera notícias que adicionavam mais munição às evidências que Ruth já coletara. Ele havia conversado com um membro insatisfeito da família Moreau que estava disposto a testemunhar sobre a rede da gangue e os trabalhos passados. Ele tinha perdido a estima deles e sido cortado após ser acusado de não entregar sua parte de um golpe anos antes. De acordo com Tobias, a família considerava o homem morto e não permitia mais que ele participasse das operações do negócio familiar ou de qualquer tipo de reunião da família. Supostamente, ele tinha informação dos negócios deles nos Estados Unidos, no Canadá e do outro lado do oceano. Welch mal podia esperar para falar com ele.

Ela estava se levantando para devolver a bandeja com a louça do almoço à cozinha quando uma batida na porta quebrou o silêncio.

– Quem é?

– Tobias.

Esperando que o encontro não tivesse sido cancelado, ela foi até a porta e a abriu. Ele entrou e falou com ansiedade:

– A senhorita precisa ir para outro lugar.

– Por quê?

– Os Moreaux sabem onde a senhorita está. Dizem por aí que pretendem sequestrá-la hoje à noite para impedir que testemunhe.

– Que absurdo!

Ela admitia que a notícia a preenchia com uma boa dose de medo.

– Eu sei, senhorita. Encontrei um lugar que será mais seguro. Estou com uma carruagem lá fora. A senhorita deveria fazer as malas para eu tirá-la daqui.

– Com certeza.

Ela juntou seus pertences com pressa e os enfiou nas malas. Colocou os arquivos de que precisava para o caso no tribunal na valise e em dez minutos saiu do quarto, pagou a proprietária e foi escoltada às pressas até a carruagem à espera.

– Pode ir atrás – disse Tobias. – Vou com o condutor.

Acenando e sem fôlego, ela abriu a porta e entrou. Havia uma mulher vestida de preto no canto. Ruth hesitou, confusa.

– Olá, Wilma – disse a mulher com sotaque francês. – Lembra-se de mim?

Com os olhos arregalados de alarme, Welch entrou em pânico e rapidamente tentou sair, mas Tobias, de pé atrás dela, a empurrou, fazendo com que Ruth caísse no interior. A porta foi fechada, e o cocheiro começou a se mover.

Do lugar no chão onde tinha caído, Welch encarou o bonito rosto de pele escura da matriarca da família LeVeq, Julianna LeVeq-Vincent, e ouviu:

– Você não devia ter voltado para Nova Orleans, meu bem. Seis anos atrás, você quase fez com que uma das minhas noras perdesse a vida, e desde então meu sangue de pirata tem sede de vingança.

Pavor rachou a voz de Welch.

– Para onde está me levando?

– Para um lugar tão longe que você nunca mais vai incomodar a família de ninguém de novo.

Ruth se jogou na porta, tentando escapar, mas não conseguiu abrir.

– A agência Pinkerton sabe que estou aqui – jurou ela, calorosamente. – Vão começar a procurar quando eu desaparecer.

– Não terá importância, porque não vão encontrá-la. – Julianna sorriu e acrescentou: – Não é legal ser traída?

Dez anos antes, quando Tobias Kenny a traiu, Raven foi mandada para a prisão em Detroit. Diferentemente das mulheres brancas condenadas que eram mandadas para um centro de detenção feminino onde aprendiam coisas como costurar, arranjar mesas e cozinhar, a fim de que talvez se tornassem esposas seguidoras da lei e donas de casa ao serem libertadas, Raven, como todas as outras mulheres pretas, foi encarcerada com os homens. Embora a prisão tivesse a decência de abrigá-los em ambientes separados, os espaços não tinham ventilação e pareciam um porão. A comida lá, que mal passava de um caldo com batatas flutuando nele, era negada se alguém reclamasse da refeição ou de qualquer outra coisa, e as mulheres passavam a noite lutando com tudo em que conseguissem pôr as mãos para impedir que os homens condenados invadissem. Tinha sido a experiência mais aterrorizante e horrível da vida de Raven. Ela recebera uma sentença de três meses e, quando enfim voltou para Nova Orleans, enfraquecida e cheia de piolhos, jurou que nunca mais iria para a prisão. Apesar disso, havia uma boa chance de ser esse o caso, pois três dias depois de ser apreendida ela estava sendo escoltada até o tribunal com um vestido azul desbotado que parecia um saco de algodão e algemas que dificultavam o movimento dos seus pés nus. Ver a mãe, a família e especialmente Braxton nos bancos a encorajou. Ela queria correr para ele, ser segurada por ele e prometer amá-lo pelo resto da vida – se conseguisse escapar do encarceramento.

Um amigo de Renay, um jovem branco republicano chamado Mitchell Morgan, seria seu advogado, e ele lhe deu um sorriso encorajador enquanto ela era escoltada até a mesa onde ele estava sentado na frente do tribunal. Raven não viu Welch, mas presumiu que ela iria chegar em breve para se vangloriar e apresentar a evidência.

O juiz, Daniel Bradshaw, entrou, e os pequenos fragmentos de conversa da pequena multidão que ela estivera ouvindo se esvaíram em silêncio. Ele era branco e mais jovem do que os juízes geralmente eram, mas na Louisiana a mistura de sangue fazia com que as pessoas envelhecessem de forma diferente, então sua aparência juvenil podia ser apenas uma ilusão.

O advogado e o promotor se apresentaram, e então chegou a vez dela.

– Declare seu nome para o registro, senhorita – ordenou o juiz.

– Raven Moreau.

Pediram que ela soletrasse o sobrenome, e ela obedeceu.

O promotor, Gavin Swain, se levantou e começou a apresentar seu caso. Enquanto falava, ele ficava olhando para as pessoas nos bancos.

– Apresente suas evidências – pediu o juiz.

Mais uma vez, ele correu os olhos pelas pessoas atrás de si.

– Bem, a evidência está nas mãos de uma pessoa da Pinkerton.

– E onde está esse detetive?

– É uma mulher, senhor, e eu não sei.

– Você não sabe onde ela está?

– Não.

O advogado de Raven se ergueu.

– Não podemos conduzir uma audiência sem evidência.

– Sei disso. Sente-se.

– Mas, baseado no que a detetive compartilhou comigo, Moreau é culpada – afirmou o promotor.

– Sei que em muitas partes deste país a lei está sendo sujeita a muitas coisas no que se refere a pessoas que se parecem com a ré, só que, no meu tribunal, não condeno ninguém baseado em boato, Sr. Swain – replicou o juiz. – Aqui somos governados pela lei. Vou lhe dar duas horas para apresentar a detetive com a evidência; senão, este caso será encerrado. Por hora, a sessão está suspensa.

Irado e aflito, Swain saiu correndo da sala.

Raven se virou para onde a mãe estava sentada. Hazel piscou e sorriu para ela. Surpresa – afinal, não tinha ideia do que aquilo significava –, Raven se voltou para a frente. Onde estava Welch?

O guarda chegou para levar Raven de volta à sala de espera até a audiência ser retomada. Conforme se arrastava, ela deu um sorriso fraco para Braxton, que parecia preocupado. Ele lhe acenou com a cabeça.

O tempo passou num ritmo lento agonizante. Isolada, ela não tinha ideia se Welch chegaria ou não, mas, quanto mais ficava sentada, mais esperança sentia. Pela lógica, se a detetive tivesse sido encontrada, o juiz teria chamado Raven de volta para o tribunal, e, até aquele momento, isso não tinha acontecido. De repente, ela se lembrou das palavras de Dorrie, para que não se preocupasse. Eles não vão achá-la, Dorrie acrescentara. Será que era a isso que Dorrie se referira?

Raven por fim foi chamada de volta. Ela procurou às pressas pela sala o rosto de Welch, e não ver a detetive a fez querer chorar de alegria. Em vez disso, ela se sentou com calma e aguardou que o juiz falasse.

– Em razão da inabilidade do Sr. Swain em prover qualquer evidência que provasse a culpa da Srta. Moreau em todas as acusações feitas contra ela, eu, por meio deste, declaro esse processo suspenso. Srta. Moreau, está liberada e livre para sair.

Uma gritaria explodiu nos assentos, e Raven agradeceu ao Sr. Morgan, seu advogado, com um sorriso.

– Queria que todos os meus casos acabassem assim – respondeu ele. – Mande um abraço para Renay. Agora, vá receber um pouco de amor da sua família.

CAPÍTULO 17

Aprimeiríssima coisa que Raven fez quando chegou à sua casa foi tomar um banho e lavar o cabelo para se livrar da sujeira da cadeia e acalentar a alma. Muitos dos primos ainda estavam na estrada, mas os que se encontravam em Nova Orleans, como Renay, Lacie e Emile, foram abraçá-la. Brax jurou nunca mais deixar Raven sair de sua vista e ansiava por ter um momento a sós com ela, mas, considerando o número de familiares Moreaux, ele deduziu que isso provavelmente não aconteceria até o Natal.

Julianna LeVeq-Vincent passou por lá naquela noite, e todo mundo foi até a biblioteca para ouvir o que tinha a dizer.

– Wilma Gray, também conhecida como Ruth Welch, está no momento num navio a caminho de um amigo da família LeVeq que mora na Arábia. Ele é sultão. Ela será propriedade dele e sua criada até a morte e nunca poderá deixar o país para colocar outra família em risco de novo. Quero agradecer a vocês por me ajudarem a executar uma vingança que me corroía por anos. Raven, meu filho Archer, em agradecimento, lhe oferece uma suíte no hotel dele, no Quarter, para que você se recupere da cadeia. Foi a esposa dele que a Pinkerton traiu.

Raven olhou para Brax, que estava sentado no braço da poltrona, e ele sorriu. Ela respondeu a Julianna:

– Por favor, diga ao seu filho que lhe sou muito grata. Estarei no hotel dele assim que acabarmos aqui.

Julianna agradeceu de novo e partiu.

Hazel falou a seguir.

– Também devemos um agradecimento a Tobias Kenny.

Raven enrijeceu.

– Por quê?

– Ele garantiu que Welch fosse entregue a Julianna.

Raven ficou espantada.

– Lembra-se do dia em que você foi até o mercado e viu Welch? E imaginamos se ela estaria lá para se encontrar com alguém? – indagou Hazel.

– Lembro.

– Estava. Ele a encontrou lá um dia depois, e eu mandei Renay segui-lo até sua casa.

– E eu o segui – continuou Renay. – Ele se ofereceu para fazer jogo duplo pela família, porque sentia que estava em débito conosco por causa do que fez com você, Raven.

– Julianna e eu montamos um plano, e ele o executou com perfeição – concluiu Hazel.

– Fico contente por ele ter ajudado e ter se arrependido – falou Raven.

Mas o que ela não disse era que, apesar da ajuda, ainda assim nunca mais queria vê-lo de novo.

Mais tarde naquela noite, na suíte luxuosa no Hotel Christophe de Archer LeVeq, exausta e saciada, Raven estava deitada ao lado de Brax.

– Sei por que me deixou, Raven.

Ela se sentou e o lençol escorregou, revelando sua nudez.

– Sabe?

– Lottie me contou. Ela saiu do baile naquela noite para procurar você e escutou cada palavra cruel que a mãe disse. E, quando contei que você tinha partido de Boston, Lottie me disse o que tinha acontecido. – Raven ainda sentia a dor das palavras de Pearl. Ele continuou: – Entendo que seu amor por mim fez com que você quisesse me proteger, porque essa é quem você é, Raven. E, por causa do meu amor por você, conversei com Pearl e a apavorei. Veja bem, eu possuo a escritura da casa dela. Se ela olhar para você do jeito errado, vai parar na rua.

– E Lottie? Ela mora na casa também.

Ele balançou a cabeça.

– Não mais. Pearl tem uma irmã em Boston que adora Lottie, e Lottie a adora. Lottie agora está morando com a tia e vai ficar lá até encontrar um homem que a ame tanto quanto eu amo você. Palavras dela.

– Acho que eu deveria pedir você em casamento, então.

Brax sorriu.

– Case comigo, Braxton Steele. Quero que me dê seu nome, seu amor e um bando de bebês que vão crescer e ler e talvez um dia escutar nossa cama rangendo através da parede.

Ele gargalhou e puxou o corpo nu de Raven para cima do dele. O beijo que compartilharam durou quase uma eternidade.

– Eu me caso com você.

– Ótimo. Última coisa. Quero que Dorrie more conosco. Mamãe e seu pai vão visitar meu tio em Cuba, então eu disse a ela que cuidaria de Dorrie enquanto ela estivesse fora.

– Acha que Dorrie nos deixará cuidar dela até que esteja pronta para a faculdade? – Os olhos de Raven arderam em lágrimas com a oferta maravilhosa. – Ela é uma menina muito especial – acrescentou Brax. – E precisa de muito amor, presentes e alegria, assim como você. Além disso, não faz sentido ensiná-la a patinar no gelo se vamos mandá-la de volta para Nova Orleans. – Ele parou. – Acho que eu deveria ter perguntado antes onde vamos morar.

– Boston. Eu tinha acabado de comprar uma cabana aqui quando fui apreendida. Lacie vai alugá-la para mim. Desse jeito, vou ter alguma renda. Sei que vai dizer que não vou precisar, mas preciso, para a paz do meu espírito.

– Então Boston será e não digo mais nada. – Ele a beijou de novo e murmurou: – Obrigado por me amar.

– Obrigada por me amar.

Dois sábados depois, os Moreaux celebraram um casamento duplo. Raven se casou em seu lindo vestido azul, e Dorrie usou o vestido que tinha pedido – com rosas na cintura. Brax o encomendara a Bertie no dia em que Raven voltara para Nova Orleans. Um pastor realizou a cerimônia, Hazel chorou, e Harrison vestiu seu melhor terno. Houve comida, música, dança e bolo. E duas noites de núpcias muito gostosas em duas suítes do Hotel Christophe, cortesia da ainda grata família LeVeq.

EPÍLOGO

Uma Raven muito grávida assistia a Brax e Dorrie patinarem no gelo sob o frio de fevereiro. Brax não precisava mais ficar de pé na frente de Dorrie, segurar suas mãos e puxá-la. Ela já sabia o suficiente para patinar ao lado dele e também conseguia patinar para trás lentamente. Raven sorriu ao ver os dois passarem. Pensou que talvez pudesse tentar aprender no próximo inverno, desde que não estivesse grávida de novo.

Algumas semanas depois, no dia 1º de março, Braxton Moreau Steele veio ao mundo aos berros. Assim que a parteira permitiu, Brax entrou no quarto e, com os olhos cheios de amor, olhou para sua esposa linda, mas cansada, deitada com o filho deles adormecido em seus braços.

Ele se inclinou, deu um beijo leve nela e acariciou com ternura a cabecinha do filho.

– Obrigado pelo meu filho.

– De nada – respondeu ela, cansada. – E obrigada a você por meu filho lindo.

– De nada. Tudo bem se Dorrie entrar por um momento? Ela quer ver você e o bebê.

– Com certeza.

Ele saiu para buscá-la, e, quando retornaram, Dorrie analisou o bebê e comentou:

– Ele é muito pequeno.

Raven sorriu.

– Ele vai crescer rápido.

– E, quando crescer, eu e ele vamos ensinar Hazel e Lacie a patinar no gelo – respondeu Dorrie.

Raven olhou confusa para Brax antes de perguntar a Dorrie:

– Mãe Hazel e a prima Lacie?

– Não. Bebê Hazel e bebê Lacie. Elas vão nascer no mesmo dia.

Raven arregalou os olhos. Brax encarou Dorrie e caiu na gargalhada.

Dezoito meses depois, Raven deu à luz as gêmeas Hazel Jane Steele e Lacie Avery Steele, provando mais uma vez que Dorrie nunca errava.

NOTA DA AUTORA

Querido leitor,

Brisa rebelde é o livro final da trilogia Mulheres Pioneiras. Foi uma ótima série, e por e-mails e tuítes vocês me contaram que gostaram de lê-la tanto quanto gostei de escrevê-la. A família de Raven tem um parentesco distante com a família de piratas trapaceiros do cubano Pilar Banderas que conhecemos em *Destiny's Captive*. Eu não tinha ideia de que a maravilhosa Julianna da Casa LeVeq apareceria. Que surpresa. Se você é um leitor que não está familiarizado com o antigo papel de Welch, da Pinkerton, como Wilma Gray, por favor, pegue um exemplar do meu romance histórico *Winds of the Storm*.

Vamos dar uma olhadinha aqui em algumas partes históricas ligadas a *Brisa rebelde*. A premissa nasceu de um artigo com o qual me deparei sobre uma cópia rara de pergaminho da Declaração de Independência de 1778 encontrada em 2018 entre os documentos de Charles Lennox, o terceiro duque de Richmond. Lennox era conhecido como o Duque Radical por seu apoio aos rebeldes americanos durante a Guerra da Revolução. Uma análise do documento revelou não só sua data de publicação, mas também que havia uma grande concentração de ferro nos buracos encontrados nela. Pesquisadores acham que ela pode ter sido segurada por pregos. Mais análises revelaram que o pergaminho foi feito com pele de ovelha. Além disso, essa cópia é muito valiosa por causa da maneira como foi assinada, detalhe do qual esta autora se apropriou para caracterizar a cópia roubada por Aubrey Stipe. Para mais informações sobre essa cópia e outra cópia rara encontrada recentemente na Inglaterra, é só jogar no Google: Cópia rara da Declaração de Independência encontrada no Reino Unido.

Muitos já viram *Tempo de glória*, o filme de 1989 sobre os soldados pretos do 54º Regimento de Massachusetts e o papel deles na Batalha do Forte Wagner. Os atores Denzel Washington e Morgan Freeman interpretam papéis fictícios, mas, na vida real, dois dos membros mais famosos eram filhos de Frederick Douglass. Outro personagem real é o membro do regimento William H. Carney. Nascido escravizado em 1840, ele se tornou o primeiro homem preto a receber a Medalha de Honra dos Estados Unidos da América por sua bravura durante a luta no forte Wagner. Embora a batalha tenha acontecido em 18 de julho de 1863, ele só ganhou a medalha em 23 de maio de 1900. Ele faleceu em um hospital de Boston oito anos depois.

Lucy Holcombe Pickens foi a única mulher retratada na moeda confederada. Ela era conhecida como a Rainha da Confederação e também foi a primeira-dama da Carolina do Sul. Ela teve uma vida interessante. Procure no Google para saber mais informações sobre ela.

O Plano de Mississippi, mencionado pelo Sr. Golightly, foi uma campanha de terror, violência e morte que começou no Mississippi em 1875 para impedir que as pessoas pretas votassem, frequentassem a escola e se elegessem para cargos públicos. O plano por fim se espalhou pelo Sul e se fortaleceu.

Antes de a verdadeira causa da febre amarela ser associada aos mosquitos, o número de mortes que ela causava variava em Nova Orleans. Em alguns anos, o número era baixo. Em 1831, apenas duas pessoas morreram. Cinco mortes aconteceram em 1826 e 1836. Mas, em outros anos, o número foi impressionantemente alto. O ano de 1853 testemunhou 7.849 mortes. O ano de 1858, 4.845. Em 1878, o ano em que se passa a história de Raven, 4.046 pessoas sucumbiram. Os oficiais da saúde de início associavam a doença ao miasma e acreditavam de forma errônea que pessoas pretas eram imunes a ela.

Espero que essa olhadinha em um pouco da história desperte seu interesse para procurar mais informações sobre os assuntos mencionados.

Como disse antes, este é o último livro da trilogia Mulheres Pioneiras. Muito obrigada por seu apoio, seu amor e sua paciência. Já estou neste mundo da escrita há 29 anos e muitos de vocês me acompanham desde o começo. Não haveria nenhuma Beverly Jenkins sem seus queridos leitores. O que vem a seguir? Aguardem!

Boa leitura,

B.

CONHEÇA OUTROS LIVROS DA AUTORA

Ventos de mudança
Mulheres Pioneiras

A missão de Valinda Lacy na agitada e quente Nova Orleans é ajudar a comunidade de ex-escravizados a sobreviver e florescer através do estudo. Só que em pouco tempo ela descobre que, ali, a liberdade também pode ser sinônimo de perigo.

Quando bandidos supremacistas destroem a escola que ela montou e tentam atacá-la, Valinda corre para salvar sua vida e vai parar nos braços do heroico capitão Drake LeVeq.

Arquiteto nascido em uma família tradicional de Nova Orleans, Drake tem um profundo interesse pessoal na reconstrução da cidade. Criado por mulheres fortes, ele logo é conquistado pela determinação de Valinda. E não consegue parar de admirá-la – nem de desejá-la.

E quando o pai de Val exige que ela volte para casa, em outro estado, para se casar com um homem que ela não ama, seu espírito indomável atrairá Drake para uma disputa irresistível.

Tempestade selvagem
Mulheres Pioneiras

Depois de ter conhecido o mundo como oficial da Marinha, o jornalista Garrett McCray agora viaja de Washington até a cidade de Paradise, no Velho Oeste, a fim de entrevistar um médico de destaque para seu jornal, dirigido a leitores pretos.

Garrett achava que o Dr. Colton Lee seria um assunto interessante... até conhecer a irmã dele, Spring Lee. Ela mora sozinha, administra o próprio rancho, usa calças jeans em vez de vestidos e é a mulher mais fascinante que ele já conheceu.

Só que Spring não está interessada no amor. Depois de superar um passado turbulento e escandaloso, ela se sente mais do que satisfeita com suas terras, seus cavalos e seus amigos. Até o enxerido jornalista McCray aparecer e bagunçar sua vida.

À medida que a atração entre eles aumenta, suas diferenças podem ser um obstáculo – ou a combinação explosiva de que os dois tanto precisavam.

CONHEÇA OS LIVROS DE BEVERLY JENKINS

MULHERES PIONEIRAS

Ventos de mudança

Tempestade selvagem

Brisa rebelde

Para saber mais sobre os títulos e autores da Editora Arqueiro,
visite o nosso site e siga as nossas redes sociais.
Além de informações sobre os próximos lançamentos,
você terá acesso a conteúdos exclusivos
e poderá participar de promoções e sorteios.

editoraarqueiro.com.br